CARA EDITIONS
Contact : cara.editions@yahoo.com
ISBN : 978-2-9576775-0-4

Conception graphique, mise en pages et impression par Copy-Media - www.copy-media.net

LAURENT LE BAUBE

G.S.R

1

BLACK BANK

SERVICES SECRETS

CARA
EDITIONS

À toutes les femmes et les hommes de l'ombre qui par leur dévotion totale contribuent à sécuriser les intérêts de la France dans le monde au péril de leur vie…

« Les personnages et les situations de ce récit étant purement fictifs, toute ressemblance avec des personnes ou des situations existantes ou ayant existé ne saurait être que purement fortuite. »

Retrouvez notre actualité sur les réseaux sociaux

Les personnages « Black Bank »

Membres actifs du B.S.I.[1] recrutés pour la mission « SWIFT » :
- Colonel Archibald de GANS - Directeur
- Commandant Gabriel Saint-Régent / couverture : Aloïs de la BAINQUINIAIRE
- Major Elodie B. - Service Action / couverture : Letizia FARMINI
- Capitaine Éléonore A. - Bureau Identification
- Sergent Cécile L. - Chef du Bureau des Analystes
- Lieutenant Pierre P. - Moyens Généraux
- Lieutenant Yoni I. - Armurerie
- Sergent-chef Jérôme L. - unité du D.A.S.E.M.
- Docteur Benjamin F. - Médecin attitré du B.S.I.

Membres consultants externes du B.S.I. pour la mission « SWIFT » :
- Me Gilles S. avocat / Couverture mission : Ernest LALUMIERE

Nouveau Membre administratif du B.S.I. détachée au Service Action :
- Marine CENLARG

Membres extérieurs recrutés par le B.S.I. pour la mission « SWIFT » :

1 membre du C.O.S, unité du G.A.O.S. :
- Sous-lieutenant Orso P. / Couverture mission : Léandro SPINOZA

1 commando du 13ème R.D.P. :
- Sous-lieutenant Alexandre D./ en réserve

1 membre des forces spéciales du 1er RPIMa :
- Adjudant Cyril R. dit « Iron »

---

1 B.S.I. : Bureau Secret d'Intervention – budget annuel 188M€ - nombre d'agents 55

Le dirigeant bancaire « Banque Française Nationale » du C.A.C 40 :
– Hector CHEVALIER

La victime parisienne de la Bank Of Investment Inc. :
– Aaron WINMAN - 38 ans

Le Grand-père de la victime, ancien ministre des Affaires Étrangères :
– Simon WINMAN

L'officier du G.H.C.Q. chef de l'antenne italienne :
– La Captain Ellen LAMARI // Ellen LAMATI nom de couverture
– Son supérieur le Lieutenant General John WILLIAMS

Le directeur de la filiale londonienne de la Bank Of Investment Inc. :
– Elliot ELWOOD

La maîtresse de cérémonie & sa fille :
– Cara DUBECCI
– Cassandra

Chapitre 1
Introduction

Le chiffre 21…

Signifie que notre grand optimisme sera prochainement gratifié. Les anges œuvrent en notre nom en ce moment même si…

Afin de les aider, commençons par avoir, et par dire haut et fort, des affirmations tout en croyant à nos rêves pour leurs réalisations dans un avenir proche…

Les énergies du nombre angélique 21 nous offrent de nombreuses qualités comme la motivation, l'autonomie, le progrès, la persévérance et surtout l'ouverture à de nouvelles entreprises amenant au succès.

Pour cela nous devons être d'excellents communicants, sachant être déterminés, être charismatiques pour accéder à notre but ultime.

En numérologie le chiffre 21 nous ramène à l'unité du 3 : 2 + 1 = 3.

Le nombre 3 évoque les trois formes de la matière (solide, liquide, gazeux), les trois dimensions, les trois temps (passé, présent, futur) ou encore les trois règnes (minéral, végétal, animal). Il est donc synthèse et totalité.

L'interprétation la plus représentative ramène l'homme à sa condition par la naissance, la vie et la mort.

En tarologie le chiffre 21 correspond à l'arcane majeur du monde en demande d'une élévation au niveau spirituel qui amènera sur le chemin de la réussite et de la protection tout en représentant l'atteinte à l'illumination…

Ce chiffre 21 dans le tarot est aussi obtenu par l'addition du 20 et du 1 représentant la carte du jugement.

Le monde de la finance n'échappe pas à la règle du chiffre 21… Il serait le pourcentage du taux de croissance annuel des plus riches de la planète…

Chapitre 2
Convocation

Siège du B.S.I. - 16ème arrondissement de PARIS
Bureau du Colonel - Lundi 08h00

Le rendez-vous a été sollicité et surtout m'a été imposé la veille par mon autorité supérieure sans que j'en connaisse le contenu. Inquiet, je n'ai pas souhaité en savoir davantage certainement par habitude des protocoles imposés depuis tant d'années.

Ponctuel, je me rends à l'étage où se situe le bureau du Colonel, un double expresso en main, et frappe à sa porte :

– Entrez Commandant.

– Bonjour Mon Colonel, comment allez-vous ?

– Parfaitement bien Gabriel. J'espère que vous aussi car vous allez avoir besoin d'être à 100 %. Je souhaite un changement immédiat et radical de votre identité officielle au sein du B.S.I. et des organes ministériels dont nous dépendons, ainsi qu'auprès de nos financiers.

– Mon Colonel, cela fait vingt ans que vous m'avez imposé ce faux nom dans le but de protéger ma vie privée tout autant que celle de l'agence, alors pourquoi maintenant l'éradiquer ?

– Votre sursaut d'héroïsme en refusant mon poste n'est que passager. Vous savez parfaitement que tôt ou tard vous serez assis dans ce fauteuil car personne d'autre que vous ne connaît aussi bien le fonctionnement du B.S.I.

– Oui Mon Colonel, mais je ne suis absolument pas pressé !

– Peu importe Gabriel, il est temps pour vos proches collaborateurs, nos supérieurs, et nos financiers d'être informés de votre véritable identité. Mes calculs ne sont pas faux ! Il vous reste vingt années à travailler dont quinze à la tête de notre agence devenue indispensable.

– Merci pour cette excellente nouvelle ! Vingt ans encore ! Je pensais prendre enfin ma retraite d'ici peu.

– Oh mais vous auriez suffisamment cotisé Commandant... ?

– Malheureusement non Mon Colonel.

– Ma décision est prise, elle est mûrement réfléchie et sera appréciée de tous. Vous me remercierez un jour de vous imposer ce changement.

– J'ai le droit de m'opposer ou cette possibilité m'est refusée d'office ?

– Refusée évidemment ! Aucune chance Commandant de vous opposer. Je fais passer immédiatement une note interne déclarant votre véritable identité. Faites-moi confiance, vous allez gagner du temps.

– Bon, n'ayant pas le choix… Vive la démocratie en FRANCE !!!

– Allez à l'Assemblée Nationale si vous souhaitez vous faire entendre. Vous pouvez disposer Commandant. Marine a déposé un dossier dans le coffre de votre bureau. Je vous remercie de le traiter avec la plus grande attention.

À tout à l'heure Gabriel.

– À vos ordres Mon Colonel préféré !

– Cessez vos enfantillages Commandant vous n'êtes plus dans une cour d'école.

Chapitre 3
Le rapport

Siège du B.S.I. - 16ème arrondissement de PARIS
Bureau du Commandant Gabriel Saint-Régent - Lundi 08h30

Marine CENLARG, secrétaire administrative affectée au Service Action du B.S.I.[1], dépose un dossier classé « CONFIDENTIEL DEFENSE » dans mon bureau faisant suite à la demande expresse du Colonel Archibald de GANS[2] le matin-même à 07h30.

Avant que je n'y entre, elle m'indique avoir déposé une chemise sensible à l'intérieur de mon coffre-fort dont elle seule détient le code numérique en tant que personne extérieure.

La consigne assortie à ce dépôt est une demande de lecture attentive de notre directeur. Sa dernière instruction est de rejoindre le Colonel une fois ce rapport lu dans ses moindres détails.

Je viens d'en être informé !

Seconde tasse de double expresso en main, débarrassé de ma veste de costume, lunettes de vue sur le nez, je détache les scellés garantissant la confidentialité du dossier d'environ une vingtaine de pages accompagné d'une dizaine de photos.

Avec effroi je découvre les photos d'un cadavre revêtu d'un linge blanc soigneusement relié autour de la taille, à genoux, mains attachées dans le dos, corde au cou elle-même accrochée au plafond lui permettant d'avoir son buste droit. Ses genoux reposent sur une bâche de forme ronde et de couleur noire baignée de son sang.

Démarrer une journée en parcourant de telles photos me glace le sang.

Des horreurs j'en ai malheureusement vu durant ma carrière, mais ces photos sont d'une atrocité épouvantable. L'homme a dû souffrir le martyre.

J'attaque le rapport de la police judiciaire où est stipulé, dès les premières phrases, l'arrivée sur les lieux du Préfet de Police de PARIS

---

1 B.S.I Bureau Secret d'Intervention.
2 Autorité supérieure du B.S.I., Directeur Exécutif.

et du Procureur de la République habitués à se déplacer conjointement lors d'homicides de cette envergure.

Le rapport tapé par l'officier de permanence de la B.C.[3] précise que le quartier a été immédiatement bouclé et qu'aucune présence journalistique n'a été constatée.

La Police Scientifique n'a relevé aucune empreinte, mis à part celle de la victime, sur la scène de crime. La pièce a été scrupuleusement passée à l'eau de javel pour ne laisser aucune trace identifiable.

La victime, homme blanc de type européen, 38 ans, célibataire, domicilié au ** rue du Faubourg Saint Honoré PARIS 8ème, Directeur de la filiale parisienne « Bank Of Investment Inc. ». C'est une banque internationale d'affaires ayant des activités de fonds d'investissements, précise le rapport.

Le corps a été retrouvé pendu à l'aide d'une cordelette, employée dans le milieu sadomasochiste, dans le salon privé de l'hôtel particulier occupé par la banque au ** de la rue de Monceau.

La victime a été découverte par les agents de sécurité faisant leur ronde à 6h00 du matin le dimanche. Aussitôt ils ont appelé leur supérieur qui lui-même a joint un officier de la D.R.P.J.[4] parisienne. Durant leur audition, ils témoignent n'avoir entendu aucun bruit dans l'immeuble au cours de la nuit et n'ont jamais été alertés par les caméras de surveillance d'une présence quelconque. La B.C. a récupéré le disque dur sur lequel les enregistrements sont consignés durant 48h. Tout a été effacé, déclare l'officier, depuis les sept derniers jours.

Le corps entouré d'une mare de sang est le petit-fils d'un ancien Ministre des Affaires Étrangères français, homme toujours influent sur la scène financière internationale, œuvrant auprès de l'État d'ISRAEL du fait de ses origines religieuses, ainsi qu'auprès d'institutions comme le Fonds Monétaire International.

La victime s'appelait Aaron WINMAN, diplômé d'H.E.C. PARIS, d'un Master International Finance, et d'un Master en Financial Economics d'OXFORD University.

---

3 B.C. Brigade Criminelle.

4 D.R.P. J Direction Régionale de la Police Judiciaire.

Son corps a subi de nombreuses scarifications à l'arme blanche dont certaines dans le dos font référence à un dessin satanique, la tête de bouc[5]. De multiples entailles profondes aux coudes, genoux, hanches, voûtes plantaires terminent le travail.

Le médecin légiste doit déterminer l'heure approximative du décès dans les prochaines heures.

De confession juive, la victime a été torturée pendant le Shabbat, soit le jour de repos au septième jour de la semaine pour les Hébreux.

Il m'aura fallu quinze bonnes minutes pour lire ce rapport et autant de minutes pour retrouver mes esprits.

Avant de rejoindre le Colonel dans son bureau, je m'arrête aux sanitaires pour passer mon visage sous l'eau froide.

Totalement secoué par cette vision digne des rites sataniques jusque-là vus uniquement dans certains films, je monte rejoindre le Directeur du B.S.I.

– Mon Colonel, vous n'auriez pas commis une erreur de destinataire concernant ce rapport de la B.C. ?

– Certainement pas Gabriel. D'ici quelques minutes arrivent conjointement le Ministre des Affaires Étrangères, le Ministre de la Défense, le Ministre de l'Intérieur et notre représentant actionnaire du C.A.C., Monsieur Hector CHEVALIER.

La réunion est classifiée « Secret Défense ». Le grand-père de la victime est un proche de la Directrice du F.M.I.[6], de différents grands patrons de banques internationales et surtout un proche du M.O.S.S.A.D.[7] Le sujet est brûlant Gabriel, d'où l'intérêt ministériel de le confier à notre agence plutôt qu'à la D.G.S.E. Le dernier argument de taille, c'est que cette banque vient de fusionner avec l'un de nos actionnaires membre du C.A.C 40. Donc, le dossier nous revient.

---

5 Dans les cultes sataniques sa tête sert à chasser les mauvais esprits. Aussi, le bouc est un symbole à l'origine du culte du phallus.

6 F.M.I. Fonds Monétaire International.

7 M.O.S.S.A.D. agence principale du Renseignement israélien.

– Mon Colonel, je ne suis pas Officier de Police judicaire, mais Officier des Services Secrets !

– Vous m'avez écouté Commandant ?

– Oui oui Mon Colonel…

À l'arrivée des ministres et du dirigeant de la banque cotée en bourse, le Colonel Archibald de GANS nous invite à rejoindre le « bunker[8] », notre salle ultra sécurisée empêchant toute écoute extérieure.

Sur les écrans géants défilent les atroces photos et le rapport complet de la P.J.

Chaque personne souligne le caractère odieux des circonstances de l'exécution de la victime.

Le premier à prendre la parole est le Ministre des Affaires Etrangères précisant dès ses premiers mots l'obligation de respecter la classification du dossier soit « Secret défense ». Le grand-père d'Aaron WINMAN est impliqué dans de nombreux dossiers liés à des investissements auprès d'États puissants. Selon lui, cet assassinat odieux implique forcément des Services Secrets étrangers, donc il me missionne immédiatement pour trouver les connexions liées à ce meurtre. Pour cela, il s'adresse au Ministre de l'Intérieur pour s'assurer de l'absolue discrétion de ses officiers, et affirme son soutien indéfectible si je dois recourir à certains services de la Police Nationale. Immédiatement il nous promet son précieux relais en cas de nécessité.

S'adressant au Ministre de la Défense il lui demande la possibilité de déclassifier certains dossiers liés de près aux affaires en cours et impliquant l'engagement de l'ancien ministre. À son tour d'assurer son soutien à toutes demandes pouvant être utiles.

Les commentaires fusent, chacun à tour de rôle avançant une théorie soit complotiste pour atteindre l'ancien ministre, soit pour déstabiliser des accords financiers en cours impliquant différentes institutions bancaires internationales et fonds d'investissement. Mais aucun n'arrive à approuver la théorie de l'autre.

---

8 Nom de code interne au B.S.I. affilié à cette salle hermétique.

Le dirigeant bancaire, Hector CHEVALIER, lui, reste bouche bée devant l'insoutenable diaporama. Lorsque la parole lui est donnée, il confirme la fusion de son institution avec cette entité financière, par suite du relais confidentiel qu'a opéré Simon WINMAN, le grand-père du défunt, entre le vendeur, un puissant fonds immatriculé dans un paradis fiscal, et les actionnaires.

L'opération a été validée par la C.O.B.[9] / A.M.F. sans aucune objection, trois années en arrière.

Il nous précise que la « Bank Of Investment Inc. » détient vingt et une agences dans le monde. Les agences sont domiciliées dans les capitales de ces vingt et un pays. La filiale parisienne détient le numéro « 21 », le numéro « 1 » étant attribué à celle de LONDRES.

Rapidement, il précise n'avoir jamais reçu d'alerte, ni aucune menace de quelque nature que ce soit. Les directeurs de filiales se connectaient une fois par semaine via un système de visioconférence sécurisé.

Le seul moment mettant en accord les intervenants, c'est ma prise de parole au cours de laquelle je demande l'attention sur les scarifications appliquées sur le corps, relevant d'un « maître » en la matière. En analysant les photos, on constate que la mort a été donnée très lentement, provoquant ainsi d'atroces souffrances. Un message est savamment passé. Le sacrifice mis en scène durant shabbat n'est pas innocent.

Sans émettre d'avis affirmé, Aaron WINMAN s'est peut-être érigé contre certaines prises de décisions imposées par sa hiérarchie, ou bien il aurait peut-être découvert certaines malversations mettant son pouvoir décisionnel à mal, ou encore il aurait décelé des pratiques peu éthiques.

À cette suggestion, Hector CHEVALIER réfute par une forte opposition toute idée de confrontation avec son ancien collaborateur parisien.

Je termine ma prise de parole en indiquant que la scène s'est déroulée de manière excessivement discrète, sans éveiller les agents de sécurité assurant la garde de l'hôtel particulier, et avec une connaissance

[9] C.O.B. Commission des Opération de Bourse / Autorité des Marché Financiers.

parfaite des lieux puisque la seule salle dénuée de caméra de surveillance est justement le salon privé !

Les trois ministres, le dirigeant et le Colonel s'entendent à l'unisson pour me confier cette mission classée « Secret Défense » dont le nom est instruit comme à son habitude par Archibald de GANS : « SWIFT[10] ».

Ma demande finale est adressée au dirigeant bancaire ayant pour but qu'il m'adresse un dossier complet lié à la « Bank Of Investment Inc. ».

Je souhaite consulter les accords de la fusion, le nom des actionnaires, le nom des directeurs, les adresses des filiales dans le monde, le nom de chaque intervenant du premier jour de l'acquisition jusqu'au constat de la mort du directeur parisien. À cela j'ajoute aussi les dossiers de financement en cours. Il me certifie que son assistant me tiendra à disposition un dossier complet dans moins de cinq heures.

Raccompagnant nos visiteurs jusqu'au parking souterrain où sont stationnés leurs véhicules, le Ministre de la Défense me prend par le bras, ralentit son pas de marche et me dit à voix basse :

– Commandant, finalement je suis ravi que vous ayez refusé[11] le poste de Directeur Exécutif du B.S.I. Votre duo avec le Colonel fonctionne à merveille. De plus, découvrir votre véritable nom me rassure. SUNNY était bien trop associé à une caractéristique californienne ! SAINT-REGENT, ce nom ne m'est pas inconnu… Nous en parlerons plus tard.

En revanche Commandant, ce dossier est très dangereux. Je ne veux pas d'un rouleau compresseur en opération comme vous savez l'être, je vous veux travailler en fin limier, capable de passer haut la main les codes de la haute finance.

– Je vous remercie Monsieur le Ministre pour votre confiance mais que vais-je découvrir… ?

– Une nappe phréatique écœurante Gabriel. Vu ce qu'ils ont fait subir à ce jeune banquier, attendez-vous au pire. S'il vous plaît,

---

10 Code international bancaire : Society for Worldwide Interbank Financial Telecommunication.
11 Cf. « As de Pique ».

méthode douce, en finesse, pas de vague, les conséquences pourraient nous dépasser tous. Le ministre actuel des Affaires Étrangères ne désavouera pas un ancien. Passez uniquement par moi si vous sollicitez un appui.

– À vos ordres Monsieur le Ministre.

– J'alloue un budget exceptionnel au B.S.I. sur les fonds secrets du ministère. Vous serez forcément amené à prouver votre crédibilité bancaire. Évitez les dépenses inutiles.

– Cela n'est pas dans mes habitudes Monsieur le Ministre !

– Il est vrai, mais… pas toujours !

Dernière chose, je vous recommande une légende exceptionnelle. Nous avons affaire apparemment à des personnes introduites dans les moindres recoins usant d'une armée de l'ombre. Je passerai par le Colonel pour suivre les évolutions de la mission « SWIFT ». Le Colonel s'amuse bien avec ses noms de mission ! Plus sérieusement, nul n'est besoin de vous préciser de recruter une équipe minimale.

Bonne chance Commandant SAINT-REGENT.

Tout en remontant les marches de l'escalier central, j'adresse au Colonel un « c'est quoi encore ce bordel ??? », question à laquelle il me répond en levant les yeux au plafond, « Vous avez refusé mon poste, démerdez-vous Gabriel !!! ».

Cinq heures plus tard, comme il s'y était engagé, Hector CHEVALIER me fait savoir qu'un dossier complet crypté est à ma disposition via notre système de communication codé.

De retour dans le « bunker », seul, je commence à projeter sur les différents écrans les documents. Parcourant les actes de fusion, je constate que mes connaissances ne sont pas suffisantes pour détecter quoi que ce soit. J'appelle donc notre avocat, Me Gilles S.[12] lui demandant de me rejoindre au plus vite au B.S.I. Il ne dérogera pas à la règle de signer la clause de confidentialité pour découvrir le dossier et m'aider à détecter certaines incohérences.

---

12 Gilles S. avocat conseil du B.S.I, ancien Lieutenant du 17ème régiment du Génie Parachutiste de Montauban dont la spécialité était la plongée offensive et spécialiste en explosifs.

Chapitre 4
Le bunker

Cela fait quatre heures qu'avec Me Gilles S. nous étudions chaque page de la fusion entre les deux institutions bancaires. À ce stade rien n'interpelle l'avocat. Le laissant parcourir les actes, je me concentre sur la liste de noms associés à l'opération financière ainsi qu'aux noms des vingt et un directeurs de filiales. Ayant fait transférer ces listes au Sergent Cécile L., je la rejoins dans sa salle d'opération équipée de matériel dernière génération pour diffuser les fiches de chacun en espérant trouver des dénominateurs communs. Les écrans holographiques 3D nous permettent de coupler leurs parcours d'étudiants, leurs sports pratiqués, leurs premiers emplois, leurs compagnes ou épouses, jusqu'à étendre à des connexions familiales pouvant les lier.

Sur un des logiciels spécifiques équipant un des puissants ordinateurs de sa salle, je rentre les données « Bouc de Mendès », tête de bouc Satanique, pentacle Satanique, « Baphomet » [13], Pentagramme, temple satanique etc. Il me faut identifier un lien entre cette corde utilisée par les sadomasochistes, avec laquelle la victime a été pendue, et cette scarification faite à la pointe d'une lame représentant une tête de bouc. Je termine en me connectant sur les fichiers croisés de la Police nationale et du Renseignement en y entrant « arrestation pour pratique de rites sataniques ».

En quelques instants les images commencent à défiler, seconde par seconde, pour identifier quelques protagonistes français arrêtés en lien avec les mots-clés saisis. Cette identification amène à visualiser des adeptes de l'église satanique n'ayant aucune réelle condamnation sévère pour actes de violence ayant entrainé la mort, mais des actes de profanations, avec ou sans connotation raciste, de cimetières ou lieux de culte, incitation à l'automutilation. Le gouvernement français considère le satanisme comme un risque de dérive sectaire. Mauvaise piste.

En revanche, je lance une recherche sur l'étymologie du mal représentée par le Diable, Satan, Lucifer, la Bête. Une étymologie attire particulièrement mon attention, celle de Satan en hébreu.

---

[13] Baphomet est le nom donné par certains occultistes à l'idole que les chevaliers de l'ordre du Temple furent accusés de vénérer, mi-homme mi-bouc.

En hébreu, Satan signifie « accusateur » ou « calomnieux ». Les origines seraient diverses dont un verbe hébreu proche de Satan signifie calomnier ou « s'opposer à », alors qu'un autre nom hébreu, tout aussi proche de Satan, désigne la personne chargée de l'accusation dans un tribunal hébraïque. Aaron WINMAN se serait opposé ? Quant à Lucifer, dont l'origine latine fait référence à « lux », la lumière, il serait apporteur de la lumière. Les astrologues romains désignaient la planète Vénus « Etoile du Matin » comme Lucifer. Sa nature réelle est donc peu définie ne mettant aucun scientifique d'accord mais Lucifer, ange déchu, serait-il rattaché au mal ou ferait-il référence à un roi babylonien ayant combattu les Hébreux… ?

Un lien fort semble unir l'origine religieuse d'Aaron WINMAN au message passé par son épouvantable assassinat. N'étant pas ma vocation première d'enquêter sur une affaire criminelle, je transfère les quelques éléments rassemblés à un précieux contact de la P.J. qui lui-même m'a adressé le rapport d'autopsie indiquant l'heure du décès approximative à 3h00 du matin. L'heure, 3h00 du matin, est considérée comme le moment de la pleine puissance du démon… Étrange !

De retour au bunker, l'avocat me fait part de sa première réelle analyse sur l'acquisition de cette filiale par le groupe bancaire de notre actionnaire, révélant quelques noms d'actionnaires de l'ancienne forme juridique mais toujours présents dans le Conseil d'Administration. Des liens forts unissaient la « Bank Of Investment Inc. » avec les ROTHSCHILD, la CITY de LONDRES, le MOSSAD, la Commission Trilatérale[14] de David ROCKEFELLER et le QUANTUM Fund N.V. de George SOROS.

D'où l'identification probable du chiffre « 1 » pour la filiale londonienne, première filiale créée en… 1999 !

---

[14] Organisation privée créée en 1973 à l'initiative de Rockefeller, Kissinger et Brezinski dotée de 3/400 membres dans le but de promouvoir et construire une coopération politique et économique entre les 3 zones clés du monde. Ce groupe est partisan de la mondialisation économique.

Viennent ensuite les vingt autres filiales internationales :

2	PRAGUE (République Tchèque)
3	SINGAPOUR (Asie du Sud-Est)
4	OTTAWA (Canada)
5	MADRID (Espagne)
6	BERLIN (Allemagne)
7	SAINTE LUCIE (ANTILLES / CARAÏBE)
8	VIENNE (Autriche)
9	LISBONNE (Portugal)
10	STOCKHOLM (Suède)
11	CANBERA (Australie)
12	MOSCOU (Russie)
13	BRASILIA (Brésil)
14	MEXICO (Mexique)
15	JOHANNESBOURG (Afrique du Sud)
16	PEKIN (Chine)
17	ROME (Italie)
18	NEW DELHI (Inde)
19	BUENOS AIRES (Argentine)
20	NEW-YORK (États Unis d'Amérique)
21	PARIS (France)

Il paraît impossible et évident de démarrer un tour du monde pour rencontrer chaque directeur de filiale. Il me faut cibler un détail pertinent me conduisant à une destination parmi les vingt et une ou rester sur PARIS, éventuelle capitale clé à l'origine du massacre de ce banquier.

Pour cela, je demande la validation auprès du Colonel de porter Me Gilles S. dans mon équipe restreinte. Sans tarder, il valide cette demande du fait aussi que son premier métier de militaire cautionne son obtention à l'habilitation obligatoire et immédiate au « Secret défense » pour mener à bien la mission « SWIFT ».

Commençant à tisser ma légende et celle de mon équipe, la couverture de mon avocat d'affaires en déplacement ne paraîtra en rien intrigante ni même sujette à soupçons.

Il est prioritaire dès à présent d'identifier qui m'accompagnera au cours de la mission, en dehors d'un civil dont l'accord est entériné par l'autorité supérieure du B.S.I et par l'intéressé lui-même.

Je déclenche l'accès à notre fichier « Staff Available[15] », annuaire national des Sous-Officiers et Officiers habilités au minimum au « Confidentiel Défense » réquisitionnables si leur statut apparaît comme « disponible ».

Par nécessité et par habitude, mission après mission, je collabore avec des femmes et des hommes en qui ma confiance est inébranlable et qui seront h-24 opérationnels.

L'une de ces femmes doit absolument être disponible pour me suivre du fait de son professionnalisme et par nos réflexes bien rodés en OPEX.

Donc, ma première sélection s'opère naturellement pour ses compétences vers le Major Elodie B., officier confirmé, membre actif du B.S.I. De plus sa présence féminine remplira parfaitement la fonction d'assistante lors des futures rencontres professionnelles.

Élégante, maniant parfaitement les armes, capable d'endosser différents rôles, une de ses spécialités demeure le nettoyage. Par chance son statut apparaît « disponible ». Aussitôt, je valide ma demande avec la fonction « réquisitionnée ».

Le fraîchement rattaché définitivement au B.S.I., l'Adjudant Cyril R., ancien membre des Forces Spéciales du 1er RPIMa, tireur d'élite émérite associé à une personnalité détonante, doit faire partie de mon unité. Son statut apparaît comme « réservé » par un Officier de l'agence. En lien direct avec le Capitaine Basile S., Chef du Service Reconnaissance, je le contacte pour savoir si sa réservation est maintenue ou si je peux bénéficier du Sous-officier pour ma mission avec départ immédiat.

Une négociation s'engage car la mission qui lui a été confiée par le Colonel Archibald de GANS requiert un sniper devant se rendre en AFRIQUE au cœur d'un conflit. Sur le fond, le Capitaine Basile S. détient l'antériorité sur la mobilisation de l'Adjudant mais je lui

---

[15] Agents ou militaires disponibles répondant aux qualités ou compétences pour constituer des équipes en OPEX.

indique qu'un Officier peut être tout aussi compétent pour lequel j'apporte ma caution, le Lieutenant Tom D. Spécialiste dans la reconnaissance en milieu hostile, infiltration, et surtout excellent tireur de précision. Au vu de mes arguments, il accepte de me laisser la main sur la réquisition du sniper.

En réserve, je bloque le Sous-lieutenant Alexandre D., Commando du 13ème R.D.P[16] affecté à l'instant T dans son unité au Camp de Souge (Martignas-sur-Jalles, Gironde). En cas d'urgence, il sera appelé à nous rejoindre où que nous nous trouvions.

Il me manque un officier pour assurer notre sécurité en déplacement et l'associer à ma légende. Mon choix se porterait sur le Maître Hamid A., mais son profil indique qu'il se trouve en mission, emprunté par la D.G.S.E.

Un Officier me paraît correspondre, membre actif rattaché au C.O.S.[17], unité du G.A.O.S.[18] détaché du 61ème régiment d'artillerie, le Sous-lieutenant Orso P. spécialisé en analyse-interprétation d'images de drones et satellites. En complément du Sergent-chef Jérôme L., sur le terrain son aide sera précieuse.

Natif du village de SARTENE (CORSE), cet officier détient d'excellents rapports de missions de la part de sa hiérarchie. Appréciant tout particulièrement le caractère des Corses, la cohésion se fera dans la douceur !

Mon unité étant sélectionnée, ne reste plus qu'à adresser à tous la convocation au brief d'avant départ. La convocation est annoncée pour ce soir à 21h00. La condition pour chacun des membres affectés au B.S.I, ou en capacité d'être sélectionné, est d'être basé à moins de deux heures de PARIS, par voiture, train ou avion.

L'avocat se trouvant dans les locaux, je lui précise qu'à partir de ce soir, il est disponible pour démarrer la mission, ce qui l'empêche de retourner à son bureau durant plusieurs jours. Excité par cette opportunité, il prévient ses associés de son absence pour une durée indéterminée.

---

16 Régiment de Dragons Parachutistes.

17 Commandement des Opérations Spéciales (Terre, Air, Mer).

18 G.A.O.S Groupement d'Appui aux Opérations Spéciales.

Chapitre 5
Le brief

Siège du B.S.I. - 16ème arrondissement de PARIS « Le Bunker » - Lundi 21h30

Compte tenu du caractère sensible et diplomatique de la mission « SWIFT », le Colonel tient à assister au brief d'avant départ pour s'adresser à nous.

Sont également conviés malgré le fait de l'heure tardive, les chefs de service impliqués dans notre logistique et dans nos actions tactiques : le Capitaine Éléonore A. Chef du Bureau Identification, le Lieutenant Pierre P. Directeur des Moyens Généraux, le Lieutenant Yoni I. Chef de l'Armurerie, le Sergent-chef Jérôme L. ancien du renseignement électromagnétique militaire, récemment rattaché au B.S.I. à la tête de son service de D.A.S.E.M.[19], le Sergent Cécile L. Chef du bureau des Analystes, de Marine CENLARG secrétariat administratif du Service Action, et enfin le Dr Benjamin F.

Le Colonel ouvre la réunion :

– Bienvenue à vous toutes et tous.

Nous accueillons un nouveau pour sa première mission au B.S.I., le Sous-lieutenant Orso : bienvenue à vous. Le Commandant SAINT-REGENT vous détaillera le fonctionnement de notre organisation après ce brief. Nous comptons sur votre engagement total.

Le caractère exceptionnel de la mission qui nous a été confiée, relève au départ des compétences de la Police judiciaire qui d'ailleurs mène des investigations depuis ce matin dans différents milieux. Nous sommes en étroite collaboration exceptionnelle avec la B.C. de PARIS tout au long de la mission.

Vous découvrez sur les écrans des images épouvantables ainsi que des extraits du premier rapport de police.

Dès à présent, maintenant que vous avez accepté votre convocation initiée par le Commandant SAINT-REGENT, vous entrez en mission pour infiltrer le milieu bancaire spécialisé en financement international d'entreprises importantes par le biais de fonds d'investissements.

---

[19] D.A.S.E.M : unité de Détection Analyse des Signaux Électromagnétiques.

Il vous faut être conscients de la nature des rapports familiaux entre la victime, Aaron WINMAN, et son grand-père, Simon WINMAN, ancien ministre des Affaires Étrangères, toujours actif dans des réseaux planétaires assez influents auprès de grandes institutions financières ou auprès de certains États.

La mission se nomme « SWIFT ».

Je prône la plus grande vigilance et l'extrême discrétion liée à vos futures rencontres. Identifiez ceux qui ont commandité cet assassinat plus ou moins maquillé comme un sacrifice humain et ramenez-les ici pour comparaître devant les tribunaux compétents.

Me Gilles S., exceptionnellement, bénéficie de ma validation pour vous accompagner et donner du crédit à votre légende.

Je laisse maintenant la parole au Commandant SAINT-REGENT et soyez assurés de mon soutien indéfectible.

– Merci mon Colonel pour votre introduction. Je vous relaie aussi sur la bienvenue à souhaiter au Sous-lieutenant Orso.

Nous sommes face à une entreprise, la « Bank Of Investment Inc. », récemment introduite par une fusion-acquisition au capital de la banque co-financière de notre agence, constituant une des quarante entreprises du C.A.C 40, la « Banque Nationale Française ».

Notre mission sera d'analyser, identifier, révéler les raisons ayant provoqué cet assassinat pouvant nuire à la stabilité économique de notre financier. L'arrestation des protagonistes sera dans nos attributions.

Je suis en attente d'une première piste sérieuse par le bureau analyste dirigé par le Sergent Cécile, qui certainement nous fournira les informations nécessaires pour déterminer le lieu de notre première destination. Cécile, où en êtes-vous dans votre travail ?

– Mon Commandant, mes équipes maintiennent la cadence concernant l'analyse des données croisées, mais tu sais qu'une trentaine de personnes à passer au peigne fin donne neuf cents profils à scanner ! Il nous faut encore deux bonnes heures de travail.

– Parfait Sergent. Tiens-moi informé même tard dans la nuit s'il te plaît.

Voici la légende de notre équipe et le rôle de chacun : avec le peu d'éléments fournis à cet instant, je vais revêtir le rôle d'un riche héritier français, Aloïs de la BAINQUINIAIRE, cherchant à diversifier sa fortune plus particulièrement auprès de fonds d'investissements dont les bénéficiaires seraient des compagnies nationales cherchant à lever des capitaux pour la R&D[20]. Pour cela, je suis entouré en permanence de mon avocat-conseil, de mon assistante personnelle et de mon garde du corps.

En fonction des analyses croisées, nous prendrons rendez-vous avec une des vingt et une filiales et tenterons de remonter le plus haut possible. Attendez-vous à découvrir des pratiques nauséabondes.

Major, tu deviens « Letizia FARMINI », Gilles tu deviens « Me Ernest LALUMIERE », Orso tu deviens « Léandro SPINOZA », Cyril « Iron » on ne change pas !

– Commandant, j'ai une question !

– Vas-y Adjudant !

– Quel sera mon rôle ?

– Fantôme « Iron » ! Tu devras ne jamais te trouver loin de nous et quand nous avancerons tu assureras nos arrières comme à chacune des précédentes missions.

– Donc jamais je n'aurai de beaux costumes comme vous ?

– Adjudant, à chacun ses compétences ! Tu es le meilleur pour nous couvrir.

– À vos ordres Mon Commandant !

– Je vous invite à vous rendre à l'armurerie choisir votre matériel, passer au Bureau Identification pour vos vrais/faux papiers, sélectionner des tenues vestimentaires adaptées à notre légende puis demander l'affectation d'une chambre pour la nuit. Nous risquons de partir dès demain en fonction des éléments remontés. Cette mission « non habituelle » pour notre agence nous fera avancer à l'aveugle, j'en suis désolé.

Si pas d'autres questions, séance levée, merci à tous.

---

[20] Recherche et Développement.

Tard dans la nuit, à 3h15, le Sergent Cécile vient frapper à la porte de ma chambre pour porter à ma connaissance un élément ressorti des fichiers : le directeur de la filiale de LONDRES, Elliot ELWOOD, surnommé « EE », était à l'université d'OXFORD la même année qu'Aaron WINMAN en 2003 !

Jusque-là rien de transcendant, mais les données croisées ont fait ressortir une arrestation commune pour ivresse sur la voie publique lors d'une sortie nocturne à OXFORD. L'élément le plus marquant c'est que les deux futurs directeurs de filiales se battaient l'un contre l'autre, ivres saouls, précise le P.V. d'arrestation. Autre détail, ils faisaient partie de la même équipe de rugby universitaire, le OXFORD University RFC, élément confirmant leur proximité.

Dernier détail, le plus intéressant et ouvrant des perspectives, c'est leur appartenance au même « club fraternel occulte » d'étudiants formant une élite au sein de l'élite financière. Une prouesse technique réussie par l'équipe du Sergent car ces clubs sont secrets et la liste constituant les membres est confidentielle, ainsi même que les noms de leurs présidents appartenant souvent à une famille influente.

Le nom du club secret décrié comme sexiste, serait le « Bullington Club » surnommé « le club des sales gosses ».

Professionnelle, le Sergent Cécile joint à cette identification l'historique du club relevant leur code vestimentaire estimé à 5000£ (queue-de-pie bleu marine, boutons en or monogrammés, gilet, cravate bleu ciel…), la date de création (1780), les noms célèbres l'ayant composé (David CAMERON, Boris JOHNSON, les Princes Edouard VII et VIII…) ainsi que le détail des « festivités » d'entrée d'un membre, parmi lesquelles une bravoure sexuelle décadente doit être prouvée…

Pour conclure le C.V. de ce club, une annotation indique ses travers reconnus : bagarres, beuveries, provocations ostentatoires, destruction de bars et restaurants, relevant des comportements des « bullers » comme destructeurs et provocateurs jusqu'à avoir brûlé une liasse de billets de banque de 50£ devant des sans-abris en 2013.

Cet ensemble d'éléments pertinents n'aura de valeur qu'en trouvant une raison pour laquelle je souhaite être en contact avec la filiale londonienne bien qu'étant Français…

Le temps d'identifier une société anglaise recherchant des capitaux en étant affiliée à la « Bank Of Investment Inc. » via le bureau du Sergent, je demanderai à la première heure au Major de m'obtenir un rendez-vous avec Elliot ELWOOD.

Ma dernière demande adressée au Sergent est de m'informer à la seconde-même où elle découvrira de nouveaux éléments me permettant d'avancer dans la mission « SWIFT ».

Chapitre 6
Bank Of Investment Inc.
LONDRES - U.K

La force de conviction du Major lui permet d'obtenir des rendez-vous fixés de la part de ses interlocuteurs dans un temps record !

Appel à 9h30 heure française, soit 8:30am heure anglaise, rendez-vous obtenu pour le soir même à 5:30pm au cœur de la CITY[21] !

Depuis hier, notre « service mission », en charge de la création de nos couvertures, redouble de finesse pour concevoir mon profil de riche héritier et ceux de mon équipe. La plus difficile est la légende de l'avocat qui nécessite le piratage de l'Ordre des avocats français afin d'insérer son nom « Ernest LALUMIERE » assorti de l'année d'obtention de sa C.A.P.A.[22].

Quelques heures d'avance pour organiser le départ me permettent, avec l'aide des hackeurs de l'agence, d'identifier une entreprise anglaise en attente de validation d'ouverture de capitaux de la part de B.O.I.[23]. Après quelques contournements illégaux de pare-feu informatiques, « Marco » me procure deux noms. L'un est celui d'une entreprise de haute technologie voulant lever quinze millions de livres sterlings, l'autre est celui d'une start-up issue de l'agro-alimentaire voulant lever deux millions. Son origine est anglaise avec le renfort d'associés italiens. Le choix est naturellement porté sur l'entreprise d'agro répondant au nom de « Drink Happy Bio » détenant le concept d'une boisson énergisante bio. Cible idéale…

Convocation adressée à mon équipe pour un départ du B.S.I. à 14h30, vers la B.A.107[24] en vue d'un décollage en direction de LONDON City Airport, aéroport majeur en termes d'aviation d'affaires bénéficiant d'une proximité avec les Docklands et la City.

Les Moyens Généraux nous ont réservé des chambres au « MANDARIN ORIENTAL Hyde Park ».

Proche du bureau du Lieutenant Pierre P., je profite de quelques secondes libres pour lui rendre visite.

---

21 La City est le quartier des affaires et de la finance de LONDRES.
22 Certificat d'Aptitude à la Profession d'Avocat.
23 Bank Of Investment Inc.
24 Base Aérienne 107 de VILLACOUBLAY.

– Tu as négocié des tarifs avec le MANDARIN ou tu fais passer des points sur ta carte de fidélité Lieutenant ???!!!

– Si je cumule assez de points, prochaine réservation c'est offert ! Tu me prends pour un guignol Commandant ?

– Pour un guignol non, plutôt pour un malin !

– C'est plus juste ! Bon, mission périlleuse d'après l'écoute du brief ?

– J'avoue être inquiet des découvertes à venir… Le sacrifice humain dont a été victime le banquier à PARIS est pour moi associé à de la barbarie savamment orchestrée.

– Oui c'est certain. Je me souviens l'histoire du banquier Edouard STERN en 2005, retrouvé mort dans une combinaison en latex de sadomasochiste à GENEVE, assassiné ! On aurait dit une marionnette !

– Oh merde oui Lieutenant ! De mémoire c'était sa compagne l'assassin après qu'il l'avait traitée de pute !

– Exact Commandant !

– Mais là, c'est encore autre chose… N'oublie pas de me réserver une MASERATI Quattroporte pour la couverture s'il te plaît car nous serons trois à bord lors des déplacements.

– Tu es heureux toi, le Commandant Saint-Régent ! FALCON, voiture de sport !

– Aucun souci, je prends la direction de ton bureau, tu vas sur le terrain et je veux du résultat ! Enfin dans ton bureau je serai heureux.

– Finalement non, tu auras ta voiture au pied du FALCON.

– Tu vois, il y a les tauliers et les autres !!! Depuis l'enfance je suis captivé par cette marque, autant profiter des rares avantages qui me sont offerts sur le libre choix des modèles à utiliser. Le jour d'une mission en plein cœur du désert de MONTE[25], promis je te demanderai de me réserver une JEEP WILLIS.

Je te tiens informé des déplacements pour ton organisation en back office. Merci à toi Lieutenant.

– À ton service Commandant ! Coffre ces salopards. Que de révélations ces derniers jours ! Jusqu'à ton véritable nom…

---

[25] Désert Sud-américain situé en ARGENTINE.

Dernier passage dans le bureau du Colonel avant le départ. L'énumération des précieux conseils liés à ce premier déplacement amène le directeur du B.S.I à me confirmer la disponibilité des équipes ici réunies dans la salle dédiée au « P.C. Guerre ». L'unité du Sergent-chef Jérôme a déployé les nouveaux logiciels capables de s'incruster dans l'écoute des endroits dans lesquels je me trouverai grâce à un minuscule émetteur portable simplement placé dans une de mes poches. Le Colonel renchérit sur les nouveaux matériels radios vendus par l'entreprise habituelle, proposant des oreillettes intra-auriculaires totalement réduites à leur plus simple expression. Nous sommes dans le cadre d'une dotation expérimentale de la part de ce fabricant français de hautes technologies électroniques. Peu rassuré en cas de mauvais fonctionnement, j'anticipe en faisant préparer les anciens modèles !

Il s'engage à me fournir un appui technique durant les déplacements grâce, entre autres, à notre dernier équipement, un fourgon mobile banalisé truffé d'électronique, d'informatique capable de capter les conversations sur Skype, Hangout, Whatsapp, Messenger, BBM… Des caméras puissantes sont dissimulées sur le toit ajoutant la vue à l'ouïe. Relayé par satellite, il envoie en temps réel à notre D.A.S.E.M les informations captées lors de planques. Le seul inconvénient de cet outil c'est qu'il est difficile de le positionner hors de la zone euro. Pour notre déplacement londonien, il a quitté le B.S.I. dès l'obtention du rendez-vous avec la filiale anglaise afin d'être positionné près de l'immeuble le plus tôt possible avant notre arrivée.

Tous les détails financiers concernant ma couverture d'investisseur sont passés en revue, les vrais/faux comptes sont ouverts prouvant l'éventuel apport capitalistique dans une entreprise prometteuse.

Tout en me raccompagnant, le Colonel curieux de nature, m'interroge sur l'évolution de ma relation avec Lilie après notre voyage en INDE[26]. Notre relation, tissée depuis vingt-cinq années, m'offre une forme de laisser-aller à la confidence à l'égard de mon supérieur : « Je n'ai pas réussi à lui avouer, Mon Colonel. Alors elle pose des

26 Cf. « As de Pique ».

questions embarrassantes auxquelles je réponds par des mensonges qui m'enfoncent à chaque réponse en dégradant notre relation. Ce contexte n'est pas favorable à solidifier notre relation… Je ne sais plus comment faire ! ». Ce à quoi il me répond comme un père, « Gabriel, quand vous serez prêt, soyez transparent, vous verrez, cela changera favorablement la nature de votre relation ».

Le van peut quitter le B.S.I avec l'équipe et le matériel prévu pour affronter toutes les situations se présentant.

Lorsque nous serons à bord du FALCON, je m'adresserai en privé au Lieutenant Orso qui reste encore en retrait, certainement par discrétion.

Étant assis à côté du Major Elodie B., elle profite de notre proximité pour me faire part de sa satisfaction à l'avoir retenue pour cette mission exceptionnelle. Je ne peux que lui confirmer ma volonté de faire appel à elle de manière quasi permanente pour ses compétences comme Officier dans mon équipe.

Plus nous avançons dans le temps, plus je m'interroge sur la constitution d'une équipe « action » fixe. Le Major approuve sans réserve mon projet.

Nous décollons et serons à LONDRES dans une heure et quelques minutes. Immédiatement, je demande au Lieutenant Orso de me rejoindre à l'avant de l'avion.

Sans me lancer dans un monologue interminable, je me dois tout de même pour sa première mission au B.S.I. de lui décrire nos modes opératoires, parfois inhabituels pour une agence de renseignements parallèle. Notre organisation est cofinancée par les quarante entreprises du C.A.C. 40 pour la défense de leurs intérêts lorsque la situation l'exige, ce qui offre d'une part un atout financier dans l'acquisition de matériels ultras sophistiqués et d'autre part pour nos couvertures qui bénéficient parfois d'avantages sur le terrain permettant de nous infiltrer dans différents univers. En revanche, nos actionnaires ne tolèrent pas l'échec du fait que les conséquences économiques peuvent être désastreuses. Une pression supplémentaire à gérer en mission mais galvanisante pour la plupart des Sous-officiers et Officiers affiliés au Bureau Secret d'Intervention.

Rapidement, il comprend les attentes de ma part et affirme être totalement solidaire de nos pratiques. La conclusion de notre échange n'est en rien révolutionnaire dans notre univers, mais elle a le mérite d'être certifiée oralement : « le secret est notre marque de fabrique ».

Les dernières minutes de vol sont consacrées à mon équipe au sujet du discours lors du futur rendez-vous avec le directeur de la filiale, Elliot ELWOOD. J'expose mon plan d'intention d'investir sur le sol anglais, suite aux précieux conseils prodigués lors d'un entretien imaginaire avec Aaron WINMAN.

Dès le début de l'échange, il me faudra évoquer son nom tout en épiant la gestuelle de mon interlocuteur suggérant s'il détient ou non des informations au sujet de son assassinat. Me Gilles S. devra avoir son nez plongé dans de faux documents administratifs, le Major devra prendre des notes tout en plaçant, comme à son habitude, un système d'écoute. Quant au Lieutenant, il sera en tant que garde du corps/chauffeur, placé dans la salle d'attente lui permettant ainsi d'installer dans les couloirs conduisant au bureau d'Elliot ELWOOD des caméras magnétiques sans fil. Il utilisera son ordinateur portable équipé d'un « keyloggers[27] » relié au PC guerre du Sergent-chef Jérôme pour capter tout ce qui s'échangera informatiquement dans les bureaux.

Une vingtaine de minutes suffisent pour nous installer dans nos chambres et aussitôt repartir en direction de la City.

La City est une enclave d'environ trois cents hectares au cœur de la capitale britannique. Centre historique et financier de la capitale, cet immense quartier d'affaires regorge de sièges sociaux de banques, de compagnies d'assurance et d'entreprises internationales. Aujourd'hui, d'après mes informations, La City est la troisième place financière mondiale après NEW-YORK et TOKYO.

Les bureaux de la « Bank Of Investment Inc. » sont situés sur King Edward Street dans un immeuble cossu, du quatrième au sixième

---

27 Logiciel-mouchard permettant de recopier en temps réel tous les fichiers d'un ordinateur, d'une tablette ou d'un téléphone.

étage, à l'angle d'Angel Street à quelques pas de la LONDON STOCK EXCHANGE (LSE) [28].

Stationné à quelques dizaines de mètres de l'immeuble, je repère notre fourgon banalisé. Par un mouvement discret de la main, je fais signe à l'équipe positionnée à l'intérieur de notre arrivée. Par radio, ils répondent un « Roger[29] ».

Ma garde rapprochée et moi-même, tous habillés en parfait clan d'une business team, nous sonnons à l'interphone, passons devant l'agent de sécurité, puis montons par l'ascenseur privatif dédié à la banque. Les portes s'ouvrent, nous donnant accès à un vestibule où nous accueille une jeune femme typiquement anglaise qui se présente comme l'assistante personnelle de Mr Elliot ELWOOD, répondant au nom de Ashley MADISON.

Nous sommes en avance de quelques minutes ce qui nous offre l'accès au salon d'attente privé. Aucune caméra n'y est installée, ce qui permet à Orso de connecter son PC relié au fourgon et de démarrer ses logiciels pour capter les signaux électromagnétiques puis de les transférer.

Dix minutes plus tard, l'assistante vient nous chercher pour nous conduire au bureau de son employeur.

Se levant de son bureau princier à la décoration typiquement « british », Elliot ELWOOD nous salue chaleureusement en faisant l'effort de prononcer ces mots en français. Aussitôt il s'excuse de ne pas en connaître plus et espère que notre niveau d'anglais est suffisant pour l'entretien. Je peux lui confirmer notre parfaite maîtrise de la langue de SHAKESPEARE.

Silhouette athlétique, chevelure courte châtain clair, rasé de près, habillé d'un costume bleu marine paraissant sur mesure, d'une chemise bleu ciel, cravaté, raie sur le côté gauche, lunette ronde en écaille, Elliot nous invite à nous asseoir. Reconnaissant un signe distinctif d'élégance à ses chaussures, je le félicite pour son choix de la double boucle de chez CHURCH'S. Amusé, à son tour il félicite notre style

[28] La Bourse de LONDRES.

[29] Langage radio militaire signifiant « bien compris, reçu ».

classique relevant de l'élégance française. Il me faut bien introduire la rencontre avant de présenter mon équipe et le rôle de chacun.

– Monsieur de la BAINQUINIAIRE, j'ai pu consulter vos actifs, vous disposez d'une très belle somme à investir. Pourquoi souhaitez-vous investir dans une entreprise anglaise, au-delà d'avantages fiscaux premiers évidemment ?

– Je vous remercie Monsieur ELWOOD. Effectivement, mon patrimoine financier est placé de manière sûre sur différents continents mais je souhaite accompagner par mon financement une start-up prometteuse. Votre homologue français, Monsieur Aaron WINMAN ne détenant pas de perspective adaptée à mon budget m'a conseillé de vous rencontrer. Très positif à votre encontre, il m'a affirmé que votre portefeuille détenait des start-ups dont les productions allaient révolutionner les méthodes de consommation !

– Vous avez rencontré Aaron, à quelle date ?

– La semaine dernière, mon avocat devrait confirmer la date et l'heure précise si ces détails sont prioritaires pour vous.

– Ne vous donnez pas la peine. Malheureusement, Aaron est décédé depuis.

– Pardon ???

– Oui, l'ensemble du groupe est sous le choc. D'après nos premières informations, il aurait été assassiné dans son bureau d'une balle dans la tête.

– Quelle horreur ! Il a été si professionnel face à mes demandes et attentes. Avait-il des enfants ?

– J'ai eu la chance de partager ma chambre d'étudiant à OXFORD avec lui. Sacré bagarreur !

J'espère que la police française ne mettra pas trop de temps à arrêter l'auteur.

– Vous disiez avoir été étudiant à OXFORD ensemble ? J'ai un ami en France qui a été étudiant à OXFORD également ! Il aime me narrer régulièrement ses frasques et celles du club dont il était membre ! Attendez le nom va me revenir…

– Je serai curieux oui de savoir quel est ce club !

– Il me revient ! Le BULLINGTON !

– Mais dites-moi Monsieur de la BAINQUINIAIRE, vous connaissez du beau monde ! Quel est le nom de cet adhérent ? Il serait amusant de le rencontrer lors des réunions d'anciens dont je fais partie ! À titre exceptionnel et selon les circonstances, Aaron était également des nôtres.

– Vous en êtes membre ainsi que Mr WINMAN l'était ? Le monde est petit… Oh oui, je peux vous le donner : Baptiste ODEON.

– Vous m'offrez quelques minutes que je consulte le fichier des anciens membres ?

– Faites Monsieur ELWOOD…

Assis derrière son bureau, il tape sur son clavier, tandis qu'en même temps, par mon oreillette intra-auriculaire, l'équipe du fourgon me signale l'ouverture sur son ordinateur d'un dossier nommé « Black Bank » dont il tente de transférer le contenu malgré le fait qu'il soit crypté.

– Vous avez peut-être mal compris le nom indiqué par votre ami car je ne vois pas de Baptiste ODEON parmi les anciens membres.

– Veuillez m'en excuser. Je ne manquerai pas de le lui demander lors de notre prochaine rencontre. Pourrions-nous aborder les raisons de ma venue ? Mon avocat-conseil ici présent n'hésite pas à me facturer chaque minute passée ! À trois cents euros de l'heure, j'aime aller à l'essentiel.

– Tout à fait Monsieur de la BAINQUINIAIRE. Quel est votre stratégie d'investissement ?

– Mes actifs en liquidité représentent cinq millions d'euros hors les sommes réparties sur différentes places boursières. Cumulées, ces sommes peuvent atteindre vingt-cinq millions d'euros.

Je souhaite allouer un capital avec conditions de sortie à trois années auprès d'une start-up évoquée par feu Mr WINMAN.

– Effectivement, j'ai deux entreprises capables de répondre à vos attentes dont une est britanico-italienne, spécialisée dans la boisson énergétique pour sportifs. Ils cherchent à lever, via notre institution, un partenaire pour deux millions de livres avec clause de sortie du capital et intérêts au terme de la cinquième année.

– Avez-vous l'ensemble des pièces financières en même temps que les statuts, bilans, prévisionnels, stratégies ?

– Oui et bien plus !

– Veuillez faire passer le dossier à Maître Ernest LALUMIERE je vous prie.

– Il va falloir que vous et les membres de votre équipe me signiez les clauses de confidentialité pour toute transmission de données confidentielles, accompagnées de vos passeports. Puis-je avoir votre titre, l'orthographe précise de votre nom, date de naissance de Madame et de vous également Maître ?

– Oui Monsieur ELWOOD, mon nom est Letizia FARMINI, assistante personnelle de Monsieur de la BAINQUINIAIRE, née le 07 avril 1975.

– Mon nom est Ernest LALUMIERE, avocat fiscaliste inscrit au Barreau de PARIS, né le 11 mars 1965.

Le banquier scanne nos trois passeports pendant que l'équipe du fourgon me signale qu'il les transfère auprès d'une adresse IP[30] identifiée sur le serveur de SCOTLAND YARD[31] !

– Voilà Madame, Messieurs, le NDA[32] à signer de vos mains pour la remise du dossier complet. Dans le cadre de votre mise à disposition de fonds pour cette start-up nommée « Drink Happy Bio », il vous faudra rencontrer mon homologue italienne basée à ROME puisque les associés italiens ont leur siège dans la capitale italienne. Les capitaux seuls ne suffisent plus, il faut s'assurer d'un feeling entre les trois parties.

---

30 IP pour Internet Protocol correspond à l'adresse d'un équipement informatique (ordinateur, imprimante etc.).

31 SCOTLAND YARD est le quartier général de la police londonienne située dans la cité de WESTMINSTER.

32 Non-Disclosure Agreement est un contrat entre deux parties certifiant la confidentialité des informations à venir.

– Je n'y vois aucun inconvénient Mr ELWOOD et cela me paraît plus adapté dans le contexte économique auquel le monde se retrouve confronté.

– Vous m'en voyez ravi ! Sachez également qu'une commission de 10 % sera prélevée sur votre apport capitalistique, elle est destinée à notre institution, condition portée sur le futur contrat en toute transparence.

– Parfait. Sachez qu'en cas d'accord pour cette première affaire, mon intention est de déceler une affaire plus importante à financer. Mon avocat jugera de l'intérêt législatif de cette première affaire si nous la concluons, personnellement je veux être informé d'un « coup »

– Très bien Monsieur de la BAINQUINIAIRE, notre établissement d'investissement détient différents projets pour certains excessivement discrets. Permettez-moi d'insister sur le caractère décisif d'avancer ensemble après une première affaire conclue.

– Je l'entends ainsi Monsieur ELWOOD.

– Ma secrétaire, Madame MADISON va vous remettre en sortant le dossier complet pour votre étude. Il me faudra rapidement une intention de votre part afin de déclencher une rencontre avec notre filiale italienne par le biais de sa directrice Madame Ellen LAMATI et ses clients.

– Demain matin à 8:00am heure de LONDRES vous aurez ma position ferme. Me LALUMIERE va travailler toute la nuit si cela est nécessaire pour respecter mon engagement.

À cet instant, l'équipe du fourgon m'informe que l'adresse IP vient de renvoyer une information sur la boîte mail du banquier certifiant nos identités.

– Alors je serai connecté pour déclencher les hostilités Monsieur de la BAINQUINIAIRE !

– Merci pour votre accueil Monsieur ELWOOD et espérons un premier accord !

– Je l'espère. Demandez à votre ami de quel club il dépend en tant qu'ancien d'OXFROD. J'apprécie les recommandations des réseaux !

– Comptez sur moi.

L'ascenseur nous redescend au rez-de-chaussée. Orso part récupérer la MASERATI, pendant que sur le trottoir je m'entretiens avec Elodie me confirmant avoir placé un mini micro sous le fauteuil sur lequel elle était assise. Nous sommes tout à fait persuadés qu'il en sait bien plus qu'il veut le laisser entendre.

Je demande par radio à l'équipe du fourgon d'attendre quinze minutes avant de se déplacer pour nous retrouver derrière l'hôtel, le temps de capter ce que le micro va révéler dans la minute suivant notre départ.

Quelques minutes plus tard, le fourgon me signale son stationnement sur Sloane Street, rue située face au MANDARIN.

L'avocat est monté dans sa chambre afin d'étudier scrupuleusement le dossier « Drink Happy Bio ».

Accompagné du Major Elodie, du Lieutenant Orso, et de l'Adjudant Cyril, nous frappons à la porte latérale du fourgon. Reconnus par la caméra extérieure, la porte coulisse et nous pouvons découvrir enfin ce fourgon, la toute nouvelle acquisition du B.S.I.

Pour des raisons fonctionnelles de langage radio, je propose à l'équipe de lui attribuer un nom : « Hermès ».

J'évoque les raisons de ce choix : le nom de cette divinité grecque, Hermès était le Dieu du voyage, des communications, de la ruse, de la langue, de l'écriture et des voleurs ! Je ne pouvais pas proposer plus adapté. Après les rires de circonstance, tout le monde s'accorde à valider cette proposition.

La dénomination étant actée, l'équipe d'Hermès en réseau avec le D.A.S.E.M livre le service dont dépend l'adresse I.P. de SCOTLAND YARD, se trouvant être la police financière dénommée le S.F.O.[33], poste du « Chief Inspector » Peter SPENCER. Immédiatement je demande à l'équipe de le mettre sous surveillance en traçant ses cartes de crédit, son smartphone, de poser une balise sur sa voiture, de connaître les noms des personnes qu'il voit, où il sort, de révéler les sites qu'il visite même les sites pornographiques, bref une action de

33 Serious Fraud Office, service spécialisé sur les délits d'initiés.

priorité niveau 1. « Plombez-moi de suite son putain de téléphone ». Ordre accepté sans discussion.

Le « keylogger » utilisé par Orso depuis son PC portable n'a pas permis de transférer les dossiers informatiques contenus dans l'ordinateur du banquier, information révélée par Hermès. Ce système est un vieux classique que la plupart des nouveaux systèmes de sécurité ont plutôt tendance à bloquer.

De plus, le micro placé n'a pas permis d'entendre les appels passés depuis le bureau d'Elliot ELWOOD car trop éloigné et pour terminer, le dossier « Black Bank » crypté n'a pu lui aussi terminer son transfert.

Le Major intervient :

– Je ne vois qu'une solution, s'introduire dans ses bureaux cette nuit !

– Major, je suis favorable à cette action si Orso est prêt à intervenir en mode fantôme.

– Mon Commandant, comptez tous sur mon engagement.

– Équipe Hermès, vous allez me craquer les codes d'accès à l'immeuble ainsi que les accès à l'étage du bureau.

– On peut Mon Commandant ! Un jeu d'enfant.

– Alors « Iron » tu vas nous couvrir en te plaçant au meilleur endroit possible pour nous prévenir de toutes les rondes ou intrusion nocturne.

– Enfin Commandant de l'action !

– OK. On se retrouve à 11:00pm au pied de l'immeuble. Discrétion absolue d'ici là. J'imagine parfaitement le banquier demander à ses contacts de SCOTLAND YARD une mise sous surveillance. Il nous faudra quitter l'hôtel à tour de rôle, par taxi pour ma part, vous deux par l'entrée de service à l'arrière du MANDARIN.

– À vos ordres Commandant.

– Parfait ! Synchronisons nos montres, la mienne indique 8:11pm.

King Edward Street – Entrée « Bank Of Investment Inc » - 10:58pm

Hermès est stationné au même emplacement, « Iron » signale sa position dégagée, le Major marche lentement en direction de l'entrée pour me rejoindre, sac à dos bien accroché.

Caché, je surveille si elle n'a pas de mule collée au train. Le Sous-lieutenant Orso est placé en face de l'immeuble de la banque, sous le perron non éclairé de l'hôtel particulier. Il restera à cet endroit pour assurer notre sortie si elle doit se dérouler dans l'urgence.

Derrière les portes vitrées, nous visualisons un seul agent de la sécurité assurant le contrôle nocturne. Il me faut ouvrir les portes, m'approcher de lui et par surprise lui injecter une seringue légèrement dosée de Propofol[34]. Une fois endormi, relier le réseau interne vidéo par connexion informatique avec Hermès agissant immédiatement pour couper les enregistrements. Ce quartier est sensible du fait de la proximité avec la bourse de LONDRES, donc il a possiblement une connexion avec la police locale.

– Hermès, attendons le code numérique d'ouverture des portes.

– Le voici Commandant : 2222A.

– Bien reçu ; les portes s'ouvrent, je confirme ouverture des portes, soyez prêts à recevoir la connexion réseau de l'immeuble.

11:02pm

Nous avançons vers l'agent arborant un grand sourire. Celui-ci nous salue en nous demandant de quelle société nous faisons partie. Le Major lui répond en le contournant ce qui le détourne de son attention. Passant derrière lui, je lui bloque le cou et lui plante la seringue dans l'épaule droite, tout en entourant sa gorge pour bloquer sa respiration, il s'endort sans résistance. Derrière son comptoir, un ordinateur, relié aux six caméras des différents étages, diffuse les images simultanément et un autre ordinateur diffusant les images extérieures des trottoirs et une du toit.

---

34 Anesthésique intraveineux.

– Hermès, je vous transmets l'adresse IP des deux PC.
– Attendons adresse IP pour prendre la main Commandant.
– 3,2,1... Connexion.
– Affirmatif, la main est prise.

Nous plaçons le garde suffisamment droit pour que de l'extérieur rien n'attire les regards sur sa posture.

« Iron » nous informe par radio que les étages sont vides, sa lunette à vision nocturne ne détecte aucune source de chaleur hormis celle des armoires informatiques, donc R.A.S.

Nous empruntons l'ascenseur jusqu'au 4ème étage dont le code obligatoire pour l'atteindre est craqué par Hermès.

Les portes s'ouvrent donnant accès au hall d'accueil. Le Major identifie la pièce dans laquelle se trouve le serveur informatique, ainsi que la borne diffusant les images des caméras installées dans les trois étages. Elle place un émetteur sur le système, puis transfère l'IP via Hermès. À eux de jouer...

Cette protection étant faite, nous pouvons installer nos matériels informatiques sur le serveur au moyen d'une clé USB, pour que l'équipe dans le fourgon lance un hacking en détectant les codes d'accès aux ordinateurs d'Elliot ELWOOD.

Pour ne pas être repéré, j'utilise un analyseur de spectre numérique portable. Heureusement que cet analyseur était dans la valise de matériel ! Un micro espion capable de détecter toute intrusion dans le système est connecté. Nous stoppons donc l'analyse immédiatement.

Je contacte l'équipe du fourgon :

– Hermès ici le Commandant, comment contourne-t-on le micro espion ?

– Commandant, il faut que nous installions un pare-feu. Donnez-nous deux minutes et surtout déconnectez-vous tant que le signal n'émet pas une intrusion via une plateforme de surveillance. On reprend contact avec vous.

Une alerte m'est adressée immédiatement : trop tard le serveur a déclenché un signal auprès de la société informatique garantissant leur système, donc à partir de cette minute nous devons nous attendre à voir débarquer des agents de sécurité. Hermès insiste sur le pare-feu dans le but d'obtenir le transfert des données. Partant du principe qu'une fois le signal émis nous bénéficions de dix-huit minutes, je laisse le Major avec les connexions de notre matériel pour tenter d'obtenir quelques données. Pendant ce temps-là, je me précipite dans le bureau du banquier, je récupère les deux micros espions placés. Aucune trace ne doit être détectée, je connecte une clé de décryptage sur son PC lançant, grâce à son logiciel, un scan de milliers de mots de passe. Associé au keylogger, au bout de sept minutes, l'écran relié fait apparaitre le mot de passe saisi immédiatement sur le clavier. L'écran s'allume permettant de découvrir une centaine de dossiers sur son bureau. Mais à nouveau chaque dossier apparaissant prioritaire requiert un mot de passe ! Son système est parfaitement protégé… Mes yeux sont attirés par la lumière de la micro-caméra de l'écran qui se déclenche. Immédiatement je plonge sous le bureau pour me retrouver à l'arrière de l'écran sans plus pouvoir saisir les mots de passe livrés par mon matériel du parfait hacker.

Les problèmes s'enchaînent, « Iron » nous prévient par radio de l'arrivée d'une voiture banalisée, garée à cheval sur le trottoir, dont deux hommes descendent. Il nous reste quelques secondes pour tenter le tout pour le tout avec le Major, tout en maintenant le réseau avec Hermès.

Le fourgon nous informe enfin avoir actionné un pare-feu sur le serveur, ce qui nous permet de transférer tous les dossiers reliés en sauvegarde sur le serveur.

Le pourcentage de transfert définitif indique 22 % ce qui est excessivement long pour tout déconnecter avant l'arrivée des agents dans les étages. J'impose au Major de décrocher mais « Iron » nous informe de la présence des agents dans l'ascenseur après avoir constaté l'endormissement du garde à l'accueil.

Par chance la salle informatique est alimentée par une gaine diffusant de l'air climatisé servant à éviter la surchauffe des armoires informatiques. Le Major dévisse la grille, jette son sac à dos, s'y engouffre, prend mon sac de manière qu'à la dernière seconde je n'ai plus qu'à retirer les deux clés USB Keylogger une fois le chargement de données effectué.

« Iron » sonne l'alerte par radio. Ils sont à la porte et saisissent le code d'ouverture. Information confirmée par Orso. Il me demande la permission de créer une diversion en tirant une balle sur la façade, son fusil de sniper étant équipé d›un silencieux. Refus catégorique. Il ne faut créer aucune alerte donnant lieu à penser qu'une intrusion se déroule dans les espaces de la banque.

88 % indique l'écran, pendant que les deux hommes franchissent les premiers mètres dans le hall. Le temps qu'ils vérifient les premiers bureaux, les 12 % restants devraient me laisser le temps de tout déconnecter et m'introduire dans la gaine. Le Major me signale que l'air frais diffusé doit être de 10°, ce qui ne nous permettra pas de rester des heures cachés à l'intérieur.

99 %... Mais les dernières données sont apparemment les plus lourdes à soutirer du serveur. Ils approchent de la salle, je les entends parler fort dans leur radio, indiquant à leur poste de commandement que le lieu est sécurisé. Hermès m'indique par radio bien recevoir les centaines de dossiers, tout en précisant que 100 % doit être conforme sinon les documents ne seront pas utilisables.

Les gardes se rapprochent de plus en plus de la porte de la salle, j'ai une jambe dans la gaine, mon bras tendu de manière à saisir les clés et m'engouffrer dans la gaine. À quelques millièmes de secondes près, la scène aurait pu être idéale, mais un des deux agents de sécurité ouvre la porte, manie sa torche de manière à éclairer la pièce heureusement équipée de quatre armoires informatiques, laps de temps me permettant d'entrer dans la gaine sans bruit tout en plaquant la grille de façon à la rendre visuellement fermée. Les deux clés terminent leur travail de transfert de données, transfèrement confirmé par Hermès.

L'agent prend son temps, tourne autour des armoires, n'étant peut-être pas un spécialiste en informatique, il ne remarque pas notre matériel. Le faisceau de lumière balaie au ras du sol, passe devant la grille mais ne s'arrête pas fixement sur elle. Quelques secondes plus tard, l'agent ressort, rejoint son confrère ce qui me permet de ressortir pour aller récupérer les clés et refermer consciencieusement la porte vitrée de l'armoire.

Hermès me confirme la parfaite extraction des données et indique un deuxième signal émis par le serveur auprès de la société qui, de façon synchronisée, prévient les agents sur place qu'un acte de piratage informatique se déroule. Immédiatement les deux hommes se rendent dans la salle des serveurs. Notre contrôle face à ce genre de situation doit être exemplaire sans provoquer le moindre geste brusque.

À l'aide d'un tournevis aimanté, de l'intérieur je replace les quatre vis aux angles de la grille. Le Major recule à plat ventre, sans bruit, pendant qu'à mon tour je la suis à reculons. À voix basse je demande au fourgon d'obtenir les plans des conduits afin de nous diriger vers une sortie au travers de ces larges gaines. Il leur suffit de deux minutes pour nous indiquer la direction à prendre nous menant sur le toit de l'immeuble où se trouve le bloc de climatisation envoyant l'air tempéré.

Les pentes des conduits sont inclinées sans aucun appui possible. Faisant des signes de la main au Major, je lui indique de prendre soutien avec ses chaussures à semelle en gomme sur chacune des parois et grâce à ses gants caoutchoutés générer un appui pour avancer centimètre par centimètre.

Nous gagnons quelques mètres jusqu'à une nouvelle alerte d'Iron prévenant quc dcux nouveaux agents supplémentaires descendent d'une voiture banalisée. Orso à son tour valide l'information et demande quoi faire. Iron insiste à nouveau pour obtenir mon autorisation à créer une diversion par un tir sur les immenses baies vitrées. À nouveau je refuse le tir mais je lui demande de redescendre de son repaire et d'aller incendier une des deux voitures avec l'aide d'Orso. Aussitôt, ils confirment l'enclenchement de leur action. Cette distraction nocturne attirera les agents sur le trottoir et nous permettra d'accélérer la montée vers le toit.

Hermès, relié à notre système radio, propose dès la mise à feu des pneus d'une des voitures de prévenir le « 999 », le numéro des services d'urgences londonien, de manière à attirer l'attention des agents par le bruit des sirènes hurlantes. Le quartier est sensible…

Neuf minutes plus tard, « Iron » enflamme le pneu de la première voiture, atteste son action par radio, donc le fourgon déclenche l'appel immédiatement.

Le Major et moi avons stoppé notre escalade tout en attendant la sortie des agents, puis patiemment nous reprendrons notre escalade. Définitivement la sortie par l'entrée principale de l'immeuble est proscrite.

0:05am

Les sirènes des camions de pompiers retentissent jusqu'à nos oreilles mais nous n'avons plus la capacité d'entendre les agents indiquer leur sortie des bureaux. « Iron » s'est replacé en toute discrétion dans sa planque lui offrant une vue d'ensemble du trottoir et de l'immeuble.

Aussitôt il nous informe que la voie est libre dans les bureaux ce qui nous permet d'accélérer la montée vers la sortie sur le toit. Sauf que le pourcentage de la pente de la gaine se durcit sérieusement, nous empêchant, sans matériel adéquat, d'avancer d'un mètre de plus. Le Major n'ayant plus de force dans ses bras et ses jambes est dans l'impossibilité de tenir trois minutes de plus. La mienne n'est guère plus résistante.

L'unique solution est de redescendre vers un pourcentage moins élevé et de réfléchir à une solution d'évacuation des lieux.

0:35am

L'incendie est circoncis permettant aux quatre agents de repartir avec un seul véhicule en laissant les bureaux sans surveillance, nous indique Orso.

Ne reste plus qu'à attendre une petite dizaine de minutes avant de redescendre en empruntant l'escalier d'évacuation d'urgence car l'ascenseur attirerait l'attention du garde, maintenant bien réveillé et à nouveau opérationnel. Iron respecte un timing pour que toutes les deux minutes il transmette les informations relatives à notre sécurité. Enfin, devant la porte de sortie côté impasse derrière l'immeuble, je stoppe net l'élan du bras du Major qui allait appuyer sur la barre déclenchant l'ouverture de la lourde porte métallique. D'un signe de la main droite je lui indique le capteur optique relié certes à l'interrupteur, mais surtout au terminal de contrôle du gardien de l'immeuble qui provoquerait une alerte. Il me faut une fois de plus contacter Hermès afin d'hacker le logiciel de connexion des issues de cet immeuble. Là en revanche le Caporal Ambre K. m'affirme la possibilité d'ouvrir en trente secondes cette porte sans déclencher l'alarme.

« Feu vert Commandant » !

Nous ôtons nos cagoules et nos gants, puis nous nous prenons par la main pour simuler un couple amoureux rentrant de ballade, au moment du passage devant les immenses vitres de l'entrée du bâtiment. Le gardien est bien assis à son poste, une dépanneuse charge la carcasse encore légèrement fumante, l'Adjudant Cyril R. marche à une centaine de mètres devant nous en direction du fourgon où nous devons nous retrouver pour visualiser le contenu des dossiers téléchargés clandestinement. Orso ferme la marche derrière nous. Le Major Elodie me susurre à l'oreille « on l'a échappé belle Gabriel », ce à quoi je lui réponds « nous avons le droit aussi à un facteur chance favorable, sans quoi nous ne serions plus sur la planète terre depuis longtemps ».

0:55am

Nous entrons à tour de rôle dans le fourgon où les écrans affichent différents dossiers pour lesquels un code d'ouverture est absolument nécessaire afin de visualiser leur contenu. Le Sergent Arthur D. multiplie les tentatives de détection du code à l'aide de gadgets électroniques connectés et de logiciels, en s'assurant qu'à nouveau l'ouverture du dossier n'émettra aucun signal.

L'acquisition par le B.S.I. de ce fourgon estimé à cinq millions d'euros est un achat savamment réfléchi par le Colonel dans le but d'être parfaitement opérationnels et réactifs en OPEX.

Les minutes s'enchaînent sans obtenir les codes ce qui génère une forte tendance à m'agacer sérieusement. L'avocat, Gilles S., m'envoie son rapport après une lecture très attentive du dossier financier. D'après son analyse je peux à la première heure donner une intention ferme d'investissement.

Un dossier nommé « Black Bank » apparaît sur un des quatre écrans. Facilement le logiciel détecte son code d'ouverture. Surprenant. D'après la Caporale Ambre, aucun traceur d'ouverture n'y est associé, encore surprenant.

Des milliers de données chiffrées défilent, nécessitant un long travail de décryptage à venir.

– Commandant, il va nous falloir un temps certain, en collaboration avec le bureau des analystes, pour créer un encodage capable de décrypter ces données.

– Je joins immédiatement le Sergent Cécile pour qu'elle mette ses équipes au travail.

Transférez-lui ce dossier sans tarder.

– À vos ordres Commandant.

Par ligne sécurisée j'appelle le Sergent qui, étant à son domicile, prend sans tarder la direction du B.S.I. pour se caler devant ses écrans après réception des données transmises par Hermès.

Les minutes sont comptées à partir de cet instant où le dossier « Black Bank » peut nous livrer de sérieuses informations.

Nous quittons le fourgon, les laissant se concentrer sur le décryptage des données, pour rejoindre le MANDARIN. Une dernière consigne est donnée tant qu'ils sont sur LONDRES, c'est de borner les lignes de la banque en enregistrant toutes les conversations. Enregistrements à transmettre au D.A.S.E.M. du B.S.I.

En rejoignant ma chambre, je fais un stop dans celle de l'avocat pour entendre son débrief afin de ne pas commettre d'erreur lorsque je m'entretiendrai avec le banquier à la première heure.

– Gabriel, rien n'est suspect dans leur sollicitation de levée de fonds, les conditions de financement décrites sont claires, les conditions de sortie sont dans les normes habituelles pour ce type de montant, l'executive summary[35] synthétise parfaitement le business plan. De plus leur démonstration, produite par une vidéo, rassure sur l'état d'avancée de leurs gammes de boissons énergétiques bio.

– Tu me conseilles d'être légèrement hésitant sur certains alinéas ?

– Oui tu peux lui poser une question sur le pourquoi d'un transfert des fonds en trois montants bien distincts.

– C'est à dire ?

---

35 Executive summary : résumé &/ou synthèse de la présentation d'un projet en avant-première du business plan.

– La réception des fonds est surlignée de cette manière : 1/3 à la signature, 1/3 au lancement du développement, 1/3 lors de l'entame de la distribution commerciale européenne.

– OK Maître.

– Dernière précision, tu ne pourras confirmer ton investissement qu'au feu vert des partenaires italiens et après le passage de l'équipe des fondateurs devant le comité d'investissement de la filiale anglaise et italienne.

– Oui, cette précision a été portée à notre connaissance lors du rendez-vous !

– Alors Commandant, votre intervention nocturne s'est bien déroulée ?

– Nous avons frôlé la catastrophe ! Je te raconterai demain ! Bonne nuit Maître.

– Avec plaisir Commandant, bonne nuit à toi également.

De retour dans ma chambre appelée « Superior room[36] » bénéficiant d'une vue imprenable sur la cour intérieure, (!) donc sans aucun bruit, j'adresse un mail de rapport au Colonel de GANS lui précisant essentiellement la prise nocturne de documents secrets dont il aura la primeur des contenus par le Sergent Cécile L. d'ici peu. Dans ce mail, je lui précise que certainement notre future direction sera ROME, d'ici quelques heures, pour tenter de remonter jusqu'aux commanditaires de l'assassinat du petit-fils de l'ancien ministre.

Me plongeant dans mon lit je peux enfin m'apaiser en pensant à Lilie, une fois de plus sans savoir comment notre histoire peut avoir une véritable chance de redémarrer pour du long terme. Personnellement, je ne suis plus du tout en phase avec une réelle envie. Trop de déceptions m'ont usé.

Mes pensées sont concentrées ce soir sur la mission, m'empêchant toute écriture de lignes poétiques ou de pensées comme j'appréciais autrefois m'y abandonner pour la séduire.

[36] Chambre supérieure.

Chapitre 7
Bank Of Investment Inc.
ROME - Italie

9:00am - LONDRES - mercredi

Comme convenu avec Elliot ELWOOD, je lui indique lors de mon appel matinal la validation de mon investissement dans la start-up qu'il représente, après l'étude du dossier complet par mon avocat. Le sentant inquiet au téléphone, je tente de comprendre le pourquoi de son ton hésitant. Ayant l'air assez contrarié, il met un terme à notre conversation téléphonique en m'invitant à signer le contrat dans son bureau d'ici quarante-cinq minutes, et qu'une fois signé, il faudra verser à sa société le droit d'entrée de dix mille livres sterlings officialisant le futur investissement.

J'accepte son invitation en lui confirmant ma ponctualité.

Hermès m'informe n'avoir en rien interrompu le travail dans la tentative de décryptage du dossier « Black Bank », seul dossier pour le moment retenant notre attention.

J'informe l'avocat, le Major et Orso de revêtir nos tenues de parfaits femme et hommes d'affaires compte tenu du nouveau rendez-vous avec Elliot ELWOOD.

Pendant ce temps-là, je demande à l'Adjudant Cyril, de rassembler nos bagages en les chargeant dans le van du MANDARIN pour qu'à notre retour nous filions directement à l'aéroport. Il devra aussi prévenir l'agence de location de la MASERATI qu'elle sera disponible à l'hôtel.

9:45am

Toujours face au même cérémonial, nous sommes accueillis par l'assistante Ashley MADISON nous informant qu'exceptionnellement Mr ELWOOD était en ligne depuis son arrivée dans son bureau, qu'il nous recevra donc avec quelques minutes de retard.

Après presque quinze minutes d'attente, Ashley me demande de rejoindre seul le directeur. Surpris, je demande à mon équipe de bien vouloir m'attendre.

– Bonjour Monsieur de la BAINQUINIAIRE, merci d'avoir accepté mon invitation.

– Bonjour Monsieur ELWOOD, avec plaisir !

– Votre offre d'investissement est donc bien ferme ?

– Absolument ! très heureux de contribuer au développement de cette start-up dont les fondateurs bénéficient de solides formations universitaires ce qui laisse présager une excellente gestion.

– Par force, vous serez convié à toutes les A.G.[37] de la société et pourrez influencer certaines décisions. Mais n'oubliez pas, Monsieur, que votre entrée au capital doit être confirmée par les actionnaires italiens avec le concours de notre bureau de ROME.

– En rien je n'ai omis cette condition ! J'attends votre proposition de date et heure avec votre consœur.

– Appelons-la immédiatement le temps que vous paraphiez et signiez la première partie du contrat.

Elliot ELWOOD joint la directrice de l'agence de ROME, Ellen LAMATI, pendant que l'assistante me tend un parapheur avec les différentes pages du précontrat. Étant le même que celui remis à mon avocat, je suis en mesure de le signer.

La dernière page du parapheur se voit accompagnée du R.I.B. de la Bank Of Investment Inc. Afin d'être totalement crédible, je demande à Ashley de bien vouloir le transmettre à mon assistante, Letizia FARMINI en charge de ces process.

– Donc Monsieur de la BAINQUINIAIRE, vous pourrez être reçu demain jeudi par Ellen LAMATI à 3:00pm dans l'agence de ROME.

– Parfait ! Il me faudrait l'adresse exacte s'il vous plait.

– Nous sommes situés dans le quartier d'affaires « EUR » [38], vous connaissez ?

– Absolument ! Situé au sud de la ville, ce quartier fut commencé à la fin des années 30 par MUSSOLINI et, me semble-t-il, achevé juste avant les Jeux Olympiques de 1960. Sa réputation tient de son architecture moderniste.

---

[37] A.G. : Assemblées Générales.

[38] EUR acronyme de : Esposizione Universale di Roma.

– Bravo Monsieur de la BAINQUINIAIRE, c'est bien cela. Avant la nomination de ma consœur, j'ai dirigé pendant deux ans cette filiale italienne très dynamique. L'adresse précise est 15-5 Via Stendhal à quelques dizaines de mètres du Musée national et préhistorique Luigi-Pigorini. Nos bureaux sont situés dans un hôtel particulier de trois étages avec un grand jardin de réception à l'arrière.

– Comptez sur ma ponctualité. Puis-je vous poser une question ?

– Je vous en prie.

– En principe une levée de fonds confirmée devrait pour un banquier être une satisfaction, mais j'ai l'impression qu'une certaine contrariété vous envahit ?

– Écoutez Monsieur de la BAINQUINIAIRE, j'ai fait procéder à nouveau à quelques vérifications à votre sujet ce matin par certains services de sécurité officiant pour notre institution.

– Pardon ????

– Oui. Cette nuit notre banque a été victime d'un piratage informatique faisant suite à votre visite, et c'est une première. La coïncidence avec votre venue m'a amené à procéder encore à différentes vérifications.

– Votre doute est évidemment légitime Monsieur ELWOOD, alors je peux vous avouer une chose, j'aurais procédé de la même manière !

– Je vous félicite pour votre encouragement. Après l'assassinat de mon ami Aaron WINMAN, nous sommes tous très nerveux. D'après notre société de protection informatique, nos pares feux ont parfaitement fonctionné ce qui a empêché toute fuite d'informations !

– Parfait Monsieur ELWOOD. Mon assistante est en train de procéder au virement des droits d'entrée.

– Nous restons en contact pour la finalisation de votre premier investissement une fois faite votre présentation au comité.

– Avec plaisir Monsieur ELWOOD.

Au pied de l'immeuble, je demande à Orso de bien vouloir accompagner par la route l'équipe d'Hermès, avec l'aide de l'Adjudant Cyril, dans le but de gagner un temps précieux pour nous rejoindre à ROME. Consultant mon smartphone, je constate qu'ils peuvent, en se relayant au volant, arriver dans la capitale italienne en moins de vingt heures, traversée sous la Manche incluse. Sans tarder nous rejoignions le MANDARIN en demandant à l'équipage d'Hermès de se tenir prêt à démarrer.

10:45am - LONDON City Airport

Le fourgon a bien pris la route pendant que nous montons à bord du FALCON en direction de l'aéroport CIAMPINO G.G PASTINE, situé à 18km du centre de ROME et du VATICAN.

Même process avant de décoller, contacter le Lieutenant Pierre P. pour nos réservations d'hôtels car cette fois-ci il faudra réserver deux chambres à l'équipage d'Hermès, sous de faux noms bien évidemment. ROME n'est pas doté d'un MANDARIN ORIENTAL, alors nous serons logés au « A WALDORF ASTORIA RESORT » situé à 3km du VATICAN.

Deux heures trente plus tard, soit 12:35am heure locale, nous atterrirons à ROME.

Pendant le vol, j'enchaîne les appels entre le B.S.I, auprès du bureau des analystes, du D.A.S.EM., le fourgon mobile qui analyse les premiers éléments décryptés du dossier « Black Bank » laissant entrapercevoir des flux financiers en millions d'euros au départ de la filiale de Sainte Lucie vers des destinataires inconnus à ce stade.

Le Colonel joint au téléphone, me fait part de son étonnement sur ce dossier tout en étant extrêmement réservé face à l'influence réelle de l'ancien ministre Mr Simon WINMAN lors de la fusion-acquisition de la « Bank Of Investment Inc. » et la Banque Nationale Française. Nous convenons qu'il est encore bien trop tôt pour tirer ne serait-ce qu'une bribe de conclusion. Une fois la directrice italienne rencontrée, nous reprendrons contact immédiatement d'autant plus que le décryptage du dossier « Black Bank » aura livré peut-être quelques secrets.

Je profite de cette conversation pour féliciter le Colonel d'avoir validé l'investissement destiné au fourgon maintenant dénommé « Hermès ». Sans jamais dévier de son rôle de chef d'orchestre, le Colonel me fait remarquer qu'il n'est pas à la disposition exclusive du Service Action du B.S.I. mais à l'ensemble des unités de notre agence. Message bien reçu !

1:00pm - A WALDORF ASTORIA HOTEL

Découverte de cet hôtel implanté sur la colline de Montemario qui offre une vue exceptionnelle sur le VATICAN et la ville de ROME ! Un restaurant, récompensé trois fois au Guide Michelin, situé sur le toit, et quatre bars, offrent la partie festive du lieu. La plus prestigieuse collection d'œuvres d'art au monde au sein d'un hôtel fait l'admiration de tous les visiteurs. À cela s'ajoute un Grand Spa Club, des courts de tennis associés à un centre sportif ultra moderne.

Un chasseur nous accompagne dans nos trois chambres à tour de rôle. Ma chambre est la suite « Napoléon », le chasseur est fier de m'y accompagner lors de la visite en vantant la vue panoramique sur la ville de ROME depuis les balcons. Dotée d'un mobilier « Empire » rare, dont le bureau d'écriture ayant appartenu à NAPOLEON, la suite de 150m^2 est aussi garnie d'œuvres d'art originales datant du XIXème siècle. En cas de réception des actionnaires italiens de la start-up ou de la banquière, ma couverture prendra ainsi une crédibilité supplémentaire.

Depuis ma suite, je contacte Ellen LAMATI pour créer un premier contact en m'assurant de la confirmation de notre rendez-vous du lendemain. Personnellement je ne parle pas italien alors il me faut utiliser la langue anglaise mais, lors de cet échange, la directrice m'indique qu'elle parle parfaitement le français !

En quelques secondes la confirmation est bien maintenue à l'heure de notre rendez-vous du lendemain, donc 3:00pm au siège de son institution bancaire.

Une demande est adressée à notre service des Moyens Généraux pour qu'une voiture de prestige italienne traditionnelle soit mise à notre disposition dès cet après-midi. En Italie il est difficile de ne pas avoir recours à une MASERATI QUATTROPORTE dont le style collera parfaitement à notre légende.

Les mails s'enchaînent tout au long de la journée révélant de plus en plus de micro-informations dont il faudra assembler chaque morceau, ce qui prendra des heures de travail sans aucun répit.

Hermès suit parfaitement son itinéraire pendant que l'équipe s'acharne à échanger chaque partie décryptée avec le bureau des analystes du B.S.I.

La MASERATI, couleur noire, intérieur cuir beige, nous est livrée ce qui m'incite à proposer au Major de m'accompagner pour repérer le lieu du rendez-vous. L'avocat répond présent lui aussi pour se joindre à nous. Mes deux équipiers ne connaissant pas ROME, ce déplacement leur offrira une parenthèse touristique exceptionnelle.

Durant la ballade, je tiens à m'arrêter discrètement à notre « planque » servant d'antenne secrète du B.S.I. où un « gardien » assure son fonctionnement en cas d'utilisation. Seules quatre villes en EUROPE, dont BARCELONE, LONDRES et BERLIN, bénéficient de ces tanières capables de réceptionner des cibles lors de captures pour procéder à des interrogatoires avant exfiltration.

La notion de secret absolu est notre marque de fabrique tout autant que nos homologues de la D.G.S.E, mais nos installations tactiques ne sont connues que d'une poignée d'officiers parfaitement rompus aux exigences du Secret Défense.

Nous repérons la bâtisse de la B.O.I. italienne dont le style architectural traditionnel se noie dans un quartier totalement rénové. Le repérage étant fait, je me dirige vers la planque uniquement avec le GPS de mon téléphone en entrant un numéro situé en amont du véritable emplacement. Ne jamais oublier que si nous sommes en capacité de pirater n'importe quel instrument de communication, les moyens de nos ennemis en sont tout à fait capables eux aussi.

L'antenne est située à l'arrière d'une cour dans un immeuble typiquement romain offrant la possibilité d'entrer avec un véhicule.

L'adresse est une rue longeant le VATICAN, Via Nicolo V…

Volontairement je laisse mes collaborateurs dans la voiture pour des raisons de sécurité.

L'accès à la planque doit respecter un process ultra sécurisé : reconnaissance visuelle par une caméra à reconnaissance faciale, une fois cette étape franchie, un interphone relié au gardien se déclenche par lequel un mot de passe doit être prononcé.

Le déclenchement électronique de la porte se fait, j'entre à l'intérieur, le gardien, membre du B.S.I. s'approche :

– Bonjour Commandant SAINT-REGENT.
– Bonjour « Palladio »
– Cela fait six mois que je n'ai vu personne ! La planque reste muette.
– Je suis informé mais vous connaissez le principe.
– Votre présence annonce une intervention Commandant ?
– À cette heure précise, je n'en ai aucune idée ! Je voulais m'assurer du parfait fonctionnement opérationnel du lieu.
– Vous pouvez constater l'irréprochable état de fonctionnement prêt à vous accueillir.
– Impeccable « Palladio ». Gardez bien un œil ouvert dans le cas d'une arrivée.
– À vos ordres Commandant SAINT-REGENT.

Nous repartons à notre hôtel attendre Hermès et mes hommes.

L'avocat souhaite rester dans sa chambre pour peaufiner son intervention du lendemain pendant que je dîne avec le Major Elodie dans un des restaurants de l'hôtel, L'ULIVITO.

Placé à côté de la piscine extérieure, Elodie me fait remarquer qu'à une table située à 10h00 [39] deux hommes âgés d'une petite trentaine nous surveilleraient.

La carte des vins propose un « Château FONTENIL », appellation FRONSAC, millésime 2012, appartenant à une famille libournaise dont le père, Michel ROLLAND, est l'incontestable œnologue sur un plan mondial.

Connaissant personnellement la famille ROLLAND, je ne peux que commander au sommelier ce millésime. Accomplissant à la lettre son travail, il nous informe de la densité du vin, d'une belle longueur, offrant un nez raffiné avec un boisé subtil. Sans hésitation, je valide avec l'approbation du Major le Château FONTENIL 2012.

---

39 Terme militaire signalant un emplacement en fonction du cadran d'une montre.

Durant le dîner nous balayons de nombreux sujets dont celui de sa relation conjugale chaotique déjà évoquée quelques mois en arrière. Nous évoquons également la mienne qui, entre mensonges volontaires face à mon entourage familial et sentimental, nous amène à conclure que nos vies dévouées à notre agence menaceront toujours notre équilibre privé. Vivre une vie de clandestin, même si parfois elle nous offre des avantages en nature, prendra toujours le pas sur tout le reste du fait de l'engagement dont nous faisons preuve chaque jour de l'année. Puis je réalise l'erreur de débutant à laquelle nous nous sommes livrés. Si ces deux hommes paraissant être en observation ont sur eux du matériel d'écoute à distance, nous sommes « flagués ».

La fin du dîner approche ce qui m'incite à simuler un déplacement vers les sanitaires. Je saisis mon smartphone pour déclencher l'appareil photo, et, tout en mimant l'envoi d'un sms, je prends en mode rafale les deux hommes. Enfermé dans les toilettes, j'adresse les photos au B.S.I. pour une identification en live par le bureau des analystes. La réponse ne se fait pas attendre : leurs fiches, issues d'un screen-shot de l'écran géant de la salle, me sont envoyées par retour : agents du MI-6[40].

Revenant à table, j'invite le Major à nous éloigner le plus possible pour l'informer de l'identité des deux hommes. Suffisamment distants d'eux, donc hors de portée d'écoute même s'ils sont dotés de moyens de dernière génération, le Major informée ne comprend pas leur présence.

– Gabriel, si le MI-6 est agrippé, tu penses que les intérêts en matière de politique économique du Royaume-Uni est menacé par « SWIFT » ?

– Tu sais que la filiale « 1 » de la B.O.I est à LONDRES d'où partiraient des détournements de fonds... et nous arrivons de LONDRES ! Alors deux options : la première ils nous ont identifiés et de cette identification ils profitent de nos sources, seconde option sachant que nos profils ont disparu des écrans de contrôle internationaux,

[40] MI-6 est le « Secret Intelligence Service », renseignement extérieur du Royaume-Uni.

ils estiment que je suis réellement un investisseur ce qui les incite à me surveiller afin de découvrir mes intentions honnêtes ou malhonnêtes. Malheureusement, interdiction de créer une confrontation.

– Si tu me laisses faire, on s'accoude au bar et on les laisse venir. Tu te souviens du premier exercice auquel nous avons tous été soumis ?

– Oui Major… obtenir un maximum d'informations sur la vie privée d'un parfait inconnu surtout sans paraître suspect et le tout dans un temps très limité.

– Quand même le Commandant Gabriel SAINT-REGENT, chef du Service Action du B.S.I. a de la mémoire !!!

– Major, tu te souviens de ta réussite à ce test ?

– 100 % Commandant.

– Alors, montre-moi que tu n'as pas perdu la main. Va la première au bar, commande une bouteille de DOM-RUINART Blancs de Blancs, je te laisse dix minutes avant de te rejoindre.

– À vos ordres Commandant. Tu as bien vu ma robe ???!!!

– Je te rejoins dans dix minutes. Je m'écarte et te garde sous surveillance. Ne sous-estime pas ces hommes, les tests sont certainement identiques pour les jeunes agents du MI-6 !

Assis à la table la plus éloignée du bar extérieur, téléphone à l'oreille, j'observe. Je profite de ces dix minutes en faisant mine de ne pas avoir un œil attentif pour appeler Lilie. La conversation est agréable, plutôt détendue. Elle évoque son travail épuisant ne laissant que trop peu de place pour entretenir une relation stable avec moi. Des mots tendres sont prononcés, me délivrant une pression profonde. Mon but est de la replonger dans nos moments de forte tendresse dont elle avoue un plaisir non dissimulé qui la réconforte.

En fin de conversation nous convenons une fois encore d'une éventuelle possibilité de nous revoir dès qu'elle aura une liberté totale pour une soirée bien à elle. En suis-je bien convaincu ?

Avant de rejoindre le Major qui effectivement se retrouve entourée par les deux agents du MI-6, attitude plus que prévisible, je joins le Lieutenant Orso qui, étant au volant, passe le téléphone à l'Adjudant.

Il me confirme être certainement en avance sur l'horaire prévu car toutes les deux heures ils se relaient à la conduite.

Il est temps de rejoindre « Letizia FARMINI », assistante personnelle de Monsieur Aloïs de la BAINQUINIAIRE, rentier/investisseur.

Saluant ces messieurs, je me présente. Le premier abord confirme l'impression de leur origine anglaise. Les sujets sont concentrés sur mes investissements internationaux, ce qui me permet de tenter de détecter s'ils appartiennent à la première option ou à la seconde.

Ils sont jeunes encore, vraisemblablement des anciens S.A.S.[41] orientés vers le renseignement en lien avec leurs qualités. Là ce soir, petite erreur stratégique en apparence du fait de leur tenue vestimentaire ! Des « men in black » ! Tellement repérables ! Consciemment, leur hiérarchie voulait me faire savoir être sous surveillance après mon escale londonienne.

Finalement, les échanges sont plutôt sympathiques. Avec le Major nous assurons notre jeu de rôle en évoquant la régularité avec laquelle, lors de déplacements à l'étranger, nous recevons toujours une visite des Services de sécurité.

Il nous faut être excessivement prudents, règle de base en OPEX.

Je dois savoir absolument s'ils détiennent sur eux un système d'écoute. Alors, à la troisième coupe de champagne, je joue l'enivré pour vaciller et me rattraper sur l'un d'eux. M'accrochant au plus gaillard, je ballade mes mains habilement. Mis à part son arme de service et son smartphone, rien à signaler. Son acolyte m'aide en pensant bien faire, alors je m'assure que lui non plus n'a aucun matériel d'écoute.

Notre conversation est bel et bien restée entre le Major et moi lors de notre dîner.

Compte tenu de l'heure tardive, j'incite mon assistante à prendre congé de ces messieurs. Avec un clin d'œil, je les encourage à terminer cet élixir champenois en notre honneur.

Dans l'ascenseur, le Major arrive à la même conclusion que nous sommes bien sous surveillance mais sans avoir été découverts. En revanche, je lui répète d'être sur nos gardes, et une fois dans nos

---

[41] S.A.S. « Special Air Services » unité des forces spéciales de l'armée britannique dont la devise est « qui ose gagne » (Who dares wins).

chambres de scanner chaque centimètre pour découvrir si nous n'avons pas été truffés de micros ou caméras à l'aide du détecteur. Ne pas omettre de passer le matériel devant le capteur de fumée, emplacement très en vogue.

Par sms, nous nous confirmons que rien n'a été détecté ce qui définitivement atteste une simple mise sous surveillance.

Aux aurores, Hermès arrive à l'hôtel bénéficiant de trois heures d'avance sur l'horaire initialement prévu. Réveillé par l'Adjudant, je leur demande de garer le fourgon dans la rue perpendiculaire à l'hôtel. Sur un plan sécuritaire, le fourgon est inviolable mais garé dans le parking du WALDORF il serait repérable en un coup d'œil par des personnes de nos univers !

Ma dernière consigne est l'obligation d'aller rejoindre leurs chambres pour dormir jusqu'à 11:00am.

Check point en tenue de réunion professionnelle prévu à 12:00am sur la terrasse du restaurant « La Pergola » pour un brunch. Est exclu l'Adjudant Cyril R. qui a le devoir de rester invisible. Par la messagerie cryptée, je lui transfère les coordonnées GPS de l'emplacement de la banque avec des consignes de surveillance à appliquer aux alentours. Savoir également si nous sommes surveillés par d'autres Services de renseignements ou Services de sécurité diligentés par l'institution bancaire.

12:00am - jeudi

Arrivé en premier sur le toit-terrasse, indubitablement la vue panoramique est époustouflante. Je demande la table la plus excentrée afin qu'aucune table ne soit proche compte tenu d'une réunion de travail confidentielle. Bénéficiant d'un généreux pourboire, le Maître d'hôtel accompagné de son Chef de rang s'exécutent de concert. Leur prestige vient aussi du fait que cet établissement a été élu meilleur restaurant de ROME, autant par leurs hôtes clients que par les critiques gastronomiques. La décoration est parfaitement classique, par ses tapisseries, la vaisselle et les œuvres d'art exposées aux murs.

Si le MI-6 est dans les parages en surveillance, être accompagné de mes proches collaborateurs dans l'un des cinq meilleurs restaurants italiens les confortera dans leur approche d'être face à un simple riche héritier-investisseur.

Sans élever la voix, nous répétons le scénario à jouer avec la banquière italienne. Nous devons gagner sa confiance, signer ce premier investissement dans le but d'atteindre différentes propositions qui révèleront des pratiques peu recommandables ou malhonnêtes.

Le Lieutenant Orso P. reçoit pour consignes de placer, en fonction des possibilités, différents mini-micros dans les parties communes ainsi que de donner les instructions à l'équipage d'Hermès de se rapprocher de la bâtisse pour scanner tout ce qui leur sera possible en connexion avec le B.S.I.

2:30pm

Nous quittons le « A WALDORF » pour nous rendre à Bank Of Investment Inc. de ROME. Léandro SPINOZA au volant, Me Ernest LALUMIERE à ses côtés, à l'arrière Letizia FARMINI et moi-même. Chaque déplacement sous couverture crée un stress associant une montée d'adrénaline excitante. Les risques sont toujours présents même lors de simples rendez-vous. Aucune minute n'est épargnée d'un risque de mort.

Le portail à l'entrée est sous surveillance vidéo ce qui implique l'enregistrement des entrants et sortants. Un signe discret de la tête est adressé à Orso ayant pour but de lui ordonner de craquer le serveur. Découvrir qui est venu ces dernières 48h peut révéler de précieuses informations.

La gâche électrique se déclenche, nous entrons dans la première cour, montons les cinq marches et sommes accueillis par une personne féminine se présentant comme Giulia FOMINI, assistante de Madame Ellen LAMATI directrice de la filiale italienne de la Bank Of Investment Inc. Elle nous indique d'entrer et nous invite à la suivre. Accompagnés vers le salon d'attente, nous effectuons la traversée du couloir qui révèle une décoration italienne traditionnelle avec peintures aux murs, objets d'art, sculptures, mobilier ultra contemporain s'associant parfaitement avec le style purement romain. Nous nous installons en acceptant un café proposé puisque nous sommes en avance de quelques minutes. Orso connecte son ordinateur avec Hermès mais une mauvaise surprise nous est annoncée par oreillette : leur système vidéo, leur système de télécommunications, les lignes GSM, sont impénétrables du fait de l'utilisation de brouilleurs d'ondes. D'après Hermès un système de minuterie est en place émettant sur des ondes oscillantes entre 1Mz à 6,5Ghz.

Lors de l'arrêt de la minuterie, aussitôt le brouilleur se réenclenche. M'adressant à mon équipe, je leur demande de se rapprocher pour leur indiquer à voix basse mon interrogation sur ce système militaire. Avec un retard certain relevant d'un manquement évident de ma part, je demande à Hermès de faire une recherche immédiate sur Ellen LAMATI et son assistante Giulia FOMINI. En attendant le retour d'informations, gagner du temps est prioritaire. J'invite le Major à demander où se trouvent les sanitaires et de s'y rendre. Idem pour l'avocat.

L'assistante venant à notre rencontre leur indique où se trouve ce lieu. Dans le même temps, elle m'invite à rejoindre sa directrice au premier étage dans son bureau. Comme elle me précède, je peux admirer le fuselage de ses jambes grâce à une jupe s'arrêtant aux genoux, et mises en valeur par de sublimes escarpins. Arrivée devant le bureau, elle ouvre la première porte en bois, puis la seconde, en m'invitant à entrer.

Ellen LAMATI est assise derrière son bureau. La décoration est à l'image du reste des pièces, mélangeant la tradition italienne au modernisme, bureau en verre, fauteuil design… Immédiatement elle se lève en se dirigeant vers moi. 1m70 à peu près, mince, cheveux mi-longs bruns, peau légèrement mate, yeux marrons, un léger rouge à lèvres met sa bouche en valeur. Chemisier noir légèrement déboutonné laissant apparaître un collier de joaillier, pantalon strict noir, escarpins noirs vernis, elle me tend la main pour la saluer. À cet instant je suis subjugué par son allure et son éclat naturel. Balayant d'un revers de la main ses cheveux de la droite vers la gauche à deux reprises, elle s'adresse à moi en français :

– Bonjour Monsieur de la BAINQUINIAIRE, Ellen LAMATI, je suis honorée de vous recevoir au sein de mon institution italienne.

Sans voix, il me faut deux à trois secondes pour lui répondre :

– Bonjour Madame LAMATI, permettez-moi de vous féliciter pour la beauté qui vous a été offerte.

– Vous me flattez avec élégance, je vous en remercie.

– Il est rare de rencontrer une banquière aussi gracieuse.

– Vous me gênez Monsieur. Prenez place je vous en prie. Vos collaborateurs nous rejoignent ?

– Absolument.

– Attendons-les pour évoquer le sujet de votre visite.

– Vous vivez à ROME ?

– Oui avec mon fils ! Vous êtes bien curieux !

– J'assume ! Votre mari est également avec vous à ROME ?

– Non, je suis divorcée Monsieur de la BAINQUINIAIRE.

– Veuillez m'excuser Madame LAMATI.

– Il est étrange de débuter un rendez-vous professionnel de cette manière mais une note détendue ne nuira pas à l'intérêt de votre visite.

Son assistante frappe à la porte pour laisser entrer mes deux assistants, aussitôt me levant je les présente à la banquière.

J'ai du mal à percevoir la conversation radio émanant d'Hermès du fait des brouilleurs. Profitant de leur entrée, je demande à aller m'entretenir avec mon driver. Toujours assis dans le salon d'attente, à l'oreille je lui demande d'aller dans le fourgon obtenir des infos au sujet d'Ellen LAMATI et de son assistante, puis de revenir me les rapporter en interrompant la réunion.

Entrant à nouveau dans le bureau de la directrice, celle-ci m'adresse des regards troublants toujours en basculant ses cheveux d'un côté et de l'autre de son cou.

La parole est donnée à Me Ernest LALUMIERE qui énumère les conditions de financement.

Après un oral merveilleusement joué durant plus de quinze minutes, Ellen LAMATI atteste de la bonne réception des droits d'entrée transférés, approuve la solidité financière de mes différents placements et termine par sa validation d'acceptation de l'investissement, ceci en tant que représentante des associés italiens. Diverses questions d'ordre stratégique fusent entre mon avocat et la directrice pour in fine s'entendre. Une dernière série de questions m'est adressée mais je laisse à Letizia le soin d'y répondre.

Satisfaite des réponses, il ne reste plus qu'à réunir le comité de direction de la start-up pour cosigner les actes définitifs après leur présentation générale, en y associant une dégustation de leur boisson. Elle nous propose le lendemain matin 10:00am dans la salle de réunion. L'avocat n'y voit pas d'objection, mon assistante non plus, donc d'un hochement de tête je valide à mon tour. Elle saisit son téléphone pour s'assurer des disponibilités respectives des membres du comité de direction. Léandro SPINOZA frappe à la porte en demandant à s'entretenir en privé avec moi. M'excusant pour cette interruption, je le rejoins à l'extérieur du bureau. Personne dans le couloir, il peut me débriefer à voix basse :

– Mon Commandant, la consultation de leurs profils livre deux parcours universitaires trop proches, de plus elles ont eu dans leurs domaines respectifs les mêmes employeurs jusqu'à il y a cinq ans l'entrée dans la Bank Of Investment Inc. de manière simultanée.

– Dans quelle filiale ?

– Étrangement, celle de SAINTE-LUCIE puis MEXICO puis ROME depuis deux ans.

– Aucun passage par LONDRES ?

– Non Commandant.

– Leurs profils sont bien trop propres. « Iron » a repéré une voiture garée à environ trente mètres avec deux hommes à bord assez jeunes.

– OK merci Orso, les mêmes rencontrés hier au soir à l'hôtel. Deux jeunes du MI-6 ! Ne pose aucun micro. Fais-toi bien passer pour mon driver/garde du corps dans ton attitude.

– À vos ordres mon Commandant.

De retour dans le bureau, les mêmes regards échangés avec Ellen LAMATI émettant des signaux saisissants.

À aucun moment je dois me laisser emporter par mes émotions. La concentration dans mon plein rôle doit prendre le dessus.

La réunion pour le lendemain matin est bien confirmée en présence de tous les protagonistes concernés. La directrice se lève pour nous raccompagner. Laissant sortir mes assistants en premier, je referme la porte pour lui poser une question :

– Madame LAMATI, accepteriez-vous mon invitation à dîner ce soir ?

– Vous me prenez de court ! Si ma nurse est disponible pour garder mon fils, invitation acceptée.

– Quel âge à votre fils ?

– 13 ans. Je ne comprends pas comment j'arrive à répondre à vos questions aussi facilement ! Cela n'est pas dans mes habitudes d'être autant transparente dans mes propos face à un futur client.

– Peut-être que les vibrations sont favorables ! Avez-vous un lieu de prédilection ?

– J'apprécie dîner entre amis au « PIERLUIGI » situé sur la Piazza de Ricci. J'espère que vous aimez le poisson frais car c'est leur spécialité ! De plus leur terrasse est magique.

– Plus que vous n'imaginiez… Puis-je passer vous prendre en voiture ?

– Cette proposition est fort galante, mais je préfère que vous ne connaissiez pas mon adresse personnelle. J'espère ne pas froisser votre susceptibilité masculine.

– J'apprécie votre franchise et reste un homme galant, respectueux des traditions et de la bienséance !

– Parfait Monsieur de la BAINQUINIAIRE. Je vous propose de nous y retrouver pour 8:00pm, je me charge de la réservation et de m'assurer de la présence de ma nounou. L'adresse est Piazza de Ricci, 144 ROME.

– Avec plaisir Madame LAMATI, excellente fin d'après-midi.

– Pareillement. Mon assistante va vous raccompagner.

Ouvrant la porte du sas, je me retrouve nez à nez avec mes trois assistants et l'assistante de la banquière. Elle nous fait signe de nous diriger vers les escaliers. En franchissant l'immense porte, Giulia FOMINI salue chacun des membres de mon équipe et me tend la main avec un léger sourire.

Sur le trottoir, nous attendons Orso avec la voiture. Le Major ne peut s'empêcher de m'adresser une pique au sujet de la banquière...

Lors du trajet retour vers le WALDORF, les théories de chacun s'enchaînent : banquière à la solde de la commission trilatérale, agent infiltré, commandement de l'ordre satanique, pion du gouvernement anglais, agent des ROTHSCHILD, agent du MOSSAD, parfait soldat du fonds d'investissement « Quantum Fund N.V. » de SOROS, maîtresse d'un ministre...

Pour éviter de relancer les théories de mes collaborateurs, je leur précise uniquement les faits, sa situation professionnelle parfaitement maîtrisée. Certes l'immeuble est équipé de brouilleurs sans prouver son appartenance à un service secret quelconque ! Lors de notre dîner du soir, j'arriverai à percer certains détails, je m'y engage. Jusqu'à mon retour de la soirée, concentration optimale pour chacun.

Orso nous informe qu'une voiture nous suit depuis le départ de la banque. Sans éveiller les soupçons, je lui demande de ralentir et de faire des boucles. Mon téléphone satellite me signale l'appel du Colonel.

– Bonjour Commandant.

– Bonjour Mon Colonel.

– Sachez que le Quai d'Orsay émet des signes de nervosité avancés. L'enquête de la police piétine, la vôtre ?

– À ce stade Mon Colonel, je ne peux me prononcer. On a le MI-6 au cul, c'est bien eux, des doutes sur l'identité réelle de la banquière italienne, et toujours aucun signe de mouvements sataniques liés de près ou de loin à l'assassinat.

– Accélérez Commandant.

– À vos ordres Mon Colonel ! Ce soir j'ai un tête à tête avec la banquière.

– Tachez d'en savoir plus très vite.

– Mon Colonel, vous avez des liens étroits avec le MI-6, il me semble ?

– Mon contact est à la retraite depuis peu Commandant ; mon homologue en activité n'est pas enclin au partage d'informations.

– N'éveillez pas sa curiosité. Je me débrouille !

– Appelez-moi après votre rencontre nocturne Commandant.

– À vos ordres Mon Colonel.

– Sachez que le dossier « Black Bank » est sacrément codé. L'équipe du Sergent Cécile est à pied d'œuvre pour créer un encodage capable de le décrypter. Si j'en crois son approche, il lui faudra encore de longues journées, alors vous, accélérez bon Dieu !

– OUI MON COLONEL !

Les quelques boucles ont eu raison de nos poursuivants. Nous nous retrouvons côte à côte à un feu rouge. Baissant ma vitre teintée, je leur adresse un signe avec mon index et mon majeur en aller-retour entre mes yeux et les leurs. Amusés, ils me renvoient le même signe.

Je ne sais pas ce qui se trame, mais rien n'est clair. Ces agents du MI-6, des brouilleurs d'ondes dans un immeuble bancaire, la banquière qui accepte facilement un dîner, le meurtre du petit-fils d'un ancien ministre des Affaires Étrangères, un dossier crypté nommé « Black Bank »…

Chapitre 8
ROME by night

L'organisation de la soirée est simple : Orso joue mon driver, après m'avoir déposé il reste dans la MASERATI à observer en coordonnant Cyril en mode fantôme qui doit rôder autour du restaurant avec Elodie. Tout le monde doit être relié par oreillette intra-auriculaire comme d'habitude.

7:55pm - jeudi

Le Lieutenant Orso me dépose à l'angle de la place sur la « Via di Monserrato ».

Habillé d'un costume beige clair, chemise blanche légèrement ouverte compte tenu du fait de la température encore élevée, mocassins en daim marron, lunettes de soleil typiquement italiennes, je descends de la voiture en conseillant à Orso de rester garé à cet endroit d'où il a une vision globale de la terrasse du restaurant et de la place, positionnement pouvant lui permettre de correspondre avec le reste de l'équipe.

Au loin je repère le Major Elodie avec un bob vissé sur la tête, tenue parfaite du reporter-photo jouant les touristes avec l'appareil autour du cou. Non repérable par une personne ne la connaissant pas.

Je ne visualise toujours pas « Iron ». M'avançant très lentement vers « PIERLUIGI », je lui demande par radio de se manifester. En retour il m'annonce être sur site dans moins de cinq minutes d'une voix amusée. Parfois, avec lui, j'ai l'impression d'être avec un adolescent profitant d'une colonie de vacances.

Le responsable de la terrasse du restaurant m'interpelle en italien. Répondant en anglais, je lui indique avoir une table réservée au nom de Madame Ellen LAMATI. La manière théâtrale locale de me répondre en italien à voix haute, « la magnifica signora LAMATI ! Signore è fortunado ! [42] » fera oublier que mon arrivée se voulait discrète !

Six énormes parasols blancs, estampillés « PIERLUIGI » en vert, couvrent la terrasse remplie de tables de deux et quatre personnes, équipées de nappes blanches. La place est petite, de forme rectangulaire,

---

[42] La magnifique Madame LAMATI ! Monsieur est chanceux.

entourée de vieilles bâtisses colorées, beiges, blanches et ocres, composées de deux, trois et quatre étages.

D'une parfaite ponctualité, Ellen LAMATI arrive à pied par le côté opposé de la place. Vêtue d'une combinaison en jean délavé, cheveux lâchés, lunettes de soleil américaines type « aviator », petit sac à main porté en bandoulière devant, dans un pur style bohême chic, elle s'approche.

Me levant pour l'inviter à s'asseoir, elle me félicite pour mon élégance de pur style italien.

À nouveau ce contact est troublant par l'intensité qu'il dégage. Sa gestuelle ne trompe pas avec les allers retours droite-gauche que sa main fait faire à ses cheveux. Reprenant ma concentration, il m'est impératif de détecter si elle mérite un Oscar[43] à Hollywood ou si elle est une femme se laissant aller à la séduction.

Le serveur s'approche en nous demandant si nous souhaitons un apéritif. Avant qu'Ellen ne réponde, je lui propose de boire un vin blanc frais. Un large sourire illumine son visage acquiesçant ma demande.

– Aloïs, vous laisseriez choisir le vin par une femme ?

– Avec le plus grand des plaisirs Ellen !

– Depuis mon installation à ROME, j'ai découvert le « Poggio Alle Gazze » vin blanc de TOSCANE. Une merveille diablement élégante, au fruit bien mûr avec une grande finesse !

– Choix validé Ellen ! J'ai hâte de le déguster.

Le sommelier quittant notre table, mon regard est attiré par un homme en mouvement longeant la terrasse. Au bout de son bras un bouquet de ballons de couleurs gonflés à l'hélium destinés à la vente. L'homme chante en italien en s'adressant aux enfants. Sérieusement, j'ai dans mon équipe un des meilleurs snipers français s'amusant à vendre des ballons de foire !

Comment il s'est organisé pour récupérer ce stock ? Je ne peux qu'apprécier l'idée originale tout en étant pertinente.

---

[43] Oscar, statuette de récompenses cinématographiques américaines.

Amusée, Ellen le voyant agir avec les enfants me demande si je veux un ballon ! L'invitant à trinquer, je souris en lui retournant la question ! Évidemment, elle me répond oui.

J'interpelle alors le vendeur à la sauvette qui aussitôt se retourne en scandant haut et fort « si signore un palloncino per signora ? [44] ».

Ellen éclate de rire. Elle me précise que vu son accent déplorable, c'est certainement un immigré sans emploi officiel, gagnant sa vie en arpentant les trottoirs romains comme de nombreuses personnes cherchant à survivre ici dans la capitale.

Ellen choisit un ballon en forme de sucette ronde de couleur noire. Je tends un billet de dix euros au vendeur qui ne peut s'empêcher de faire la conversation dans un italien approximatif. Poliment je lui demande de bien vouloir nous laisser. Ellen s'adresse à moi en me confirmant que son numéro fantaisiste ne la dérangeait pas !

Enfin il nous laisse en me remerciant tout en agitant ses bras pour les dix euros alors que le prix est de cinq.

La commande peut être passée auprès du serveur qui attendait patiemment le départ du clown.

Nous entamons une conversation pendant laquelle Ellen évoque sa vie d'adolescente, son rapport rugueux avec son père, son mariage, son divorce mal géré et sa vie sentimentale depuis.

À aucun moment je n'arrive à détecter une faille dans son histoire.

Les minutes s'enchaînent sans réaliser le temps qui passe. L'obligation de commander une deuxième bouteille de « Poggio Alle Gazze » est recommandée pour maintenir ce moment complètement hors du temps.

Nous rentrons chacun à notre tour dans une forte séduction l'un vis-à-vis de l'autre. Cette femme est excessivement belle, dotée d'un tempérament assez fort associé à un esprit plutôt entrepreneurial.

La terrasse du restaurant ne laisse aucune table vide plus de deux minutes. Des clients attendent même à l'extérieur en interpellant les serveurs à voix haute comme si leur vie en dépendait. Les italiens ont ce don inouï de comédiens nés.

---

[44] Oui Monsieur, un ballon pour Madame ?

J'ai beau être sur mes gardes, notre conversation s'enchaîne sans répit évoquant nos enfances, nos passions, nos goûts communs pour la décoration, la lecture, les voyages dont une destination commune non parcourue encore nous attire fortement, Les PHILIPPINES !

La fin du dîner approche laissant planer de fortes envies réciproques. Ellen me propose de bien vouloir la raccompagner à la porte de son domicile situé sur « Via Giulia », rue située de l'autre côté de la place ! Je comprends mieux le pourquoi du choix de cette adresse !

En parfait gentleman, j'accepte volontiers lui servir de chevalier protecteur jusqu'à l'entrée de son immeuble. Avec discrétion je me lève pour aller régler l'addition sans qu'elle n'ait à intervenir. Profitant de ces instants seul, j'indique à mon équipe de m'attendre quelques minutes le temps de mon retour. Par souci de discrétion je les informe lâcher mon oreillette devenant injoignable.

Les deux cent cinquante mètres séparant le « PIERLUIGI » de son adresse Via Giulia nous amène à livrer quelques dernières confidences. Les moments d'intimité nous amènent au tutoiement déliant ces mots : « Aloïs, je ne veux pas que tu repartes, cela me perturbe totalement ». En réponse je lui avoue ma frustration de la laisser sur le pas de sa porte. Ellen m'avoue définitivement être troublée d'autant plus que sa vie privée est accompagnée par un homme. Ces derniers mots créent un effet de surprise déstabilisant, mais ont l'avantage de me ramener à la réalité du pourquoi de ma présence avec la directrice de la filiale italienne. Une fois encore, la question se pose si elle joue ou si elle fait preuve de sincérité…

Délicatement, je saisis son bras pour un baisemain à la suite de quoi elle m'adresse un sourire amusé en réponse. La porte se referme derrière elle, je recule de quelques pas, les mains dans les poches, complètement ensorcelé par son charisme.

Résigné, je reprends le chemin inverse pour retrouver mon équipe. Je dois me ressaisir en ne laissant aucune place à l'émotionnel personnel.

Relevant la tête, j'entreprends une marche lente en direction de la place quand soudain je suis pris à parti par deux hommes au style « services secrets » repérables par un débutant. Leurs automatiques me braquent, l'un dans mon dos, l'autre sur mon ventre. Impossible de saisir mon S&W[45] coincé entre mon pantalon et mon dos. Immédiatement l'homme derrière moi s'en empare. Ils me demandent en anglais de les suivre sans faire aucun geste brusque.

Les premières véritables emmerdes démarrent.

Sans mon oreillette je ne peux lancer une alerte à mon équipe qui interviendrait immédiatement. La chance est au rendez-vous ! Ils m'entraînent dans la ruelle vers la « Piazza de Ricci » où sont encore présents en mobilité le Major et l'Adjudant ainsi qu'au volant, le Lieutenant Orso.

Au niveau de la moitié de la place où encore beaucoup de personnes déambulent, je tente une discussion accompagnée de mouvements de mes mains dans le but d'attirer le regard de mon équipe. Les deux hommes à la poigne solide me tiennent chacun par un bras comme de vieux amis, sauf qu' « Iron » repère le manège. Il lâche de sa main les derniers ballons non vendus, saisit son arme en la tenant le long de sa jambe tout en avançant dans le sens de notre marche. Il lance une alerte radio. Le Major à son tour se positionne à notre gauche. Je vois Orso ouvrir la porte de la MASERATI, en sortir lui aussi, arme à la main. Il me faut créer une diversion en quelques millièmes de secondes pour permettre à mes hommes d'intervenir. À moins que je me laisse entraîner dans l'espoir d'identifier les commanditaires de cette tentative de rapt en plein ROME. Tout s'enchaîne dans mon raisonnement. Je provoque ou je laisse faire, je ne sais plus quelle décision prendre mais il m'en faut une et vite. J'en appelle à mon instinct, seul lui saura me guider vers le meilleur choix.

Mon instinct fait que je me débats avec virulence en donnant un coup de coude dans la tête de l'homme à ma droite. L'homme à ma gauche riposte avec un crochet du gauche en pleine mâchoire ce qui m'étourdit immédiatement.

Un mouvement de panique s'empare des promeneurs de la place la désertant instantanément.

---

45 S&M Smith & Wesson manufacturier d'armes.

« Iron » se jette sur celui qui détient un solide crochet, pendant qu'Orso se précipite arme au poing vers l'homme à ma droite. Une bagarre virile éclate où les coups de poings fusent à l'identique d'un véritable combat de boxe. Le Major tend son arme vers mes assaillants sans qu'ils en aient que faire. Elle vise mais ne peut tirer. Le spectacle offert est ingérable tant nous sommes en plein combat de rue.

Aucun renfort de notre côté n'interviendra. Ils sont deux, nous sommes trois à nous entremêler dans ce combat au milieu de cet enchevêtrement quand, quatre hommes supplémentaires, en costume, leur viennent en aide, armés de fusil d'assaut L85[46] braqués sur nous. Visiblement ils sont prêts à engager le tir sur mes hommes.

Je leur ordonne de cesser le combat immédiatement. Toujours en anglais, le leader du commando m'impose de me relever et de les suivre. Au même moment où l'ordre m'est imposé, un fourgon s'arrête en trombe devant la place. La porte latérale s'ouvre, ils me jettent à l'intérieur comme un vulgaire sac de linge sale.

Par acte de rébellion je tire une droite sèche à un des quatre hommes qui s'écroule instantanément. La réaction est radicale, deux autres hommes accrochent mes poignets dans le dos à l'aide d'un serflex.

C'est quoi encore ce bordel dans lequel je me retrouve…

Les deux derniers hommes entrent dans le fourgon pendant que mon équipe le regarde s'éloigner. L'un d'eux tire une rafale dans le pneu avant gauche de notre voiture empêchant toute poursuite.

Une cagoule en toile de jute puante m'est posée sur la tête.

Langue anglaise, L85, plus de doute, je suis face aux Services secrets britanniques ou à un commando de mercenaires d'outre-manche mais à la solde de qui… ?

Deux détails m'évitent d'entrer en panique : dans la poche droite de mon pantalon, si durant le combat elle n'est pas tombée, mon oreillette intra-auriculaire me permettra de communiquer au moment opportun, sauf si une fouille en bonne et due forme m'est imposée. Aussi le traceur GPS inclus dans ma B&R Phantom[47], dotation du B.S.I. à por-

---

46 L85 est le fusil d'assaut emblématique de la British Army.

47 B&R Bell & Ross horloger français produisant des montres typiquement militaires pour les métiers de l'extrême.

ter obligatoirement par tous les chefs de service en mission, il émet un signal identifié sur un ordinateur du B.S.I. équipé du logiciel adapté.

Je n'arrive pas à définir le temps pendant lequel le fourgon roule à grande vitesse dans les rues de ROME, mais approximativement une bonne quinzaine de minutes. Le fourgon marque un arrêt net. La porte latérale coulisse, je suis saisi par les bras puis installé dans une voiture. Elle démarre comme si nous étions sur la ligne de départ d'un grand prix de F1.

Personne à bord ne parle. À nouveau une dizaine de minutes s'écoulent avant un nouvel arrêt. Je perçois une marche arrière, un arrêt, une portière s'ouvre, le bruit d'une porte de hangar coulissante retentit, la portière se referme, la marche arrière se prolonge. Arrêt du moteur.

Encore malmené, on me descend et on m'assoit sur un tabouret. Le bruit d'interrupteurs industriels s'entend ce qui me permet d'entrevoir au travers de la cagoule un fort halo lumineux. Les claquements de chaussures sur un sol certainement en béton s'éloignent. Un silence morbide s'installe.

– Qui êtes-vous ??? Qu'ai-je fait ??? Présentez-vous !

Aucune réponse.

De longues secondes s'installent toujours dans un calme étrange.

Je sens qu'une personne est assise en face de moi.

– Oh ! vous allez parler ???

Aucune réponse.

Après cinq minutes sans bruit, la cagoule m'est retirée par l'arrière. Assise en face moi, seule dans ce hangar absolument vide, Ellen LAMATI. Enfin, en apparence la « pseudo directrice » de l'établissement bancaire italien.

– ROME est parfois dangereuse. Quel est votre véritable identité Aloïs de la BAINQUINIAIRE ?

– Vous venez de la prononcer ! Vous, qui êtes-vous réellement ???

– Soyons sérieux Monsieur, un riche héritier débarque du jour au lendemain après l'assassinat de mon confrère parisien, entouré d'un avocat d'affaires, d'une assistante armée d'un S&W MP40, d'un chauffeur garde du corps lui aussi brandissant un S&W et enfin un vendeur de ballons dégainant un S&W Sigma en plein ROME ! Si celui-ci n'avait pas mal joué les vendeurs à la sauvette, j'avoue ne pas avoir perçu la supercherie.

– Vous avez mon passeport, la traçabilité de mes comptes bancaires, je ne comprends pas Ellen… Je suis un homme riche donc je me dois d'être constamment entouré d'un service de protection actif.

– Si, vous allez très vite comprendre.

– Je ne demande que cela !

– On joue carte sur table ?

– Je suis partant ! Commencez ou commence ? Puisque nos derniers échanges utilisaient le tutoiement !

– Je suis Officier de la BRITISH ARMY détachée au G.H.C.Q.[48]

– Waouh ! Le service de renseignements électroniques du gouvernement du ROYAUME UNI ! La grande classe !

– Tu vois, tu sais parfaitement de quelle agence je dépends. Ton histoire de riche héritier n'est pas crédible. À qui ai-je à faire ?

– Je peux te faire confiance… Ellen ?

– Si les Services de renseignements français s'impliquent dans la B.O.I., je pense utile de travailler main dans la main.

– Alors détache-moi immédiatement, je ne suis pas ton larbin.

Elle claque des doigts en direction d'un de ses hommes et lui fait signe de me détacher. L'homme s'exécute sans hésitation mais reste deux mètres derrière moi, son L85 bien en main.

Le serflex m'a irrité la peau des poignets donc je les frotte doucement pour atteindre le remontoir de ma montre et enclencher le signal déclenchant ma position. Services Secrets anglais ou pas, il faut démontrer le non-jeu auquel cette sublime brune joue en lui exposant notre force de frappe.

[48] G.H.C.Q. abréviation de : Government Communications Headquarters.

– Je suis moi-même Officier d'une agence française de renseignements.

– D.G.S.E. ?

– Non.

– D.G.S.I. ?

– Non.

– D.R.S.D.[49] ?

– Toujours pas ! J'avoue qu'évoquer l'agence la plus discrète avec la D.R.S.D. est une prouesse !

– C'est facile, c'est la seule chez vous agissant contre le sabotage, l'espionnage et le crime organisé.

– Reste la D.R.M.[50] ?

– Toujours pas.

– Alors TRACFIN ? Ce qui serait en revanche parfaitement logique.

– Encore raté !

– Si la France est dotée d'une énième agence, alors je ne la connais pas encore.

– Tu n'as pas à la connaître. Quel est ton véritable nom Ellen LAMATI ?

– N'inverse pas les rôles Monsieur l'Officier d'une agence fantôme ! Tu es dans notre planque, pas l'inverse !

– J'ai besoin d'une confirmation à ton sujet. Tu réponds honnêtement ?

– Affirmatif.

– Durant le dîner, tu simulais ?

– Non.

– Regarde-moi dans les yeux et affirme-le.

– Oui et oui ! J'ai oublié, l'espace de ce dîner, ma mission. Tu es un homme charmant, élégant, vraisemblablement cultivé. La réciprocité est de mise non ?

– Absolument.

– Quel est ton nom ? En suivant je m'engage à me dévoiler.

---

49 D.R.S.D. Direction du Renseignement et de la Sécurité de la Défense.

50 D.R.M. Direction du Renseignement Militaire.

– Captain Ellen LAMARI, mère anglaise, père italien pour la petite confidence.

– Honoré Captain !!! Je suis le Commandant Gabriel SAINT-REGENT chef du Service Action de mon agence.

– Le nom de l'agence ?

– Pour des raisons de sécurité nationale, pas d'intérêt pour toi et le G.H.C.Q.

– OK Commandant. Pouvons-nous évoquer les raisons de ton immersion dans la B.O.I. ?

– Absolument Captain.

Mon oreillette est bel et bien tombée lors du combat. Impossible de joindre mon unité pour la rassurer. Le déclenchement du signal émis par ma montre devrait les voir débarquer de facçon imminente. Effectivement, un des hommes du Captain vient la prévenir de l'avancement d'un véhicule de marque italienne à l'entrée du site. L'interruption de leur discussion est provoquée par mon annonce révélant l'identité de mon équipe en approche. Surprise, elle donne l'ordre d'ouvrir les portails pour les laisser entrer.

– Je peux savoir comment ils sont arrivés aussi rapidement à l'entrée de notre planque ?

– La technologie Captain, la technologie…

Déconcertés, ils sortent de la voiture n'en croyant pas leurs yeux.

Le Major me tend son téléphone satellitaire connecté avec le Colonel. Je m'écarte du groupe pendant que les présentations se font naturellement entre eux.

Archibald de GANS me fait part de son véto pour une collaboration, mais les arguments avancés par mes soins sur le fait qu'elle est infiltrée dans l'organisation depuis cinq ans l'incite à me donner son feu vert à la condition de collaborer avec le même objectif final et surtout sans dévoiler l'identité du B.S.I.

En réponse je lui affirme respecter ses consignes, ajoutant pour ma part un intérêt certain à cette collaboration.

Le Colonel, naturellement, n'a été que rarement enclin à favoriser les collaborations interservices nationaux et encore plus internationaux.

Chapitre 9
Collaboration

Une réunion de travail s'improvise dans ce hangar industriel désaffecté, enfin en apparence. Une porte dérobée nous conduit dans un véritable P.C. de guerre.

La Captain Ellen LAMARI nous révèle son immersion commanditée par sa hiérarchie au sein de la B.O.I. depuis cinq ans. Son assistante, Giulia FOMINI, est confirmée elle aussi en tant qu'agent infiltré.

Ses avancées sont assez spectaculaires sur les raisons qui ont conduit les actionnaires américains de la B.O.I. à s'en servir pour différentes malversations repérées durant des échanges de capitaux. Selon elle, Elliot ELWOOD est un irréprochable soldat aux ordres de la Commission Trilatérale.

Sa présentation des faits s'arrête sur l'évocation de rites sataniques qui s'organiseraient autour de groupes puissants impliqués dans cet ensemble bancaire. L'assassinat d'Aaron WINMAN n'est pas dénué de tout sens, selon leurs analyses, du fait de ses origines religieuses et certainement des découvertes gênantes qu'il aurait repérées.

Le Captain Ellen LAMARI demande à nous entretenir elle et moi en privé.

– Comment dois-je t'appeler ???

– Devant nos équipes Commandant SAINT-REGENT. Dans un cadre privé, Gabriel !

– La réciprocité est de mise, Gabriel.

– OK Ellen, ta couverture reprend ton prénom de naissance. Comment procède-t-on à compter de cet instant ?

– Demain nous avons une réunion avec les associés italiens de la start-up lors d'un comité dans lequel tu devras revêtir le rôle d'un redoutable investisseur. Tu bénéficies encore de la confiance d'Elliot ELWOOD qui pour moi est la clé d'entrée dans un consortium de voyous en cols blancs. Cinq années à être infiltrée m'amènent à le revendiquer mais sans aucune preuve formelle…

– Tu peux compter sur mon implication et celle de ma proche équipe.

– Tout comme sur la mienne.

– Elle ne m'a pas épargné après notre dîner !

– Je n'avais pas d'autres choix pour te forcer à te découvrir. Mes deux agents sont tombés dans ta théâtralisation parfaitement jouée hier au soir au WALDORF. Ils sont encore peu expérimentés sur ce plan, mais tu leur as offert une belle leçon ! Maintenant tu devrais voir le verre à moitié plein ! Nous sommes partenaires.

– Le remboursement du pneu de la MASERATI est justifiable en note de frais pour ton agence ?

– L'humour français…

– Plus sérieusement, je propose une stratégie.

– Avant de l'annoncer, je tiens à te préciser à nouveau ma sincérité à ton égard lors de notre dîner. Quand tu m'as raccompagnée, en dépit des codes de conduite face auxquels nous sommes confrontés, je ne voulais pas que tu partes. Maintenant, on peut cesser immédiatement ce jeu de la séduction d'autant plus qu'un homme est dans ma vie.

– On se concentre sur la mission Captain. Pour l'ensemble des collaborateurs de la B.O.I., je suis un riche héritier attentif à détecter d'excellents placements. Au cours de mes déplacements professionnels, je rencontre une « bellissima » banquière dont je tombe sous le charme. En retour elle succombe à ma séduction. Nous entrons en relation.

– Et ???

– Cette situation ouvrira les portes fermées à ce jour face aux protagonistes ! La sublime banquière impliquée dans une relation privée avec un riche investisseur… Fais-moi confiance, certains n'y verront que l'appât du gain potentiel.

– L'idée est assez pertinente. Je peux la valider. Il me faut informer ma hiérarchie de l'entrée en jeu d'une agence française de renseignements. L'ampleur de notre travail depuis cinq ans oblige à divulguer cette information en haut lieu.

– Tu es maître de tes décisions envers eux.

– Je dois t'informer de certaines de mes découvertes.

– Je t'écoute !

– Demain avant la réunion du comité, arrive avec une heure d'avance pour un entretien en privé. Mes révélations sont détonantes, je ne suis pas certaine de leur compréhension par ton équipe.

– Pas de soucis, j'en profiterai pour t'en révéler à mon tour. Si tu as besoin de me joindre, voici le numéro de téléphone ultra confidentiel de mon téléphone satellitaire.

Le dossier « Black Bank » t'évoque quelque chose ?

– Comment as-tu pu identifier ce nom de code ??? Depuis mon immersion j'essaie de l'isoler mais il est crypté. De plus il contient des traceurs. Peu d'élus au cœur de la B.O.I. y ont accès.

– Plus tard je t'expliquerai. Mon agence en détient une copie.

– Je suis convaincue de la haute dangerosité de son contenu.

– Nous aussi.

Mon équipe et moi quittons la planque de la G.H.C.Q. pour nous rendre immédiatement à notre hôtel.

Le Major Elodie, surprise de constater le scellé d'un accord avec une agence étrangère, me fait part de sa confusion. Jamais le B.S.I. n'a collaboré avec des inconnus. Elle pousse son raisonnement jusqu'à évoquer un piège tendu.

En réponse, j'affirme ouvertement cette dérogation à mes habitudes en début de mission, versus certaines missions pour lesquelles j'ai pu faire appel à des alliés connus. Pour la rassurer je lui affirme avoir une extrême attention à chaque détail.

De concert, le Lieutenant Orso, l'Adjudant Cyril et l'avocat concluent la discussion par leur soutien à mon initiative. D'un hochement de la tête approbateur, Elodie rejoint le reste de l'équipe. La solidarité est une des clés de nos réussites en OPEX.

Je connais parfaitement le Major capable de m'adresser un doute du fait de la présence du Captain Ellen LAMARI.

Notre histoire privée, vécue quelques années en arrière, lui a laissé un goût amer. Il me faut être attentionné envers elle pour de multiples raisons dont la forte affection que je lui porte, mais surtout parce qu'on ne badine pas avec la hiérarchie au sein de notre agence au-delà de l'harmonie existante.

Dernière étape de la soirée, consulter Hermès dont les membres sont immergés dans leur travail sans relâche. Je fais un stop au fourgon toujours garé proche de l'hôtel. En tant que leader, je dois leur annoncer le démarrage d'un travail collaboratif avec le G.H.C.Q. Demain j'obtiendrai de la part de mon homologue les contacts utiles pour un travail inter-équipes.

Ils m'avouent n'avoir toujours pas percé l'ouverture du dossier « Black Bank ». En revanche, ils m'informent de nombreux appels téléphoniques émis de la ligne du bureau d'Elliot ELWOOD vers CURAÇAO (Antilles Néerlandaises), puis l'enchaînement des appels vers NEW-YORK. Lorsque les sujets sont plus sensibles il appelle via WhatsApp, mais les logiciels n'arrivent pour l'instant qu'à connaître le lieu où se trouve l'appelant. La théorie du Captain LAMARI ne serait pas dénuée de sens…

Maintenant que les choses sont transparentes, je les incite à garer le fourgon dans le parking privé de l'hôtel, bien plus fonctionnel pour eux.

Une connexion vidéo se déclenche depuis le fourgon du Sergent Cécile L. et du Sergent-chef Jérôme L.

L'équipe d'analystes du Sergent commence à décrypter certaines passerelles ouvrant des sous-dossiers, tous identifiés par des noms sataniques. Leur contenu est encore loin de parler mais le travail acharné portera ses fruits. Quant au Sergent-chef, il redouble d'attention pour l'interception d'émissions électromagnétiques afin de nous obtenir la moindre piste émise par les courriels d'Elliot ELWOOD dont certains partent sous forme numérique. Ses mails numériques sont uniquement à destination d'un serveur à SAINTE-LUCIE.

Eux aussi je les informe d'un partenariat scellé ce soir avec l'agence britannique Government Communications Headquarters, bien connue de ces deux chefs de service. Demain nous organiserons une multi visio-conférence sécurisée avec le Captain Ellen LAMARI associée à ses équipes pour faire les présentations.

Une douche froide s'impose pour favoriser une bonne nuit de sommeil. La rencontre avec cette femme Officier me perturbe sur un plan personnel. L'évidence est que si Lilie s'investissait totalement à mes côtés, jamais je n'aurais pu être sensible aux charmes de cette magnifique brune.

Alors que penser si ce n'est le signe d'une fin définitive ?...

A WALDORF - 8:45am - vendredi

Orso se gare à l'entrée de l'hôtel pour que le Major, l'avocat et moi-même montions à bord, direction le 15-5 Via Stendhal.

L'Adjudant Cyril a reçu tôt ce matin mes instructions pour être en observation dans la rue le temps de la réunion ainsi que la présence nécessaire d'Hermès.

Mon équipe prend parfaitement bien le fait d'être en réunion privée avant la présentation au Comité de 10:00am.

L'accueil nous est fait par l'assistante Giulia qui dirige mes collaborateurs, cette fois-ci directement dans la salle de réunion de la banque. Un clin d'œil adressé en direction du Major lui fait comprendre l'installation nécessaire de notre matériel électronique d'écoute à relier avec Hermès. On peut être partenaire, la confiance n'empêche pas le contrôle.

Giulia ouvre la porte du bureau de sa directrice, m'indique d'entrer et me propose un café. J'ose lui demander un double expresso.

Ellen est encore plus sublime que la veille. Les salutations d'usage passées, son rituel de basculer avec la main ses cheveux de la droite vers la gauche ne trompe pas. Elle a eu beau me préciser être accompagnée, un homme, tout comme une femme, sait percevoir quand la personne en face émet des vibrations.

Le premier sujet évoqué d'entrée de jeu est le repérage d'un gang Suprémaciste blanc[51] dès le début de son entrée, qui a pour vocation d'assurer la sécurité lors des déplacements d'Elliot ELWOOD en dehors de l'Europe uniquement, essentiellement vers les ÉTATS-UNIS où ce mouvement connaîtrait ses origines. « Nous avons capturé des images vidéo ces derniers mois lors de l'arrivée du jet privé de la B.O.I., en provenance de SAINTE-LUCIE sur l'aéroport de

---

[51] Idéologie raciste fondée sur la supériorité de la couleur de peau blanche ; groupe ultra violent.

LONDRES CITY, d'où descendent pour l'accueillir à bord des morphotypes de ce mouvement, crânes rasés, tatouages extrémistes dans le cou et base du crâne. Jamais ils ne restent visibles plus de trente secondes sachant parfaitement bien qu'ils pourraient être identifiés » me précise-t-elle. En réponse je lui demande si ces hommes seraient susceptibles de commettre l'irréparable, c'est-à-dire le meurtre commandité. Ce à quoi elle prétend que ces mercenaires paraissent capables de tout en positionnant ce fait comme une infime partie de l'iceberg.

Pour le Captain LAMARI, si les fondateurs de la B.O.I. emploient de tels mercenaires en capacité d'effrayer, c'est qu'ils veulent protéger un immense réseau d'intérêts financiers privés, contrôlés par les grandes familles aristocratiques et royales d'Europe, voire internationales.

Son enchaînement aboutit directement à l'assassinat d'Aaron WINMAN, incompréhensible d'apparence compte tenu de ses origines religieuses juives. Elle réfute l'évocation, faite aussitôt la nouvelle annoncée dans le groupe, d'éventuelles fréquentations d'Aaron de réseaux sadomasochistes.

Ellen me montre sur le calendrier de son smartphone la date de son exécution : 21ème jour du mois ! Vingt et une filiales dans le monde de la B.O.I. !

J'interviens à mon niveau en mettant en avant les liens étroits entre la B.O.I. et l'oligarchie britannique associée aux ROTSCHILD, ce qui repousse toute théorie antisémite de l'assassinat. De plus le grand-père de la victime, ancien ministre des Affaires Étrangères, levier actif pour la fusion de la B.O.I. avec la banque française, est en lien direct, du fait de ses nouvelles fonctions, avec l'État d'ISRAEL.

Le Captain LAMARI arrive enfin à sa véritable confidence sans preuve formelle à l'appui encore, mais évoque des réunions secrètes chaque 21ème mois dans des lieux « mystérieux » des pays dans lesquels certaines filiales sont enregistrées. Les réunions débutent à la 21ème heure du jour. « J'ai été conviée à deux de ces réunions mais totalement dans l'impossibilité de m'y rendre ». Surpris de sa précision à ce sujet, d'autant plus en tant qu'agent infiltré, sa réponse vient à me rassurer :

– Gabriel, la prochaine a lieu dans cinq jours à MEXICO ! Cette fois-ci j'ai validé ma participation.

– Je t'y accompagne.

– Je ne vois pas de quelle manière car l'invitation est d'une part nominative tant pour l'hôtel que pour la soirée, d'autre part tu n'es pas dirigeant d'une filiale, donc impossible de franchir les filtres…

– Ce n'est qu'un détail. J'ai l'idée d'un plan pour m'y introduire.

– Lequel ???

– Nous avons une spécialiste du morphing dans notre agence, elle manie à merveille le latex offrant des possibilités phénoménales dans nos métiers. Il me suffit d'identifier un participant ayant à peu près ma morphologie, de l'isoler dans sa chambre d'hôtel puis de me faire passer pour lui durant la réunion mystérieuse.

– C'est une idée mais si chacun des dirigeants de filiale doit intervenir, comment vas-tu procéder ?

– Vous êtes censés arriver quand sur place ?

– L'avant-veille de notre arrivée au séminaire. Il est prévu d'obtenir le briefing à ce moment-là. Nous sommes tous logés dans un hôtel de luxe, « LE SAINT REGIS MEXICO CITY »

– Alors je fais immédiatement réserver des chambres pour mon équipe et moi-même. À quel dirigeant penses-tu pour monter l'opération ?

– Celui de MADRID pourrait bien correspondre, Javier ROJAS. De taille et corpulence similaire à la tienne. De plus, nous avons tissé des liens professionnels à la suite de dossiers étudiés en commun, approuvés par le Président, ce qui permettra de ne pas être éloignés l'un de l'autre sans surprendre les membres présents.

– La chance est donc de notre côté. Tu as sa fiche détaillée j'imagine… ?

– Évidemment ! Notre agence a enquêté sur chaque directeur de filiale.

– Transfère-la moi sur ma boîte cryptée, je me charge du reste dont l'identification du numéro de sa chambre afin d'y placer micros et caméras, bref sous surveillance totale dès qu'il entrera dans sa chambre.

Nous décollerons pour MEXICO dès demain matin afin de préparer cette intervention.

– Ton arrivée associée à ton implication va certainement faire accélérer notre mission, devenue commune, d'autant plus que tard hier soir j'ai reçu l'approbation de mon directeur pour collaborer avec ton agence, dont le nom serait le B.S.I., n'est-ce pas ?

– Ou pas. De quelle manière es-tu censée te rendre à MEXICO ?

– Le vol ALITALIA de 10:40am accompagnée de mon assistante. Nous sommes quasi tous accompagnés de nos assistantes pour la journée de travail avant cette fameuse soirée à laquelle elles ne sont pas conviées.

– Laisse-la prendre le vol par la ligne régulière, et toi pars avec nous ! N'oublie pas de faire circuler rapidement l'info au sujet de notre idylle naissante t'offrant la légitimité d'emprunter notre FALCON… Nous pourrons travailler sur nos avancées durant le vol.

– Excellent pour notre couverture ! Je valide !

– Tu me rejoindras à l'aéroport CIAMPINO G.G PASTINE. Je dois te laisser avant la réunion. Il faut impérativement prévenir mon équipe et faire organiser notre arrivée sur MEXICO par notre directeur des Moyens Généraux. Pense à m'adresser la fiche du dirigeant espagnol !

– Déjà fait ! Gabriel, une question !

– Je t'en prie.

– Pourquoi une agence de renseignements s'intéresse à une holding bancaire même si celle-ci est passée sous pavillon français ?

– Parce que ce meurtre cache forcément un complot in fine. Le gouvernement français ne tient pas à ce que son institution bancaire principale soit déstabilisée par une conspiration dont elle paierait fortement l'addition !

– Merci pour la précision.

– Il faudra à ton tour m'expliquer le pourquoi de ton infiltration chez eux.

– Promis Commandant Gabriel SAINT-REGENT.

– Dernière précision, tu confirmes bien que cette bâtisse est équipée de brouilleurs d'ondes militaires ?

– Affirmatif Commandant. Cette protection n'est connue que de mon assistante et de ma garde rapprochée dont tu connais maintenant les visages.

Bien installés dans les fauteuils de la salle de réunion, l'information est immédiatement dispensée à mon équipe de notre périlleuse future intervention mexicaine. Nous allons entrer enfin dans le dur. Malheureusement nous ne pourrons bénéficier d'Hermès sur place, alors anticipons tout matériel utile jusqu'à emprunter leur drone.

L'appel étant passé au Lieutenant Pierre P. pour déclencher sa réactivité opérationnelle pour notre arrivée au MEXIQUE, c'est ensuite au tour du Colonel qui, comme à son habitude, reste frileux quant à mon intervention « masquée » lors de cette réunion secrète. Pour cela je lui demande de bien vouloir réquisitionner le Capitaine Éléonore dont la spécialité me sera prioritaire. N'ayant pas le choix, il accepte sa mise à disposition pour le lendemain matin, Officier à récupérer lors de l'escale sur la 107[52] avant de redécoller vers MEXICO pour approximativement 11h de vol et pour une distance de 9210km du départ de VILLACOUBLAY jusqu'à l'aéroport de MEXICO CITY LIC BENITO JUAREZ INTERNATIONAL AIRPORT.

10:00am - vendredi

Les membres du comité sont ponctuels. Ils installent leur matériel pour nous présenter sur grand écran leur Powerpoint et nous proposent une bouteille de leur boisson révolutionnaire, chaque arôme étant à déguster.

Ellen LAMATI, directrice de la filiale de la Bank Of Investment Inc., accompagnée de son assistante, fait son entrée.

À la manière d'un cours magistral, la directrice se charge des présentations, d'évoquer l'intérêt pour la B.O.I. de voir une levée de fonds prometteuse pour un de leurs clients, et l'attente d'un fort succès commercial européen pour « Drink Happy Bio », elle évoque

---

[52] B.A. 107 de VILLACOUBLAY.

aussi l'impact attendu auprès du monde sportif puis laisse la parole aux associés italo-anglais.

Afin de démontrer ma dimension réelle d'investisseur international, à la quinzième minute je demande la parole pour leur confirmer définitivement mon intention d'investir la somme requise et de bien vouloir pardonner mon interruption de séance due à des appels urgents. Je dois préciser au comité ma confiance absolue pour la signature des contrats finaux devant mon assistante et mon avocat ici présents.

L'ensemble des personnes acceptent gracieusement mes excuses et reprennent le cours de leur présentation.

Un détail m'interpelle. Une confirmation est nécessaire, alors je m'approche de Me Ernest LALUMIERE, lui pose la question suivante à voix très basse :

– Nous sommes bien d'accord que les fonds transférés pour la start-up via les vrais/faux comptes bénéficieront à la Banque Nationale Française devenant actionnaire de cette société ?

– Évidemment Monsieur de la BAINQUINIAIRE, tout le montage a été fait dans ce sens. Personne ne sera perdant.

– Parfait Maître, merci pour votre précision.

Sans tarder, je rejoins le fourgon dans le but de prendre connaissance des dernières informations. Croisant le regard de l'Adjudant arpentant le trottoir en tant que guetteur, je lui fais signe de me rejoindre. Devant le peu d'avancées fournies, je leur fais part de mon agacement. La Caporale Ambre K. aurait une information à me transmettre une fois celle-ci confirmée par le Sergent Cécile.

Au cours de ces quelques minutes d'attente, j'informe « Iron » que nous décollons demain matin à la première heure pour MEXICO avec un stop à la 107 pour récupérer le Capitaine Éléonore. La description de mon plan à venir lui fait approuver le bien-fondé de sa présence en étant, pour une fois, ultra sérieux au sujet du gang « Suprémaciste » qui sera, en cas de confrontation, le point sur lequel nous ne devrons laisser aucune place au facteur X. Interdiction absolue que l'un d'entre nous soit capturé par ce gang. Les précisions au sujet de leur nombre sont impossibles à faire à ce stade, donc nous le découvrirons sur place.

Enfin la confirmation est bien fournie en live par le Sergent Cécile en collaboration avec le Sergent-chef Jérôme qui ont intercepté certains messages : Simon WINMAN, grand-père de la victime, a fait déposer un plan de vol entre l'aéroport LE BOURGET et MEXICO par une société de location de jets privés. Sont déclarées deux personnes à bord sous de faux noms dont les véritables identités sont malheureusement non identifiables pour le moment. La partie s'annonce périlleuse. Le Colonel Archibald de GANS prend la parole en se positionnant devant la caméra :

– Commandant, quel est votre sentiment sur ce déplacement ?

– Mon Colonel deux possibilités : Mr WINMAN mène une enquête parallèle, dans ce cas il ne faudrait surtout pas qu'il compromette sans le savoir la mission « SWIFT » ! Autre possibilité n'ayant aucun sens certainement, son implication totale auprès de cette organisation bancaire internationale.

– Les deux théories se discutent Commandant ! À la condition pour la seconde des deux stratégies qu'elle soit bien plus lourde de conséquences que l'on puisse l'imaginer.

– Mon Colonel, vous pouvez lancer une enquête en profondeur sur ses comptes bancaires, train de vie etc. ?

– Je m'en occupe Commandant. Votre plan à MEXICO est assorti de risques très importants. Rassurez-moi, vous avez délimité le réalisable du non réalisable ?

– Absolument Mon Colonel. Il vous faudra obtenir la connexion à un de nos satellites-espions mercredi soir afin d'être nos yeux depuis le ciel.

– Je m'en occupe Commandant. Vous devrez absolument obtenir la position GPS d'ici là. Nous vous contactons à la moindre information capitale. Fin de la communication.

– Caporale Ambre, Sergent Arthur, craquez-moi le serveur de l'hôtel « THE SAINT REGIS » à MEXICO CITY et identifiez le numéro de la chambre de Mr Javier ROJAS puis connexion sur ma boîte mail cryptée pour porter à l'écran sa fiche, s'il vous plaît.

Ces spécialistes du D.A.S.E.M. m'impressionnent ! En quelques clics ils obtiennent une connexion sur un serveur basé à 10.000km, consultent le fichier des réservations, font apparaître le nombre de chambres, 189 et suites 37, l'année de construction 2009 assortie du nom de l'architecte César PELLI, le coût de la construction de 120 millions de dollars et enfin ce qui m'intéresse, la réservation de Mr Javier ROJAS qui occupera la chambre 122 au 23ème étage. L'ensemble des chambres et suites réservées au nom de la B.O.I. est de quarante-huit. En revanche aucune chambre ni suite n'est réservée au nom de Simon WINMAN.

Leur génie réside maintenant dans le fait de rentrer dans le logiciel des réservations, changer les numéros de chambres pour qu'Aloïs de la BAINQUINIAIRE et son staff soient dans les chambres autour de la 122. Amusée et fière, la Caporale Ambre commente sa manipulation lui prenant à peine quelques secondes. Pour ne pas éveiller les soupçons de la réception, les chambres occupées par les directeurs de la B.O.I. déplacés restent au même étage. Le défilé des numéros de chambres de cet étage laisse apparaître que la 123 est une « Deluxe View Guest Room » équipée de deux grands lits. Je m'empresse de lui faire réserver à mon nom tant qu'elle est libre.

Si je dois être parfaitement honnête, l'intention de me substituer au banquier espagnol va comporter d'importants risques lors de la soirée privée. Ma réflexion m'amène à positionner mon équipe uniquement en extérieur du lieu pour assurer ma protection et celle de l'Officier anglais. Leur service d'ordre ne me laisse pas imaginer un bon présage. Il me faudra compter sur Ellen LAMATI et les informations d'accès qui lui seront fournies à la fin de sa journée de séminaire. L'utilité d'Hermès sur place aurait été adaptée à cette intervention.

Le Lieutenant Orso de l'unité du G.A.O.S., dont la spécialité est l'analyse-interprétation d'images de drones et de satellites, sera d'une précieuse aide durant la nuit.

Dernière soirée au A WALDORF avec l'équipe au complet réunie autour d'un repas convivial. Mes dernières consignes sont dispatchées à chacun d'eux leur permettant de se préparer pour les uns à infiltrer la chambre 122, pour les autres, dont l'avocat en attente d'action, d'anticiper les réflexes à adopter, bien connus lors de son époque militaire. Le duo formant Hermès nous assure son soutien tactique à distance du fait des connexions satellitaires le reliant au B.S.I. et donc à nous. Le Sergent propose de rentrer seul vers PARIS si nous avons besoin d'une coordinatrice sur place, en la personne du Caporal Ambre. L'unanimité des mains levées faisant la force, j'accepte d'embarquer avec nous le Caporal car cette première mission en extérieur la fera forcément monter en compétence. Le Major Elodie propose de faire chambre commune avec le Caporal monnayant ainsi ma décision finale.

Reste plus qu'à prévenir le B.S.I. pour que demain lors de l'escale, le Capitaine Éléonore lui apporte faux passeport et fausse pièce d'identité. La perspective d'avoir le Caporal à la coordination de l'hôtel durant mon immersion à la soirée rassure l'équipe et j'avoue moi aussi !

Chapitre 10
MEXICO CITY - Mexique

ROME - Aéroport CIAMPINO G.G PASTINE - 6:00am - samedi

Le Captain Ellen LAMARI est déposée par ses hommes en voiture au pied du 8X. Valise chargée dans la soute intérieure à bagages par l'hôtesse, nous pouvons tous monter nous installer.

Le Commandant de bord me demande la confirmation de l'escale à la 107 puis après le ravitaillement en kérosène, un redécollage immédiat vers l'aéroport de LIC BENITO JUAREZ INTERNATIONAL AIRPORT MEXICO CITY. Ma confirmation va bien dans ce sens.

L'équipe du B.S.I. au complet s'installe, soit le Major Elodie, la Caporale Ambre, le Lieutenant Orso, l'Adjudant Cyril, Me Gilles, le Doc et le Captain Ellen. Voulant souder l'équipe dès le décollage, je m'adresse discrètement au Major pour qu'elle propose le siège libre à ses côtés à notre invitée. Grimaçant légèrement, chose à quoi je réponds par un clin d'œil souriant, elle accepte et lui propose de la rejoindre. Le Major est une femme très intelligente sachant parfaitement ce que j'attends d'elle dans l'intérêt de la mission « SWIFT ».

Dans deux heures nous serons à la 107, alors j'incline mon fauteuil cherchant à prolonger ma nuit.

L'hôtesse nous prévient de l'atterrissage dans vingt minutes. Le temps de passer à la salle de bain, je reçois l'appel du Colonel qui accompagnera le Capitaine et souhaitera monter à bord quelques minutes.

À peine la porte baissée, le Colonel entre suivi du Capitaine Éléonore, saluant toute son équipe sans omettre le Captain.

Il me demande de le rejoindre à l'extérieur sur le tarmac.

– Commandant, vous êtes certain de la fiabilité de cet Officier ? Vous connaissez mes craintes au sujet des collaborations inter-agences !

– Oui Mon Colonel, je connais vos craintes. Vous avez fait vérifier son identité ?

– Affirmatif Gabriel, tout est clean.

– Alors, plus le choix à partir de maintenant. Vous savez parfaitement que nous n'avons pas d'alliés, que des intérêts communs.

– Je ne peux que vous recommander la vigilance absolue Commandant. Nous commençons à apercevoir l'immensité de la problématique liée à l'assassinat d'Aaron WINMAN. L'enquête de la P.J. est confiée aux meilleurs, mais après une trentaine d'auditions, toujours rien. Même au sein du gouvernement français j'émets des doutes sur leur connaissance réelle du dossier. Seul le Premier Ministre m'a confié que la « Banque Française Nationale » ne pouvait se permettre un scandale à l'échelle européenne.

– Cela me paraît logique Mon Colonel. Je ne suis pas surpris que l'enquête policière n'avance pas d'1cm. Dites-moi, quel degré de confiance vous portez à Hector CHEVALIER[53] ?

– Pourquoi cette question Commandant ?

– Il a été le signataire de la fusion avec la B.O.I. ! Vu les milliards générés, les pratiques douteuses de ses fondateurs, il absorbe une banque spécialisée dans les investissements industriels internationaux… sans travail profond de vérification ???

– Commandant, vous avez eu connaissance de l'intervention de Simon WINMAN bénéficiant de la confiance du directeur du F.M.I., de nos dirigeants politiques pour cette fusacq[54] assortie de la validation de l'autorité des marchés financiers.

– Alors… C'est fabuleux !

– Commandant, votre relais à distance est Marine CENLARG qui orientera vos demandes administratives vers les chefs de service, vers moi pour tout ce qui concerne l'autorisation militaire. Prenez soin de cette jeune Caporale vivant sa première OPEX hors EUROPE.

– Comptez sur moi Mon Colonel.

– Bon vol.

– Merci Colonel Archibald de GANS.

– Dites-moi Commandant, je comprends aisément la présence de l'anglaise. Elle est superbe !

– Je ne comprends pas ce que vous insinuez Mon Colonel.

– Vous m'avez très bien compris Gabriel.

---

53 Président de la Banque Française Nationale.

54 Fusion-acquisition.

Base Aérienne 107 de VILLACOUBLAY - 9h30 - samedi

Le FALCON quitte la piste pour entamer un vol de onze heures parcourant 9100km. Le décalage horaire est de moins sept heures ce qui nous fera atterrir en heure locale à approximativement 1:30pm.

Impérativement les deux premières heures de vol sont consacrées aux réunions de travail, au brief de la jeune Caporale, et surtout aux échanges d'informations avec le Captain LAMARI qui finalement s'entend à merveille avec le Major.

Le reste du temps de vol sera consacré au repos, activités personnelles ou visionnage de films.

MEXICO - Aéroport LIC BENITO JUAREZ - INTERNATIONAL AIRPORT MEXICO CITY - 1:40pm - samedi

Le respect des process du Lieutenant Pierre P. reste une valeur sûre ainsi que les consignes adressées par le Colonel auprès des autorités locale. À peine sortis du terminal, trois vans appartenant au SAINT REGIS nous attendent, portes ouvertes, pour nous accompagner à l'hôtel.

En approche, le chauffeur du van joue le guide en nous précisant que l'hôtel est situé dans le quartier animé du « Paseo de la Reforma » entre le centre-ville et la forêt historique de Chapultepec[55]. Le SAINT REGIS HOTEL est un gratte-ciel se dressant à 150m de hauteur devant nous, considéré comme l'un des bâtiments les plus élégants de MEXICO.

La conciergerie nous dispatche les chambres dans l'ordre de la manipulation faite par la Caporale Ambre. Aucune suspicion n'est détectée lors de la remise des clés par la réception.

Nous nous voyons attribuer la chambre 120 pour Elodie et Ambre, la 121 pour Cyril et Orso, la 124 pour Éléonore, la 125 pour Gilles associé au Doc et la 123 pour Ellen et moi. La chambre 122 attribuée à Javier ROJAS, directeur de la filiale espagnole de la Bank Of Investment Inc., est donc totalement encerclée.

---

[55] Chapultepec est une colline et un grand parc situé au Sud-Ouest de centre de MEXICO.

La visite des chambres de chacun nous amène à choisir la mienne du fait de sa superficie supérieure pour y installer notre « P.C. de surveillance ». Une chance supplémentaire nous sourit lorsque nous constatons que la chambre 122 n'est pas encore occupée la veille de l'arrivée de l'espagnol. Une vérification s'impose en se connectant au serveur informatique de l'hôtel pour qu'aucun occupant ne l'obtienne ou la réserve jusqu'à ce que ROJAS en prenne possession. Ambre se connecte à nouveau en quelques secondes. La 122 est certes libre à cet instant mais positionnée comme disponible. Je demande à la Caporale s'il lui est possible de la déclarer en cours de réservation par exemple, ou toute autre formule similaire dans leur logiciel de réservation.

Effectivement elle me montre une option « room under maintenance ». Aussitôt je lui demande de cocher cette case et de bien penser à décocher l'option quelques heures avant son arrivée.

Maintenant elle doit se connecter sur le serveur de vidéo-surveillance et durant quelques minutes supprimer la diffusion des images du 23ème étage nous laissant le temps d'entrer dans la 122 sans être remarqués. D'un ton ironique, Ambre me demande si je n'ai pas plus compliqué à lui fournir comme tâche. Sans hésiter, je la préviens du niveau de concentration dont il faudra qu'elle fasse preuve dans trois jours durant des heures et des heures.

Matériel dissimulé dans un sac à dos, Éléonore, Orso, Elodie, Cyril s'introduisent dans la 122.

Les premières mini caméras magnétiques sont posées et reliées aux ordinateurs portables d'Ambre. Au total huit caméras dans l' « Executive Junior Suite », de la porte d'entrée à la salle de bain. Huit micros identiquement placés nous permettront de suivre toutes ses conversations téléphoniques s'il se déplace appareil à l'oreille. Ce n'est pas tout ! Faisant suite à une initiative de la Caporale, ils installent une borne Wi-Fi pirate dans un coffre de rangement du dressing, non repérable par le personnel de l'hôtel ou par leur répartiteur WI-FI, car elle est reliée à notre diffuseur 4G. Nous pourrons suivre toutes ses connexions même les plus inavouables jusqu'à intervenir sur le changement de son programme T.V. !

En trente minutes montre en main, le matériel installé fait de la 122 un lieu plus surveillé que FORT KNOX[56] ! Derniers tests son, images, WI-FI avant qu'ils ne quittent la chambre : tout est OK, nous leur signalons le top départ de la suite sans être repérés.

La Captain LAMARI reste de marbre devant notre intervention et notre capacité à pirater n'importe quel logiciel ou système informatique en si peu de temps. Elle nous avoue que son agence est certainement très performante en poste fixe, mais moins que la nôtre en situation déportée.

La Capitaine Éléonore émet une idée possiblement intéressante :

– Gabriel, si je ne commets pas d'erreur, tu souhaiterais neutraliser le banquier lors de son retour à l'hôtel avant de rejoindre la soirée privée ?

– Absolument Éléonore.

– J'imagine également qu'Elodie ou l'un de nous, se déguise en personnel de l'hôtel, frappe à sa porte pour lui injecter une dose sérieuse d'anesthésiant ?

– Jusque-là tu ne fais pas erreur sur mon plan.

– Nous entrons dans sa suite, je te pose le latex après avoir réalisé les empreintes numériques de son visage, tu récupères ses effets personnels et tu redescends dans le hall pour rejoindre les membres de la B.O.I. d'après le planning fourni par l'anglaise ?

– Tout juste.

– Comment vas-tu gérer ses réactions à son réveil ?

– Logiquement nous aurons quitté les lieux ou bien nous prolongerons son sommeil dans le but de le rendre amnésique.

– S'il prévient sa hiérarchie pour présenter ses excuses, tu déclenches une alerte et mets en danger la mission.

– Pas faux.

– Alors voici cette mini caméra numérique à placer sur ta boutonnière de blazer, elle va enregistrer tout ce qui va se passer dès l'instant où tu sortiras de la suite 122. Etant reliée à Ambre, l'enregistrement

[56] Camp militaire de l'U.S. Army qui depuis 1937 se voit stocké la réserve d'or des ETATS-UNIS.

se fait par une application déjà installée. À ton retour, tu entres dans sa suite, te déshabilles jusqu'à faire couler l'eau de la douche par exemple. Puis, on coupe l'enregistrement. Ensuite, je te rejoins pour lui placer ce masque de réalité virtuelle qui va lui diffuser en accéléré le film et le son de la soirée. À son réveil, vaseux du fait de l'injection, il se souviendra avoir été présent à la soirée !

– Depuis quand nous sommes équipés de ces innovations technologiques ?

– À peine trois semaines ! Tu étais en permission ! L'important c'est que tu en sois informé maintenant !

– Exact Capitaine. Question : si durant la soirée il se produit des actes me mettant en péril mais avec une issue favorable ?

– C'est le risque à prendre. Sans aucune anicroche, c'est le plan parfait ! On peut grâce à l'application couper des passages en cas de nécessité. Seulement il faudra avoir quelques minutes pour effectuer un montage.

– Je valide.

Maintenant, j'invite mon équipe à rejoindre chacun sa chambre et à se faire livrer des plateaux repas pour demeurer le plus discret possible.

La couverture instruisant un jeune couple concernant l'officier anglaise et moi-même doit l'être bien moins.

Il nous faut être vus main dans la main déambuler dans le hall, nous rendre pour dîner dans un des cinq restaurants de l'hôtel ou profiter de la piscine intérieure.

Nous descendons donc dîner dans le « TATSUGURO », le restaurant japonais du ST REGIS. Nous prenons très au sérieux ce jeu de rôle d'autant plus que les charmes d'Ellen m'envahissent de manière grandissante. Lorsque je la regarde fixement dans les yeux, son réflexe est de passer la main dans ses cheveux pour les positionner du côté opposé. Alors je profite de sa faiblesse pour la faire parler facilement de sa vie. Sans technique de séduction particulière, Ellen se laisse aller aux confidences abandonnant peu à peu son métier. Régulièrement, elle me rappelle la relation sentimentale dans laquelle elle est engagée.

N'étant pas homme à conquérir une femme déjà posée, ces rappels occasionnels font diminuer directement l'élan qui m'emporte.

Sans être un spécialiste en séduction à la « HITCH[57] », je constate son attitude peu indifférente lorsque nos regards se croisent avec insistance. À aucun moment je ne peux lui faire remarquer sa faiblesse afin qu'elle ne se sente pas déstabilisée. Son attitude m'enveloppe malgré tout, alors j'insiste encore et encore sur le côté professionnel dans lequel nous collaborons depuis quelques heures. Se reprenant face à mon insistance sur la mission, j'obtiens de nouvelles précisions techniques. Depuis son immersion dans la B.O.I., Ellen a constaté que certains investissements imposés par les dirigeants étaient faits par algorithmes. « L'apport de l'intelligence artificielle a révolutionné la recherche de plus-value en apportant de l'ingénierie financière, en prenant en compte le profil de l'investisseur », me précise-t-elle. Jusque-là, je comprends cette politique de modernisation d'investissement qui se généralise dans les principaux Hedge Funds[58], permettant de prendre des positions sur les marchés sans l'intervention humaine, et ce sur n'importe quelle Bourse mondiale. Selon elle, cette attaque des marchés laisse entrevoir aussi la possibilité de monter de toutes pièces des fausses attaques terroristes ou faits divers retentissants, comme l'assassinat d'Aaron WINMAN… Prolongeant sa théorie, elle insinue le fait qu'il soit possible que son homologue ait peut-être refusé de procéder à des achats d'actions commandités par des personnes encore non identifiées mais détenant les clés.

Le lendemain de la triste nouvelle, Ellen m'affirme que l'accès au logiciel extranet de la B.O.I., amenant les accès sécurisés auprès de comptes clients, a été inaccessible durant cinq heures ! Sa conclusion est encore mitigée sur la véracité de ce meurtre aux allures « Sataniques » et à la mise en scène diabolique créée pour détourner l'attention de mouvements financiers illicites. Mais la possibilité d'enrichir encore des puissants financiers est évidente pour elle, ou bien ce serait un leurre destiné à créer la déstabilisation d'États, d'où l'implication du grand-père de la victime dans la fusacq. Finalement, cette prochaine

---

[57] HITCH, Expert en séduction – Film.

[58] Fonds spéculatifs investissement sur prise risques élevées pour gains élevés.

soirée privée des dirigeants de filiales nous apportera une vision plus précise des malversations à grande échelle, pouvant aller jusqu'au blanchiment d'argent utilisé pour le montage d'opérations secrètes commanditées par des gouvernements.

Pour la première fois, Ellen évoque le nom de la cible réelle de son agence, Georges SOROS, d'origine hongroise, de confession juive, multimilliardaire (8,6 milliards de dollars), détenant une légende d'anti-américain, disposant de fortes connexions amicales dans la CITY de LONDRES, le Foreign Office[59] britannique et surtout l'État d'ISRAEL. Son parcours universitaire s'est déroulé à la LONDON SCHOOL of ECONOMICS, me précise-t-elle, ce qui lui a facilité ses activités de spéculations sur des devises et des actions ayant entraîné de fortes crises économiques. De source confidentielle anglaise, Ellen évoque au sujet du milliardaire, ce témoignage craintif en le citant : « Si l'envie lui en prend, il peut déstabiliser l'économie de tout un pays en réduisant en poussière cette nation ». Cette crainte est identifiée sur la volonté finale de réduire à néant le B.O.I.

Un imbroglio à l'échelle planétaire remontant à l'année 1948 où la famille ROTSCHILD, très proche de SOROS, s'est investie dans la cause destinée à créer l'État d'ISRAEL après l'horreur de l'holocauste nazi envers les juifs. De là, Ellen appuie son raisonnement sur les liens proches entre les services de renseignements israéliens, britanniques, américains et les familles ROTSCHILD/SOROS.

Ma réaction est de ne pas être aussi étonné que cela, ayant été confronté par le passé à la découverte qu'à l'intérieur de la banque Nathan Mayer ROTSCHILD, deux fois par jour, à 10:30am et à 3:00pm, une cellule composée de cinq membres du LONDON GOLD POOL (Barclays Capital, Deutsche Bank, Scotia-Mocatta, Société Générale & HSBC) déterminait le prix de l'or via une ligne de conférence uniquement utilisée pour la circonstance. Le « Fixing » de l'or est effectué en dollar américain, en livre sterling et en euro.

L'opération se nomme le « Gold Fixing » grâce à ces accords inter bancaires entre puissants négociants d'or. Cette pratique aurait favorisé

---

[59] Ministère des Affaires Étrangères.

la transaction de drogue en échange d'or à l'échelle mondiale, troc favorisant le blanchiment d'argent sale.

Alors depuis 2018, et après de nombreux scandales bancaires, la manipulation des métaux précieux, le « Fixing » est réglementé par ICE Benchmark Administration, devenu l'organisateur du nouveau dispositif de fixation du prix de l'or, fait de manière électronique et en ligne.

Ellen admet que la décision de la faire infiltrer dans la B.O.I. était issue de cet amas de soupçons impliquant ces établissements bancaires britanniques ou planant autour d'eux. Elle m'avoue également n'avoir qu'à peine franchi quelques obstacles tellement l'opacité règne.

Il est temps de remonter dans la chambre. Ce n'est malheureusement pas ce soir que nous identifierons les assassins d'Aaron WINMAN ni ne pourrons procéder à l'élimination du vaste réseau pilotant les investisseurs silencieux influents. Demain dimanche sera une journée de repos pour l'ensemble de mon équipe.

Lundi est la journée de séminaire des directeurs de filiales et des dirigeants de la B.O.I, pendant laquelle nous reprendrons les contacts avec le B.S.I., mardi est le jour de la fameuse soirée requérant notre concentration absolue. J'impose à chacun d'être à 100 % de sa capacité et ce conseil me concerne d'autant plus que je dois revêtir le costume d'un banquier espagnol.

Bien entendu, dans la chambre je laisse toutes les priorités à la Captain LAMARI, l'accès à la salle de bain et le choix du lit.

En parfait gentleman je rejoins la salle de bain une fois Ellen sortie. En la croisant, la tentation est bien forte de lui adresser un compliment sur son long déshabillé noir en dentelle, mais ne laissant rien apparaître de ses formes. Simplement la suggestion produite ne peut me laisser insensible…

Douché, parfumé d'une eau de Cologne de nuit, je m'allonge sagement dans le lit disponible largement séparé de l'autre par une table de nuit, ne m'offrant ainsi aucune possibilité d'approche.

SAINT REGIS HOTEL - dimanche - 8:30am

Le B.S.I. n'est pas au repos alors je peux m'entretenir avec le Sergent Cécile qui me fait part de leur absence d'avancée malgré l'enchaînement d'heures de travail engagées ; le Sergent-chef Jérôme quant à lui confirme être opérationnel pour se positionner mardi au-dessus du Mexique, via les satellites de communication et d'observation. Il profite de mon appel pour me livrer différents résultats au sujet du Chief Inspector » Peter SPENCER, l'officier à qui Elliot ELWOOD a transféré le scan de nos passeports lors de notre première visite dans son bureau. Ma demande était de tracer tous ses mouvements financiers, ses connexions internet, bref tout ce qui pouvait nous instruire sur leurs liens. Le Sergent-chef m'apprend qu'il détient un compte à la B.O.I. sur lequel il se connecte régulièrement. Un Officier de police de SCOTLAND YARD jouissant d'un salaire de 3.000£, arrive à gérer un portefeuille d'actions de 550.000£ dont les plus-values sont exponentielles ! Nul n'est besoin que le Sergent-chef me précise le nom du gestionnaire de compte !!! S'ajoute à ces informations, des passages à la douane de SAINTE-LUCIE deux fois par an.

J'interpelle la Captain LAMARI qui me confirme l'ignorance pour elle et son agence de son rôle et de ses interventions au titre d'Officier de police. Immédiatement, avec ma validation, elle informe sa hiérarchie qui sera plus à même de prendre le relais de sa surveillance.

Puis je dois informer le Colonel du contenu de la conversation entre la Captain et moi la veille au soir. Quelques minutes plus tard, après avoir eu au téléphone Hector CHEVALIER, il me recontacte pour m'informer que celui-ci n'est pas dans la confidence de l'organisation des réunions « secrètes » tous les vingt et un mois avec les directeurs de filiales. Fait à la fois étonnant car il est le Président de la banque mère, mais en même temps pas si surprenant que cela !

Le Conseil d'Administration est composé des anciens actionnaires de la B.O.I. donc parfaitement efficaces sur la destinée de ce fleuron générant des milliards d'euros de profits. Le Colonel n'a pas jugé nécessaire de l'alerter au sujet de la prochaine séance réunissant le C.A. dans 48h00. Moins le Président en saura, mieux nous pourrons agir.

Ellen reçoit le programme de travail du séminaire se déroulant dans la salle dédiée aux événements du SAINT REGIS dont l'heure de la convocation annoncée pour le lundi 8:00am jusqu'à 5:00pm, et pour le mardi de 8:00am jusqu'à 3:00pm.

N'étant pas captivée par le déroulé du programme construit autour des résultats filiales par filiales, elle me précise cependant la nécessité de m'informer sur celle qui porte le n°5, la filiale espagnole. En cas d'échanges lors de la soirée avec d'autres directeurs, il me faut connaître les chiffres. Effectivement, la pertinence de sa précision me permet de la féliciter.

De là, je lui propose de l'équiper d'un mini système audio et vidéo invisible, nous offrant le suivi en live depuis notre P.C. d'écoute installé dans la suite. En bon officier, la Captain LAMARI accepte.

Un second mail reçu deux minutes après le programme du séminaire arrive sur sa boîte pro contenant une pièce jointe. En l'ouvrant, elle découvre l'invitation nominative à la soirée dont le lieu n'est pas précisé a contrario du dress-code : robe de soirée pour les femmes, smoking pour les hommes, heure de départ fixée à 7:00pm devant l'accueil de l'hôtel où des navettes seront prêtes au départ. Son numéro de navette est le 5. En bas de page est précisée l'obligation d'avoir ce carton d'invitation à présenter à la montée dans la navette.

Je préviens la Caporale Ambre d'être sur le pied de guerre dès l'arrivée de Javier ROJAS dans sa suite, avec en point de mire capter le visuel de son invitation à la soirée pour identifier son numéro de navette. Si la surveillance vidéo de sa chambre ne nous offre pas cette visibilité, il faudra s'introduire dans sa suite pour l'obtenir.

Maintenant que le planning se précise, je joins le B.S.I. pour immédiatement identifier un lieu via satellite, possiblement isolé, type hacienda ou monument historique, dans un périmètre de 90km autour de MEXICO. Sachant que le départ des invités est à 7:00pm de l'hôtel et le début des hostilités à 9:00pm, vingt-et-une ième heure de la journée. Un calcul s'engage pour le Sergent-chef Jérôme et moi-même au sujet de la vitesse d'un van de six personnes roulant à une vitesse maximale de 110km/h sur autoroute mexicaine une fois atteinte après avoir quitté l'agglomération. Nous arrivons à une distance approximative de 70km. Nous lançons une recherche commune, lui bénéficiant des images satellites, nous ici sur Google Maps. À l'initiative de l'avocat, celui-ci propose de descendre à la réception et de se renseigner auprès du concierge sur les lieux bénéficiant de capacité de réception pour une soirée privée. L'idée me paraît judicieuse mais si les organisateurs ont choisi ce palace, au-delà d'une salle de séminaire, c'est pour compter sur la jouissance de l'organisation de la soirée ou de moyens logistiques mis à disposition par le SAINT REGIS. Donc je le convaincs de ne pas alerter qui que ce soit par ses questions. Retour au point zéro.

Deux heures après mon contact, le B.S.I. me fait part de leurs recherches. Des centaines de locations d'haciendas et d'immenses maisons sont repérées mais aucun lieu atypique se démarquant n'est identifié.

Me tournant vers la Captain, je l'interpelle pour lui demander d'être attentive lors de la journée demain à la moindre information nous mettant sur la piste d'un lieu possible. Surprise par mon insistance, ma précision est de lui indiquer l'intention de positionner Orso et Cyril aux alentours, en capacité d'identifier le service d'ordre et les invités se rendant à la soirée. De plus, j'insiste sur le fait que leur présence sera excessivement utile en cas de problématiques avérées si jamais ma fausse apparence était découverte.

La seule solution réside dans la location de trois voitures de marques distinctes, de couleurs différentes, s'interposant à distance pour suivre le convoi. L'Adjudant Cyril R. propose qu'une fois le lieu repéré, ils se regroupent dans un seul véhicule dans le but de générer le moins de mouvements possibles. L'idée est totalement validée par nous trois. Je leur demande donc d'aller dans l'agence de location la plus proche, puis de garer les véhicules dans un parking à proximité de l'hôtel.

La journée se prolonge sans qu'aucune information capitale ne soit remontée jusqu'au moment du dîner.

Je propose à la Captain un « bis repetita » de notre soirée de la veille d'autant plus que les vingt autres directeurs de la B.O.I devraient arriver au SAINT REGIS. En revanche, Elodie, Éléonore et Ambre doivent se relayer sur les écrans de surveillance pour suivre de près l'arrivée de Javier ROJAS en analysant sa gestuelle dès qu'il sera dans sa suite. Les autres membres de l'équipe sont mis au repos forcé.

Pour être informé à la seconde près de son entrée dans sa suite, je m'équipe d'une oreillette. Malheureusement, entre Ellen et moi les conversations resteront professionnelles du fait de l'écoute de mon équipe féminine.

Nous descendons vers un autre restaurant du SAINT REGIS, plus proche des zones communes afin d'être vus ensemble, le « DIANA RESTAURANT » spécialisé en cuisine mexicaine.

Rapidement la Captain me demande si je parle espagnol. Détail qui pourrait avoir son importance en fonction du déroulé de la soirée mais elle me précise que la langue anglaise est utilisée lors des communications inter-filiales ainsi que dans l'ensemble des correspondances.

Le Major intervient dans l'oreillette pour m'informer qu'elle parle parfaitement l'espagnol ce qui pourrait m'aider en cas d'échanges. Je valide sa proposition.

Surprise, Ellen est apostrophée par Elliot ELWWOD nous ayant repérés de loin. S'approchant de notre table, il nous salue en nous faisant part de son étonnement à nous voir dîner ensemble.

– Vous m'avez envoyé à ROME, ROME destination surprenante Mr ELWOOD.

– Mr de la BAINQUINIAIRE je le constate ! Avant toute chose, je vous souhaite la bienvenue en tant qu'investisseur au sein de la BANK OF INVESTMENT Inc.

– Merci pour votre accueil.

– Une fois les capitaux transférés pour « Happy Drink », j'aurai certainement des dossiers à vous transmettre, encore plus juteux maintenant que vous êtes dans notre base de données.

– Mais avec le plus grand des plaisirs. Avant toute question, sachez que Mme LAMATI a été forcée par mes soins de profiter de mon FALCON et donc d'un voyage plus reposant avant votre séminaire de travail. Mon emploi du temps était sans contrainte, je ne lui ai pas donné le choix !

– Mais sachez qu'Ellen est parfaitement libre de voyager comme bon lui semble. Permettez-moi de vous l'enlever quelques minutes ?

– Je vous en prie Monsieur ELWOOD.

S'écartant de quelques mètres, ils entament une conversation dont je ne peux capter le contenu.

Le ton a l'air assez sévère de la part du banquier anglais.

De retour à la table, Ellen me fait part de leurs échanges :

– Elliot n'avait qu'une obsession, s'assurer que tu n'étais pas informé de la soirée de mardi soir. Alors je lui ai répondu que je t'avais informé d'un dîner de gala dans MEXICO uniquement entre collaborateurs de la B.O.I.

– Et… ?

– Il m'a demandé de ne surtout pas dévier de ce scénario. Puis il m'a informée de mon « baptême » durant la soirée.

– Je ne sais pas ce qui se trame dans ces soirées, mais je crains le pire.

– Tu as peut-être raison, et j'avoue aisément que savoir ton équipe en soutien me rassure.

– Oui en cas de mauvaise tournure ! Mais à la condition qu'il y ait peu d'effectifs de sécurité sur le lieu de la soirée.

– Nous sommes dans l'expectative la plus complète.

– Je confirme. Remontons dans la chambre si tu le veux bien.

– Avec plaisir Gabriel.

L'ascenseur nous montant au 23ème étage voit un invité de dernière seconde qui, pour y entrer, force l'ouverture des portes. Javier ROJAS, bagages à la main, lance un « ola señorita LAMATI » déclenchant une accolade fraternelle. Ellen souriante, le salue à son tour.

Effectivement, la cible est de la même corpulence que moi et de taille quasi identique ! La chance va nous sourire, j'en suis convaincu.

Sortant de l'ascenseur, Javier ROJAS demande à Ellen si elle a bien reçu le planning, ce à quoi elle répond par l'affirmative. Elle saisit cette opportunité pour lui demander dans quel numéro de navette il se trouvera. Encore la chance au rendez-vous, il lui précise le 5.

À l'intérieur de la suite, c'est la Capitaine Éléonore qui assume son tour de garde en observation face à l'écran où nous pouvons découvrir le banquier s'installant. Elle profite d'une des caméras le filmant de face pour réaliser des screen-shot destinés à la fabrication du latex. Sa journée de lundi sera consacrée à reproduire ce masque de latex.

Lui indiquant ma prise de relais pour la surveillance, nous lui souhaitons une agréable nuit.

Enfin seuls… À nouveau Ellen se dirige vers la salle de bain pendant que j'observe la gestuelle du banquier afin de m'identifier immédiatement à lui. Tout d'un coup, je suis focus sur une des caméras le montrant sortir de sa housse smoking, veste blanche, chemise blanche, pantalon noir, avec un masque loup de couleur noire accroché au cintre ! Maintenant je peux imaginer sans commettre d'erreur, le thème de cette soirée.

Ellen toujours vêtue de son déshabillé de dentelle s'approche de l'écran en me demandant le pourquoi de mon regard sévère.

– Il semble, et j'en ai bien peur, que votre soirée « secrète » soit vouée à des pratiques douteuses ou à des rites…

– Pardon ?

– Oui… Ton homologue est équipé d'un masque loup.

– Peut-être que c'est un effet personnel ! À aucun moment je n'ai reçu pour consigne d'en avoir un.

– D'où ce fameux baptême annoncé.

– Gabriel je refuse catégoriquement de m'y rendre. Je dois informer ma hiérarchie.

– Ellen, je serai là et mon équipe non loin. C'est une chance de découvrir ce qui se trame en off. Nous serons sous surveillance satellite et du coup je vais réquisitionner la Capitaine et le Major pour accompagner mes hommes.

– Comment interviendront-ils si la soirée dévie ?

– D'abord nous serons reliés par radio.

– Oui et ensuite… si le service d'ordre est musclé par ce gang Suprémaciste ?

– Ellen, pas de courage si pas de peur…

Demain nous allons échafauder une stratégie pendant que tu seras en séminaire, fais-moi confiance. Mis à part la Caporale qui sera dans la suite, le reste de mon équipe est aguerrie aux missions de terrain.

– Alors je vous fais confiance.

– Dès que vous serez en plein séminaire, il est possible que nous rentrions dans une autre chambre pour vérifier si cet accessoire de soirées spéciales est présent. Quel directeur de filiale est le plus ancien ?

– Celui de NEW-YORK, Scott GREEN.

– On va aller vérifier s'il détient cet accessoire ou peut-être un masque vénitien ayant le même emploi !

Le banquier espagnol couché, il est temps à mon tour de rejoindre mon lit.

Tout d'un coup, sans réaliser ce qui me prend, je m'approche d'Ellen sur le point de s'allonger, la serre dans mes bras tout en approchant mes lèvres des siennes. Les battements de mon cœur s'emballent. Un dixième de seconde me suffit pour anticiper un refus catégorique qui provoquera mes plus sincères excuses. Finalement, ce scénario peut être oublié.

Ellen se laisse faire, passe son bras droit autour de mon cou, sa main dans mes cheveux, en m'embrassant aussi fougueusement que doit l'être un premier baiser entre deux personnes s'attirant. Mes mains plongent dans ses longs cheveux bruns, puis descendent lentement le long de son dos, atteignent ses hanches, remontent depuis le bas de son dos…

Ellen enlève mon tee-shirt dans un mouvement ne laissant aucun doute sur ses intentions. Maintenant dénudé, elle me caresse le torse, m'embrasse dans le cou, replace ses mains dans mes cheveux toujours en m'embrassant de manière torride. Délicatement, je fais tomber les larges bretelles de son déshabillé, l'accompagne pour le positionner sur son bas ventre laissant sa magnifique poitrine prête à être prise. La malaxant avec tendresse, je sens sous la paume de mes mains ses tétons se durcir provoquant de doux gémissements.

Je la bascule sur son King Size en retenant son corps avec adresse. Il nous est impossible de décoller nos lèvres ni séparer nos langues.

Ses mains déboutonnent mon pantalon, les miennes relèvent son déshabillé pour découvrir qu'aucun dessous n'est porté. Je caresse son ventre d'une douceur exceptionnelle, enroule mes mains autour de ses fesses tout aussi douces, puis en approche une de son sexe. Le caressant délicatement, je sens son bas ventre se contracter, ses lèvres se décrochent des miennes pour laisser pencher en arrière sa tête, ses mains s'agrippent à mes épaules, elle laisse s'échapper de sa bouche de forts hurlements de plaisirs.

Ellen est là, quasi nue, s'offrant à moi sans me retenir de toute intrusion en elle. Avant l'acte sexuel scellant notre séduction, je retire son long déshabillé. Elle me demande de retirer mon pantalon pendant qu'elle se glisse sous l'immense couette. Sans perdre de temps, j'obéis à sa requête pour la rejoindre, emmitouflée, un large sourire sur son visage.

Nous entamons notre première relation charnelle d'une intensité folle associée à un subtil mélange de rapport ardent et de romantisme absolu.

La relation sexuelle s'intensifie de manière à m'amener à lui bloquer ses poignets d'une seule de mes mains l'empêchant de me griffer le dos. Ses dents mordillent mes oreilles ce qui la fait rire. Alors je l'agrippe par la taille, la soulève pour la déposer sur le bureau magistral de la suite. D'un mouvement de bras je balaie les affaires posées dessus pour l'allonger sans que rien ne la gêne. Ellen saisit une bouteille d'eau minérale pour nous la verser dessus. Des éclats de rire jaillissent créant notre première réelle complicité sensuelle. À nouveau je lui fais l'amour sur ce bureau avec vigueur, nos corps transpirants entrent dans une danse effrénée nous menant du bureau au canapé, du canapé dans le dressing dans lequel nous faisons virevolter tous les cintres, du dressing sous la douche où nous nous arrêtons.

L'eau coule par le plafond de la douche ce qui nous entraîne dans une dernière danse sexuelle. Sa jambe droite est relevée, ses bras autour de mon cou, nos bouches l'une contre l'autre tétant à tour de rôle la langue de l'autre. Je la plaque contre la paroi de la douche et bloque ses hanches lui déclenchant ainsi un dernier orgasme. Ces longues minutes intenses nous amènent à nous regarder droit dans les yeux pendant que l'eau fraîche coule sur nos corps. Son regard la trahit du fait qu'à cet instant précis elle se retrouve au centre d'une sphère de plaisir.

– Gabriel, tu es conscient maintenant du changement radical de nos rapports ?

– Ellen, nous étions attirés l'un par l'autre depuis mon entrée dans ton bureau.

– Alors tu considères cette étape comme évidente ?

– Oui… Mais je t'assure qu'au moment où le réveil sonnera demain matin, et durant la journée, nous serons des partenaires en mission pour le compte de nos gouvernements respectifs.

– Gabriel, toi énerver moi.

– Ellen, moi faire ce que je veux.

– Que tu crois. C'est la première fois que je ressens quelque chose pour un homme tout en étant déjà avec un autre. Il va falloir que je prenne mon courage pour lui parler. Notre rencontre est une coïncidence.

– Ou de la synchronicité Ellen !

– L'univers a un plan, paraît-il, pour chacun d'entre nous, j'en suis convaincue.

Mais est-ce le bon timing entre nous… ?

– Il me semble. L'avenir fera son job !

Il me semble, peut-être à tort, que du fait de tes aveux lorsque nous étions à ROME, de la forte attirance l'un pour l'autre, cela t'amène à tout rejeter ou repousser à ton initiative, et ne fera que retarder l'échéance…

– Non Gabriel.

– Alors je vais te laisser maître de la décision que tu prendras. On oublie, ou on prolonge. Si on oublie la relation privée, je respecterai, tu as ma parole.

– Je te remercie Gabriel.

– Je n'ai qu'une seule demande Ellen, t'avoir dans mes bras pour la nuit.

– Ce n'est pas raisonnable.

– Offre sa dernière volonté à un condamné !

Ma demande est exaucée. Cette nuit nous dormons ensemble. Ellen se blottit dans mes bras, nue, sa tête posée sur ma poitrine, ma main dans ses cheveux.

SAINT REGIS HOTEL - lundi - 6:05am

La sonnerie du téléphone d'Ellen nous tire d'un profond sommeil. Elle me prévient de l'origine de son appel, son supérieur, le Lieutenant General John WILLIAMS. Elle quitte le lit et va s'enfermer dans l'immense salle de bain. Alors, sans bruit, je viens coller mon oreille à la porte, mais l'épaisseur du bois m'empêche de décrypter leur conversation en anglais.

Je retourne dans le lit. Elle ressort l'air contrarié.

– Pourquoi t'es-tu isolée Ellen ? Tu n'as pas confiance en moi ?

– Gabriel, j'avais besoin de m'entretenir avec le Lieutenant General sans que tu prennes part au contenu.

– Va chier Ellen.

– Ne le prends pas mal, s'il te plaît.

– Si. Depuis la première heure je partage avec toi les avancées de mon agence…

– Justement ! Tu ne m'as même pas avoué pour qu'elle agence tu officiais, alors la confiance mise en doute, ne la ramène pas trop.

– Ok. Stop Ellen. Maintenant nous sommes à nouveau partenaires dans cette mission, il n'y a plus de séduction ni de jeu entre nous puisque tu le prends sur ce ton.

– C'est mignon… Le Commandant Gabriel SAINT REGENT fait sa crise d'autorité !!!

Pour calmer la tension montante, Ellen s'approche et m'embrasse vigoureusement.

– Gabriel, j'ai confirmé à mon supérieur que tu gérais divinement bien ma sécurité, encore mieux que les hommes de chez nous. Je ne voulais pas que tu entendes.

– Ne me mens pas Ellen.

– Jamais pour le privé. Sache en revanche que des S.A.S.[60] sont arrivés dans la nuit sur MEXICO en renfort. Ils attendent mes instructions pour se joindre à ton équipe. L'initiative vient du Lieutenant General.

– Ok, trouvons ce soir un lieu à l'abri des regards pour nous rencontrer tous avec mon équipe. Je prends bien au contraire cette nouvelle comme une aide bienvenue.

– Maintenant le Comandant Gabriel SAINT-REGNT a rangé sa susceptibilité ?

– Va te préparer pour ton séminaire afin que je puisse t'équiper du matériel audio.

Ellen est fin prête à quitter la suite, oreillette intra auriculaire placée, ainsi qu'une micro-caméra dissimulée sur le revers de sa veste, invisible pour un néophyte. Je lui précise notre surveillance en live jusqu'à son retour.

La Caporale entre discrètement dans ma chambre une fois tous les directeurs descendus, elle est rejointe en suivant par la Capitaine et le Major.

Nous pouvons assister au démarrage du live, le temps pour Ambre de trouver le code d'ouverture de la suite du banquier New-Yorkais, via le système de contrôle d'ouverture du SAINT REGIS. Le code est craqué au bout de deux minutes. Je demande à Orso de s'y rendre le temps de couper la retransmission des caméras de l'étage au-dessus du nôtre.

La période d'écoute de l'introduction du séminaire par Elliot ELWOOD dure cinq minutes, période pendant laquelle je réalise les pouvoirs importants lui étant concédés au-delà de la normalité liée à sa fonction officielle.

Il cède la parole à un invité surprise, Monsieur Simon WINMAN, se félicitant dès ses premiers mots de l'acquisition pour laquelle il a été le relais auprès d'Hector CHEVALIER, Président de la Banque Nationale Française. Il prolonge son discours en informant son public

---

60 S.A.S. « Special Air Services » unité des forces spéciales de l'armée britannique dont la devise est « qui ose gagne » (Who dares wins).

de l'arrivée d'une nouvelle banque dans le consortium permettant au Groupe de devenir le numéro 1 Européen incontestable. À aucun moment il ne divulgue l'identité, ni n'adresse une pensée émue à l'égard de l'ancien directeur de la filiale parisienne, son petit-fils.

Ellen est trop éloignée de la tribune présidentielle pour distinguer les autres participants. Par radio elle nous informe qu'elle est incapable de révéler leur titre ou identité.

Orso revient après avoir fouillé consciencieusement la suite du banquier américain. À la vue de la photo sur l'écran de son téléphone qu'il nous tend, nous découvrons qu'il détient lui aussi un masque, mais vénitien…

Aussitôt un débat s'engage entre nous pour tenter de déterminer si les différents masques sont associés à un ordre d'ancienneté ou à un rôle hiérarchique dans ce groupe occulte qu'ils ont l'air de former.

Personnellement je décroche de l'attention portée au « live » des autos-congratulations promulguées à tour de rôle par les différents intervenants. Ellen me fera un débrief personnel si entre temps mes deux collaboratrices ne détectent aucun élément important.

Lorsque je constate un appel du B.S.I. sur mon téléphone satellite, je me demande si c'est annonciateur d'éléments enfin révélateurs.

– Bonjour Mon Commandant, Sergent Cécile.

– Hello Sergent, enfin des bonnes nouvelles ?

– Il se pourrait. Le travail de mon équipe commence à produire ses fruits. Nous avons mis sur pied un premier programme de déchiffrement dont les codes découverts sont maintenant traités par un de nos logiciels.

– Bon OK, mais livre-moi tes infos Cécile !

– Il apparaîtrait que l'agence n°1, soit celle de LONDRES, donne des ordres de vente d'actions 72h avant que sa côte ne chute sur les différentes Bourses internationales, et ceci pour être rachetées 24h après.

– Attends attends, LONDRES obligerait certaines filiales qui ont financé des entreprises cotées au marché de les faire plonger pour en suivant les racheter à bas prix, et donc durant l'opération enrichir les investisseurs ???

– Si nous confirmons le déchiffrement, cela se pourrait.

– À qui profitent ces plus-values ?

– Des sociétés dont le nom est encore codé mais j'espère révéler leurs identités très rapidement.

– Cécile, s'il te plaît, accélère, je commence à visualiser le concept. Trace des sociétés qui seraient commercialement, de près ou de loin, liées au financement d'États encourageant l'affaiblissement économique ou le commerce illégal. Partant de ce constat, on ne se sera pas si éloignés de stratégies cherchant à déstabiliser de grandes institutions bancaires échappant au contrôle de la Commission trilatérale.

– À vos ordres Mon Commandant ! Tu sais que tu peux compter sur moi.

– À la moindre découverte, appelle direct.

– Affirmatif Mon Commandant.

Il est encore bien trop tôt pour tirer une conclusion définitive sur la raison de l'assassinat d'Aaron WINMAN, mais je reste convaincu de découvertes auxquelles il a dû s'opposer et l'ayant conduit à sa perte.

Il me faut dans la journée provoquer une rencontre avec son grand-père qui ne connaît absolument pas mon identité réelle. Coup de poker à tenter au détour d'un couloir ou dans un des bars ou des restaurants de l'hôtel. Après tout je suis un riche investisseur qui attend le coup suprême…

Ma demande s'adresse à la Caporale de le suivre via le réseau de caméras de l'hôtel dès qu'il quittera la salle de séminaire.

Les heures passent, rien ne se produit.

À 2:22pm, Simon WINMAN entame un second discours. Je fais monter le volume des haut-parleurs pour l'entendre. Son discours est une propagande destinée à encenser le rôle des directeurs de filiales de la B.O.I. cherchant à les transcender tel un gourou s'adressant à ses ouailles. Je ne comprends pas réellement son rôle alors qu'il n'est devenu, après son mandat ministériel, officiellement qu'un consultant de luxe oscillant entre fonds d'investissements, F.M.I., banques d'affaires et différents États dont ISRAEL pour qui il agit fortement.

Une ovation acclame son court discours puis il quitte la salle. Aussitôt on lance un tracing par caméras interposées. Il rejoint « The Glass House », restaurant de repas légers servis lorsque les autres enseignes sont fermées. Il enchaîne les communications téléphoniques, alors je revêts un de mes costumes et je pars improviser une rencontre.

SAINT REGIS HOTEL - lundi - 2:51pm - The Glass House

Toujours seul devant une tasse de thé et quelques pâtisseries, je l'accoste :

– Bonjour Monsieur.

– Oui bonjour Monsieur, à qui ai-je l'honneur ?

– Aloïs de la BAINQUINAIRE. Vous ne seriez pas Simon WINMAN ancien ministre français des Affaires Étrangères ?

– Absolument. Et vous êtes… ?

– Un investisseur.

– Il me semble connaître votre compagne. Vous ne seriez pas l'homme accompagnant la sublime Ellen LAMATI ? En quoi puis-je vous être utile ?

– Les nouvelles se répandent très rapidement ! Vous permettez que je m'asseye ?

– Absolument ! Je travaille pour le Groupe qu'elle représente. Alors dites-moi Monsieur.

– Je lis régulièrement la presse économique internationale qui vante vos mérites de fin négociateur auprès de différents univers capitalistiques dont certains ont connu d'exceptionnelles plus-values.

– Vous me flattez Monsieur de la BAINQUINIAIRE.

– Simplement de la reconnaissance.

– Si vous saviez comme le Monde est vaste… Il offre des possibilités infinies.

– Auriez-vous un précieux conseil me permettant enfin d'atteindre le « coup » ?

– Vous êtes à la recherche de ce que beaucoup d'investisseurs attendent ! Je ne livre pas de secrets à un inconnu ! Vous pourriez être un agent russe cherchant à infiltrer nos réseaux financiers.

– Oh non nullement, je suis bien français et issue d'une famille noble depuis le XIème Siècle.

– Écoutez jeune homme, je suis également consultant pour un fonds d'investissement international dont le ticket d'entrée est fixé à 10M$. Vous suivez ?

– Rentabilité ?

– En fonction de votre prise de risque.

– Maximale.

– Je peux vous présenter à des personnes capables de vous guider.

– Mon emploi de temps se construit en fonction des opportunités.

– Seriez-vous prêt mercredi ou jeudi à vous rendre à SAINTE-LUCIE dans les CARAIBES ? Passage obligatoire pour les premières affaires conclues. En fonction, et compte tenu de votre idylle avec Madame LAMATI, les accords finaux pourraient se signer à ROME ou dans son périmètre.

– M'accompagnent à chacun de mes déplacements internationaux mon avocat et mon assistante privée. Ils sont présents ici avec moi. Donc nous nous y rendrons. Les affaires n'attendent pas.

– Je contacte le siège et vous confirme l'heure. À quel numéro puis-je vous joindre ?

– Voici ma carte Monsieur WINMAN.

– Voici la mienne. D'ici la fin de la journée vous recevrez mon appel. Excellente fin d'après-midi Monsieur de la BAINQUINIAIRE.

– Également Monsieur WINMAN.

Ces quelques minutes de rencontre vont produire leurs effets. Mon seul problème à venir est de convaincre ma hiérarchie de débloquer 10M$ en l'assurant de la rentabilité future pour nos actionnaires et institutions.

Depuis ma suite je contacte le B.S.I. pour informer le Colonel de GANS de cette nouvelle évolution. Présent dans la salle des communications, face aux immenses écrans, il se fait connecter sur le profil de Simon WINMAN. En live, il m'informe que ses activités sont suivies de près par le MOSSAD, la C.I.A., le MI-6, mais ses différentes protections parallèles empêchent de le suivre à la trace. Ma demande de bénéficier d'une ligne de crédit de 10M$ est annoncée. Après un long silence, le Colonel m'informe de la folie de ma demande. Prenant la ligne en mode privé, il exclut une telle somme mise à ma disposition. Insistant de manière appuyée, il finit par me demander un peu de temps pour consulter nos actionnaires. La tournure des évènements ne le rassure pas. J'étaye mon argumentation en l'informant de ma version se dessinant petit à petit. Il ne peut imaginer un tel scénario, d'une gravité sans précédent, qui provoquerait un séisme international sur la scène économique.

Deux heures plus tard Ellen rentre de sa première journée de séminaire. Elle ne nous livre aucune information capitale si ce n'est l'évocation de leurs stratégies à venir. À mon tour de l'informer des avancées de mon agence et surtout de la rencontre provoquée avec Simon WINMAN. Elle confirme immédiatement que cette opportunité est à ne pas rater, et de me rendre à SAINTE-LUCIE, forcément sans elle.

Si ma hiérarchie n'a pas la capacité de mettre à disposition le montant du ticket d'entrée, il me sera toujours possible in fine de refuser l'offre au nom de prétextes improvisés en temps utiles. Cela permettra à mon équipe et moi-même de rencontrer vraisemblablement les commanditaires de l'assassinat du banquier parisien. À ce stade, je ne peux plus reculer ni plus radicalement annuler mon infiltration.

Ellen m'annonce les nouveaux horaires matinaux du début de la seconde phase de son séminaire fixés à 7:00am compte tenu du départ en fin d'après-midi vers un lieu encore inconnu pour la soirée.

Le programme de la nôtre est annoncé, ciblant la rencontre avec le commando des S.A.S. débarqué sur MEXICO afin d'assurer la sécurité de la Captain LAMARI. Ils proposent de nous rejoindre dans les locaux officieux de l'antenne du MI-6 situé en plein cœur du centre-ville, donnant sur la « PLAZA DE LA CONSTITUCION » à 9:00pm. M'accompagnera toute mon équipe hormis la Caporale Ambre.

Le Colonel me joint enfin une heure plus tard m'annonçant la prise de risques acceptée par nos actionnaires dont les intérêts financiers de leurs groupes ne pourraient subir prochainement un séisme. La somme est versée via différents montages faits dans l'urgence afin que l'origine des fonds ne soient pas repérée.

PLAZA DE LA CONSTITUCION
lundi - 9 : pm - Antenne du MI-6

Cinq hommes nous sont présentés à tour de rôle par la Captain LAMARI. À cet instant je découvre la véritable militaire de carrière dépendant des Services Secrets britanniques. La présentation de mon équipe se fait également dans la plus pure tradition, sauf pour l'avocat. À son sujet je présente son ancien statut de commando, prêt à en découdre si le besoin se faisait nécessaire.

Je leur fais part du morphing prévu pour revêtir le rôle du banquier espagnol afin d'être immergé au cœur de la soirée et en leur précisant que malheureusement je ne serai pas armé pour l'occasion. Le plan est simple pour eux comme pour mon équipe car toute leur surveillance réside dans le suivi excessivement discret du convoi jusqu'au point d'arrivée. À leur tour ils devront se procurer des véhicules et se regrouper de manière à encercler le lieu final.

Nous leur précisons bénéficier d'un seul moyen technique par notre drone portatif qui pourrait être d'une utilité première, ainsi que de la surveillance à distance effectuée par un satellite militaire d'observation guidé par la position transmise minute par minute. En conclusion nous serons face à une improvisation totale découlant de la situation vécue à l'intérieur du lieu encore inconnu.

Le leader des commandos britanniques est spécialiste des actions coup de poing dont les missions sont la recherche et la destruction d'objectifs ciblés, missions associées à la capture de chefs de guerre, il nous assure de leur soutien, de leur collaboration et de leur total engagement. Le système radio des S.A.S. est similaire au nôtre ce qui facilitera les liaisons entre eux et permettra aussi l'écoute des messages distillés par mes soins au fur et à mesure.

La réunion se termine avec des poignées de mains fraternelles et encourageantes. Rarement j'ai opéré dans ces conditions interservices mais j'avoue aisément en tirer une forme de soulagement devant l'inconnu face auquel nous serons confrontés demain.

À l'instant même où nous sortons tour à tour du bâtiment, je reçois l'appel de Simon WINMAN me proposant un rendez-vous dès mercredi matin dans les bureaux de l'agence de SAINTE-LUCIE à 11:00am précise. Une confirmation officielle définitive me sera adressée dans quelques heures. Acceptant sa proposition, celui-ci m'indique être reçu par de grands décideurs du monde de la finance dont l'identité me sera communiquée à mon arrivée.

Immédiatement après avoir raccroché, j'informe le Colonel de cette future étape à la condition sinequanone de ne pas rencontrer d'obstacle demain durant le déroulé de la soirée.

De retour à notre hôtel, Ellen et moi ne pouvons-nous empêcher de nous lancer des regards charmeurs. Il m'est impossible de rester impassible devant elle, force est de constater la réciprocité. La dernière nuit s'annonce, à cet instant précis, bouleversante. Alors je lui demande de m'autoriser à dormir avec elle sans tenter la moindre relation sexuelle après notre première étreinte. Ellen, d'une voix très douce, accepte ma demande m'affirmant sa confiance devant mon engagement à la respecter, ce qui immédiatement freine le moindre élan érotique ou sensuel.

Sa tête vient se poser délicatement sur mon torse, sa main se place simplement sur mon ventre ce qui dégage une véritable tendresse.

Elle s'endort en quelques secondes me laissant éveillé dans mes pensées vagabondes. Et si cette histoire devenait sérieuse ? Voulant une réponse, je saisis délicatement le bloc de papier à lettre sur ma table de nuit et laisse glisser la pointe de mon stylo. Sa réponse viendra lorsqu'elle découvrira ces mots :

« L'ouïe, sens si capable de distinguer les sons internes émis par l'âme,
Une rançon richement dotée en les écoutant, qu'importe le temps, ils sont enregistrés,
Quelques heures en arrière, un air s'est joué par la grâce d'une image, elle, silencieuse en apparence.
Gardé en moi, le fameux son émis se conservait précieusement dans ma bibliothèque,
Pour réapparaître dans notre ère, sans perdre de sa valeur,
La mélodie s'est enchaînée comme un pressage de rares vinyles,
Cette version acoustique transmettait des vibrations que seuls les mélomanes peuvent discerner avec style,
Nous deux avons entendu le premier couplet resté à l'arrêt,
Deuxième couplet repris sans alternance, sans son refrain, tout en maintenant sa rythmique,
L'atmosphère était nerveuse pour une première représentation jouée sans public,
La mélodie se joue, s'entend, mais comment laisser le sillon tourner sans arrêter sa diffusion,
Le chef d'orchestre n'est bien que si ses instruments à cordes s'alignent avec ses instruments à vent,
Seul lui et lui seul fait émettre les résonnances, ces si belles vibrations entendues ou rangées précieusement…
Clore l'audition ou engendrer la symphonie toute entraînante qu'elle pourrait être, seules les tonalités lui donneront vie… »

Sans bruit, je replis la feuille écrite et la pose sur son ordinateur.

SAINT REGIS HOTEL - mardi - 6:00am

La sonnerie du téléphone retentit nous tirant d'un sommeil agréable. Constater qu'Ellen est blottie contre moi me fait sourire. N'étant pas pressé, je reste quelques minutes supplémentaires dans le lit pour regarder les informations internationales à la télévision.

En enfilant un sublime ensemble noir tailleur jupe, Ellen me dit être extrêmement touchée par mes mots et n'avoir jamais reçu par écrit ce genre de déclaration. Elle insiste encore sur le fait d'être une femme éprise d'un autre homme et qu'elle souhaiterait oublier définitivement notre proximité.

Déçu, je ne montre aucun signe la laissant imaginer ma sensibilité atteinte. Mon seul et unique reflexe est de reprendre mon rôle du Commandant Gabriel SAINT-REGENT.

Elle me demande si son assistante et agent infiltré, Giulia FOMINI, peut rejoindre Ambre lorsque nous quitterons le SAINT REGIS. Sans hésiter, je valide sa demande.

Mon équipe entre à nouveau dans ma suite pour exercer la surveillance vidéo par le système embarqué sur le Captain Ellen LAMARI.

Les laissant s'installer, j'opte pour une séance intense de sport dans la salle dédiée de l'hôtel.

Les heures passent sans rien faire apparaître de révélateur. Tout le séminaire n'est fait que d'autocongratulations, de félicitations pour chacun des directeurs de filiales, dans un show à l'américaine parfaitement huilé. En observant certains intervenants, l'impression qui en ressort est leur volonté d'obtenir une forme de soumission des directeurs en les positionnant comme incontournables dans l'échiquier, mais dans quel but… ?

Chapitre 11

Le temple

L'heure H approche produisant de sérieuses tensions au sein de mon équipe. Nous venons d'être contactés par le leader du commando britannique informant être en position dans deux véhicules loués. Garés précautionneusement dans les rues adjacentes du SAINT REGIS, ils attendent notre signal pour démarrer leur filature.

Je missionne le Major pour se rendre dans le hall afin de repérer les vans destinés à charger les invités et vérifier s'ils sont bien en place.

La Capitaine Éléonore vient de terminer son masque en latex destiné à me substituer à Javier ROJAS. Nous répétons des phrases-clés prononcées par ce dernier pour m'approcher au mieux de son intonation vocale. La Capitaine Éléonore connaît parfaitement mes attitudes depuis tant d'années de collaboration ce qui l'amène à me questionner :

– Gabriel, je te connais par cœur, tu te sens vraiment prêt ?

– Non.

– C'est quoi ton problème ?

– Ellen.

– Tu confirmerais ce que je ressens ???

– Malheureusement oui Éléonore.

– Tu as beau être mon supérieur, ressaisis-toi de suite. Nous, nous sommes prêts à nous battre pour toi quand tu es le vrai Commandant Gabriel SAINT-REGENT, là tu me fais peur.

– Écoute, dès que nous entrerons en action, je t'affirme que je serai une machine de guerre comme je l'ai toujours été.

– Franchement, ne flanche pas ou annule la mission.

– Jamais.

– Alors continue à être notre leader, Commandant. Tu sais qu'Elodie a un faible pour toi depuis votre histoire, elle te suit aveuglément, je te suis aveuglement, Cyril te suivrait jusqu'en enfer, le nouveau, Orso, ne te connaît pas encore mais il te fait confiance, quant à Gilles il est prêt pour un renfort. Ne mets pas toutes ces énergies à plat pour un coup de cœur, même s'il faut avouer que cette consœur est magnifique.

– Je n'ai jamais failli, pas aujourd'hui que cela va commencer.

– Une dernière précision, tu sais à quel point le Colonel te traite comme un fils, il t'obtient à chaque demande ce que tu réclames, alors une raison de plus de nous montrer que tu es un leader incontestable.

– Merci Éléonore de m'avoir parlé.

– Tu as été là pour chacun de nous quand nous étions dans le doute ou dans la peur et tu nous as prouvé ta confiance, alors pour une fois que je peux te secouer…

Ce court échange a eu le mérite de me faire réaliser ce qui venait de m'échapper durant quelques heures, mon métier. Depuis tant d'années je sais à quel point il est d'une extrême difficulté de concilier les sentiments et l'engagement pour sa patrie. Il est temps de revêtir mon habit de Chef du Service Action du Bureau Secret d'Intervention.

L'Adjudant a bien dérobé une tenue de personnel d'étage qu'il revêt immédiatement. Là je ne peux m'empêcher de lui dire « tu vois, toi qui voulais être en costume dans une mission, c'est fait » ! Souriant, il me répond « Commandant, room service était mon rêve, mais dans une autre vie ! ».

Le Major Elodie remonte du hall et nous informe que cinq vans étaient bien garés dans l'allée amenant au hall. Ils sont tous équipés de vitres opaques empêchant toute visibilité de l'intérieur. Elle confirme n'avoir pu identifier les chauffeurs mais, surprenante comme à son habitude, elle a réussi à placer sous un des pare-chocs une balise G.P.S. traçable par la Caporale.

Le Lieutenant Orso se prépare tout en plaçant son drone dans son sac à dos, ainsi que l'avocat nous confirmant être paré à en découdre si la situation devait l'y engager.

Mon dernier message est destiné à la Caporale Ambre sur qui nous comptons tous pour diriger la surveillance satellite et les équipes en planque, via le B.S.I.

SAINT REGIS HOTEL - mardi - 4:25am

Ellen nous informe de sa sortie du séminaire accompagnée de son homologue espagnol pour atteindre le 23ème étage.

J'indique au Major de préparer sa seringue, à la Caporale de couper la diffusion des caméras de l'étage le temps de notre entrée dans la suite 122, à l'Adjudant de se préparer à forcer élégamment sa porte de chambre pour lui apporter une collation. Il faut noter qu'il a réussi à emprunter un chariot roulant destiné à une chambre du 10ème étage. Il n'a peur de rien !

Nous visualisons sur nos écrans de contrôle la sortie de l'ascenseur des deux directeurs, Ellen LAMARI fait un signe à son confrère, puis elle entre dans la chambre. La Caporale nous signale que tout est OK pour notre intervention.

L'adjudant frappe à la porte de la suite 122 en se présentant à voix haute par un « room service ».

Nous sommes situés à côté de la porte empêchant l'espagnol de nous repérer par le judas, il l'ouvre indiquant n'avoir rien commandé. Forçant le passage avec son chariot en baragouinant que cette collation était imposée, il oblige le banquier à se retourner si bien qu'il ne s'aperçoit pas de notre entrée silencieuse.

Le Major plante sa seringue dans le cou de Javier ROJAS qui, en une poignée de secondes, s'écroule. Nous le plaçons immédiatement sur son lit.

Je saisis son smoking, l'enfile pour réaliser qu'il est presque taillé sur mesure pour moi ! Immédiatement je place dans la poche intérieure droite le loup et l'invitation soigneusement posée sur le bureau de la suite.

La Capitaine Éléonore fait les dernières retouches sur le latex posé sur mon visage. L'adjudant retire sa montre, sa chaîne en or, quand il découvre qu'à l'annulaire gauche il porte une chevalière en or également. Avec difficulté il la retire pour la placer sur mon annulaire. La taille de son doigt est supérieure à la mienne, alors avec une chute de latex la Capitaine forme une cale pour qu'elle ne glisse pas. Une dernière visualisation de sa gestuelle sur les enregistrements de la tablette s'impose avant de descendre rejoindre l'ensemble des directeurs de filiales.

Mon équipe sort de la suite 122 pendant la répétition de mon rôle, isolé seul. Je tends la couette sur le corps endormi du banquier pour le cacher totalement. Avant de rejoindre ma suite, un dernier détail me paraît essentiel en cas de proximité avec certaines personnes le connaissant, m'asperger de son parfum. Cette fragrance est insupportable tellement les notes sont accentuées sur le bois de rose relevant d'une féminité absolue.

Je sors de la suite en m'assurant de bloquer la porte d'entrée avec une plaque métallique ultra fine. Le sommeil provoqué par l'anesthésiant devrait nous assurer dix heures de sommeil profond. À notre retour, la Capitaine lui fera visualiser le film de la soirée avant son réveil. La séquence démarre maintenant.

J'approche de la porte de la suite 123, puis je frappe. La porte s'ouvre pour laisser apparaître la Directrice de la filiale italienne, Madame Ellen LAMATI plus sublime que l'actrice Grace KELLY lors de la remise de son Oscar à HOLLYWOOD en 1955. Revêtue d'une longue robe noire moulant parfaitement sa silhouette, un châle posé sur ses épaules laisse découvrir son dos nu. À peine maquillée, sa longue chevelure lisse laisse imaginer tous les fantasmes de la brune italienne. Sa pochette dans la main droite, elle me tend son bras gauche pour l'amener jusqu'à l'ascenseur.

Les portes se referment nous isolant quelques secondes. À son regard je sens qu'elle veut évoquer certains sujets, alors discrètement avec ma main je lui indique la cellule chargée de filmer et d'enregistrer.

Nous marchons dans le hall en direction d'un premier groupe formé par les directeurs des filiales russe, chinoise, australienne et canadienne. Tous tiennent leur invitation à la main. Préférant ne pas provoquer des conversations non maîtrisées, je reste en retrait simulant vérifier des appels sur le téléphone de l'espagnol.

À l'oreillette, la Caporale m'informe de l'arrivée vers moi d'Elliot ELWOOD. L'allure de sa démarche laisse comprendre sa détermination à m'apostropher. Il se rapproche, penche sa tête vers la mienne et me glisse à voix basse « Javier je compte sur toi au sujet d'Ellen. Récupère à la conciergerie la mallette, Cara t'attend dès ton arrivée pour la signature des documents ». Le regardant, j'hoche la tête exprimant un oui approbateur, puis me dirige à la conciergerie où l'on me remet effectivement un porte-document dans lequel se trouve une liasse de papiers ressemblant à des contrats écrits en anglais.

Cette phrase adressée par Elliot ELWOOD est remplie de sous-entendus m'annonçant l'arrivée d'une situation forcément à hauts risques.

Nous sommes invités à rejoindre les vans dès à présent compte tenu de l'arrivée des directeurs manquants. Jusqu'à présent le travail d'une précision redoutable de la Capitaine Éléonore produit son effet.

Laissant avancer les différents directeurs, tous revêtus de smoking, tout en gardant un regard sur la directrice italienne, je m'écarte légèrement pour donner de manière codée le top départ à mon équipe et demander la connexion satellitaire immédiate au Sergent Jérôme.

Le cinquième van s'avance devant l'entrée. Un voiturier ouvre la porte latérale laissant découvrir le chauffeur. Crâne rasé, tatouages apparents dans le cou, costume noir, cravate noire, lunettes de soleil noires, tatouages sur les mains, plus de doute sur l'origine de leur service de sécurité.

Assis aux côtés de Madame LAMATI, de manière discrète je scrute la manière dont nos équipes ont emboité le pas au convoi. Seul à être équipé d'un système radio pour protéger la Captain en cas de découverte, je reçois des dizaines de messages informatifs. M'est confirmé la direction empruntée vers l'Est de MEXICO, avec une vitesse supérieure aux estimations calculées.

Assise, le regard concentré, Ellen glisse sa main droite sous ma cuisse recherchant à être rassurée.

Une heure de route vient de s'écouler avant un premier ralentissement provoqué par l'arrivée devant une barrière baissée. Deux membres de la sécurité viennent à la fenêtre du chauffeur pour s'assurer de son identité. En suivant, l'un d'eux ouvre la portière latérale et nous demande de lui tendre nos invitations. Vérifications faites, il fait signe au chauffeur de redémarrer.

Par radio j'entends le Lieutenant Orso prendre l'initiative de stopper leur filature, de se regrouper à un point précis pour terminer à pied leur suivi tout en faisant décoller le drone. Le Sergent Jérôme confirme le positionnement du satellite au-dessus de la zone avec une parfaite visibilité. Je ne peux malheureusement pas répondre à leurs informations car en l'espace d'un instant les communications deviennent inaudibles puis, plus rien. La zone dispose de brouilleurs d'ondes. La Captain et moi sommes définitivement à l'aveugle.

Cinq minutes ont suffi pour arriver devant un ancien temple mexicain. Une immense allée de bougies allumées indique le chemin à suivre jusqu'à son entrée. Regroupés, l'ensemble des directeurs et sa seule directrice sont invités par deux hommes, habillés de la même manière que le chauffeur, à en suivre un nouveau, légèrement moins typé que les autres.

Le temple dans lequel nous allons entrer ressemble au célèbre Temple de Chichen Itza faisant partie des sept merveilles du monde. Moins haut, moins large, mais son style est parfaitement digne des temples MAYA.

Au moment d'entrer, une deuxième fois mon invitation m'est demandée. Le membre de la sécurité m'invite à le suivre en empruntant un couloir situé sur la droite : « Cara va vous recevoir en privé » m'annonce-t-il.

Éclairé lui aussi par des bougies au sol, ce long couloir débouche sur une immense pièce dans laquelle se dresse un immense bureau en bois ancien entouré par deux fauteuils de bureau en cuir orange.

Quelques secondes s'écoulent avant l'arrivée de la fameuse Cara.

Entrant à la manière d'une diva, masquée par un loup de dentelle noire, je ne peux identifier son visage.

Une longue robe noire de couturier laissant apparaître une certaine nudité en dessous, perchée sur vraisemblablement des LOUBOUTIN vernis d'au moins 12cm, elle s'approche.

Brune, coupe au carré court mais lissée, un physique plutôt athlétique, très attirante pour un homme, la fermeté du ton de sa voix me surprend :

– Cher Javier, vous allez enfin devenir l'un des nôtres.

– Cara, vous connaissez mon impatience à ce sujet.

– Vous savez que la validité de ces contrats par votre signature nous prouve à quel point vous entrez dans la cour des grands ?

– C'est pour cela que je suis ici présent.
– Sortez-les et apposez votre signature.

Sortant une cigarette blonde de sa pochette calée sous son bras, volontairement je saisis son briquet pour la lui allumer.

– Vous êtes un parfait gentleman Javier, votre réputation n'est pas qu'une légende.
– Vous en doutiez Cara ?
– Bien peu bel hidalgo. Maintenant signez.

Posé sur le bureau, un imposant stylo gravé de la tête de bouc de Mendes ainsi que du chiffre 21. Plus de doute, ceux qui ont décidé de mettre fin aux jours d'Aaron WINMAN font bien partie de cette organisation dans laquelle je me trouve ce soir.

Une fois les contrats signés, sans avoir pu les lire évidemment, je repose cet affreux stylo. Cara me demande de le garder étant le premier cadeau destiné à honorer mon nouveau statut. Un homme de la sécurité vient récupérer les contrats signés en les remettant dans le porte document et disparaît aussitôt.

Cara me demande de la suivre en passant par un couloir dissimulé à l'angle de la pièce. Marchant assez lentement, je commence à entendre une musique de fond mi-électro, mi-classique rendant l'ambiance pesante. En suivant un nouveau passage nous débouchons dans une pièce toujours éclairée par d'importantes bougies au sol.

Quatre canapés en velours violet sont installés face à face. Assises, des femmes totalement nues, masquées elles aussi et toutes chaussées d'escarpins. Elles s'adonnent à des jeux de caresses sur leurs poitrines respectives pendant qu'au milieu des quatre canapés, une femme assise sur un homme au masque blanc, allongé, excite tout ce petit monde en laissant imaginer un orgasme dévastateur.

Cara me demande d'aller profiter de ce deuxième cadeau mais il m'est impossible de me soumettre à cette dérive. La chance est de mon côté lorsqu'elle m'annonce leur présence dans ma chambre d'hôtel lors de notre retour si je ne veux pas en profiter maintenant.

Nous continuons à arpenter les couloirs pour entrer maintenant dans une pièce au même décor que la précédente mais cette fois-ci l'acte sexuel est pratiqué par plusieurs personnes présentes dont certains directeurs de filiales. Je n'arrive pas à en croire mes yeux. De plus, je suis assez inquiet de ne pas voir la banquière italienne. Alors innocemment, j'interroge Cara à son sujet, elle me répond :

– Javier vous savez bien qu'elle est préparée par mes disciples à son baptême lui offrant ainsi son adhésion à notre groupe.
– Où avais-je la tête…
– Un homme de votre rang détient si peu de mémoire ?
– J'ai été déconcentré Cara.
– Suivez-moi nous allons à sa rencontre…

Irrémédiablement la tournure ne me plaît guère. Jusqu'à présent je n'ai pu compter que 12 hommes de leur gang Suprémaciste sans apercevoir d'arme hormis les deux à la barrière servant à s'assurer de nos identités pour laisser passer le convoi.

Une autre pièce traversée nous amène à nous retrouver confrontés à un nouveau spectacle de débauche sexuelle produisant un effet visible par le sourire dessiné sur les lèvres de cette prêtresse.

Des hommes toujours masqués enfilent des femmes, face à face pour se regarder en gémissant comme si elles jouissaient de manière exagérée. Je ne comprends pas cette décadence à laquelle s'adonnent pourtant ces hauts dirigeants bancaires internationaux. La seule explication serait leur soumission confortée par cette pratique sexuelle perverse, leur faisant imaginer que le pouvoir se situe là… Seraient-ils associés à ces contre-pouvoirs appelés « Illuminati » ?

La visite se prolonge pour entrer dans une nouvelle immense pièce où trône en plein milieu un imposant autel.

Face à ce meuble, Ellen est déshabillée par plusieurs femmes nues pour la revêtir d'une immense cape bleu marine avec un col montant enveloppant son cou jusqu'à la base de sa tête. Le dos est brodé d'une immense tête de bouc, leur emblème. Cara s'approche d'elle, ajuste sa tenue tout en souriant.

– Chère Ellen, enfin vous allez être honorée ce soir par votre baptême de soumission à notre groupe.

– Madame, jamais je n'ai été informée de cette cérémonie.

– Tais-toi, plus tu seras réfractaire, plus dure sera ton intronisation. À deux reprises tu as été absente, nous t'offrons une dernière chance. Termine ta préparation.

– Venez mon bel hispanique, allons retrouver nos maîtres, la 21ème heure approche.

Je simule l'envie d'un besoin naturel alors je demande à Cara de m'indiquer où se trouvent les sanitaires. Elle m'y accompagne mais reste à l'extérieur. Aussitôt je replace mon oreillette dans le cas où cette zone ne serait pas couverte par le brouilleur compte tenu de l'épaisseur des murs. Une fois de plus je suis béni des Dieux. La connexion est de mauvaise qualité mais j'arrive à les entendre et leur demande de se placer au plus près du temple. Ne distinguant pas qui me répond, j'attends un « en position Mon Commandant prêts à intervenir ». Mon dernier message est « préparez-vous à une récupération lorsque vous me verrez sortir ».

Retrouvant la prêtresse sagement debout face aux sanitaires de fortune, je suis certain d'un fait, c'est que je suis Javier ROJAS et non Aloïs de la BAINQUINIAIRE, ce qui me laisse libre de toute intervention si nécessaire. Une traque sera lancée sur lui.

La pièce suivante est gardée par trois hommes faisant penser à des caricatures ridicules par leur style poussé jusqu'à l'exagération maximale du suprémaciste hargneux.

Ils ouvrent l'immense porte en bois nous laissant passer, et là ma stupeur est encore plus grande : Elliot ELWOOD habillé d'une immense cape noire avec capuche, masqué mais reconnaissable, tenant à la main un immense bâton de bois noir orné d'une tête de bouc en ivoire blanc, symbole archétype du phallus, s'adresse à un parterre d'hommes à genoux, prosternés devant lui. Il se présente comme le Prince des ténèbres, un ambassadeur de la foi.

Nous accueille maintenant un homme se présentant du doux nom de « Zumana », certainement le chef de bande du gang d'origine tchétchène. Costume noir identique à l'ensemble de ses sbires, 1m90, 100kg au bas mot de purs muscles, bouc au menton, crâne rasé recouvert de tatouages à tendance K.K.K.[61]. Il me demande d'attendre la fin de la cérémonie pendant que Cara, elle, se dirige vers Elliot.

Je crois bien être en plein milieu d'une bande de fêlés se prenant pour l'élite de l'Ordre mondial dirigeant l'univers de la finance au nom de Satan.

Les hommes prosternés sont dos à moi ce qui m'empêche de les identifier.

Une fois son discours terminé, il me fait signe de le rejoindre sur l'estrade recouverte elle aussi de bougies. Toute cette lumière tamisée est parfaitement voulue par les organisateurs.

– Messieurs, j'ai l'honneur de vous annoncer la promotion au rang de fidèle disciple de notre ordre, Monsieur Javier ROJAS, déjà connu de tous. Ce soir, en votre honneur, et par les actes signés devant notre maîtresse de cérémonie Cara, il devient votre Gouverneur de l'Obscurité.

– Bienvenue à toi notre Gouverneur.

– Messieurs debout, la 21ème heure est proche, allons lui rendre hommage devant nos fidèles et accueillir notre nouvelle venue, Ellen qui sera rebaptisée Asmodée, démon hébreu de la sensualité et de la luxure.

Lorsque les hommes agenouillés se lèvent en se tournant, tous portent un masque vénitien noir formé d'un long bec de corbeau, dit masque du médecin de la peste. Il m'est définitivement impossible de reconnaître qui que ce soit.

Alors, je suis le groupe marchant les uns derrière les autres respectant un ordre bien établi. Zumana me tend la cape noire brodée à revêtir immédiatement.

La chaleur dégagée par les centaines de bougies n'est pas adaptée au port du latex sur mon visage. Je ne pourrai tenir toute la nuit sans qu'il se désintègre régulièrement. Il me faut trouver une issue à cette mise en scène.

---

[61] Ku Klux Klan société secrète terroriste suprémaciste blanche des États-Unis fondée entre 1865 et 1866.

Nous entrons dans la pièce, où est situé l'autel, de manière processionnelle. L'Ambassadeur de la foi se place face à l'autel avec à ses côtés Cara, pendant que l'ensemble des hommes se répartissent autour en arc de cercle. Derrière ce premier rang de vingt hommes revêtus d'une cape rouge sang, un deuxième cercle d'hommes ou femmes revêtus, eux, d'une cape de couleur violette.

La maîtresse de cérémonie tient dans sa main droite un photophore dans lequel une imposante bougie noire brûle. Elle se déplace entourée de deux femmes nues masquées, et en levant son photophore à la hauteur de leurs visages, tous font une génuflexion puis se redressent en se tournant de trois quarts vers le Prince des Ténèbres tenant ses mains jointes vers le ciel. Je suis accompagné par deux femmes également nues et masquées, chacune me prenant une main pour rejoindre le banquier londonien. Elles me placent à sa droite.

La musique de fond n'a pas changé depuis notre entrée dans ce temple. Le son se met à diminuer jusqu'à son arrêt complet. Le Prince des ténèbres tape vingt et une fois le sol à intervalles réguliers à l'aide de son grand bâton. L'immense porte en bois d'où nous arrivons s'ouvre à nouveau offrant la vision d'un homme lui aussi vêtu d'une cape, couleur prune avec capuche et masque blanc. L'homme est rejoint par les deux femmes m'ayant accompagné. Elles lui tendent leurs mains, il les prend et se laisse guider. Un profond silence enveloppe cette scène surréaliste. Seul le bruit de leurs talons aiguilles retentit sur le sol en pierre.

Une voix grave s'élève :

– Mes disciples, écartez-vous pour honorer la présence de notre prêtre luciférien aux pouvoirs de l'Est à l'Ouest, notre Monarque à tous, Malphas[62].

Toutes les personnes présentes posent le genou droit à terre en inclinant la tête vers le bas.

62 Évoqué comme le président des Enfers.

Dans l'obligation de suivre ce folklore, je m'agenouille sans détour. Seule Ellen doit rester debout face à l'autel.

L'homme se rapproche lentement pour prendre place face au Prince des Ténèbres de l'autre côté de l'autel, laissant Ellen entre eux. Sa cape est ornée d'une immense broderie d'or représentant une tête de taureau, symbole tout aussi phallique de la fécondité.

J'observe fixement l'autel, celui-ci est recouvert d'une immense croix rouge de l'Ordre du Temple[63] avec leur devise inscrite : « Non Nobis Domine, Non Nobis, Sed Nomini Tuo Da Gloriam » signifiant leur attachement à la présence de l'Éternel Divin. Toute cette mise en scène théâtrale est paradoxale.

Cette symbolique affirmée laisserait entendre un attachement maçonnique, mais au vu de leurs rites décadents ils me semblent être plutôt associés à la recherche de la puissance suprême.

L'homme appelé Malphas tend son bras droit en direction d'Ellen puis fait signe de l'allonger sur l'autel. Mon rythme cardiaque s'accélère certainement autant que celui d'Ellen.

Les femmes nues l'installent en l'allongeant et retroussent sa cape de manière à exposer son sexe face à ce fêlé.

Cara, quant à elle, s'est positionnée derrière Ellen tout en saisissant ses poignets de manière à l'empêcher de se débattre. Les femmes accompagnatrices tiennent de chaque côté ses cuisses à l'aide de larges sangles en cuir.

Elliot vient à ses côtés et me fait signe de les rejoindre. Me tendant son immense bâton, il prend la parole :

– À toi notre Gouverneur de l'Obscurité, baptise Asmodée au nom de notre Ordre et de son empire rayonnant d'Est en Ouest. Prends notre puissant emblème dans tes mains pour l'entrer en elle vingt et une fois.

[63] Fondé en 1129, l'Ordre du Temple est un ordre religieux et militaire issu de la chevalerie chrétienne du Moyen Age dont les membres sont appelés les Templiers.

Un long silence prend place. Je détiens ce lourd bâton d'environ 3kg dans ma main droite sans qu'il me soit possible de céder à ce rite de dégénérés. Ellen ne dit mot s'attendant certainement à ma réaction. Il me faut faire appel en quelques millièmes de secondes à mon instinct pour nous extraire de ce temple. Douze tangos[64] plus un chef tango apparaissent. Quelle est la capacité de l'ensemble des hommes présents de s'orienter vers une défense musclée ?

Vite, vite, vite il devient urgent de visualiser une scène de départ. À l'instant même où je suis entré dans ce temple j'ai enregistré visuellement le chemin parcouru, observé chaque détail présent, mais rien ne me servirait de défense, sauf une possibilité : les bougies.

– Gouverneur de l'Obscurité, agissez, nous sommes entrés dans la vingt et une nième heure. La soumission d'Asmodée ne prendra acte qu'au moment de l'introduction de notre emblème.

Cara me regarde fixement dans les yeux abandonnant son sourire maléfique pourtant bien accroché depuis la première minute. J'entends la tension monter parmi l'ensemble des personnes présentes par le brouhaha produit par leur chuchotement… alors j'avance d'un pas, saisis fermement ce bâton, le dirige vers Ellen puis lançant mon bras droit avec une puissance démesurée je frappe au visage Elliot ELWOOD et par ricochet le pseudo prêtre répondant au nom de Malphas. Les deux hommes s'écroulent à terre. Une immense bougie noire posée sur l'autel me sert de torche pour enflammer la cape du prêtre. Son velours prend feu immédiatement me permettant de bénéficier de quelques secondes pour saisir le bras d'Ellen en la faisant descendre de l'autel, lâchée par Cara qui se précipite sur ses ordonnateurs, elle détache ses sangles.

Reprenant ses esprits, Ellen se tient à côté de moi quand un des membres du gang vient à mon contact. Ma priorité est certes de garder Ellen, mais essentiellement de ne pas perdre le latex sur mon visage. L'homme détient un couteau de combat l'agitant devant mon

64 Nom de code militaire désignant un ennemi.

ventre dans le but de me perforer. Mon taux d'adrénaline sécrétée fait atteindre le maximum de mon rythme cardiaque, m'incitant à saisir son poignet et lui retourner sa large lame sur le côté de sa gorge. La lame rentre si facilement qu'il s'effondre sans sursaut. Je détiens maintenant au moins une arme en plus de leur ridicule bâton.

L'ensemble des disciples se recule de manière harmonieuse, pas à pas, laissant sortir de l'ombre trois tangos. Cara, s'étant assurée de l'arrêt des flammes sur son maître, se dirige face à moi, sa main droite dans le dos. Ellen positionnée sur mon arrière droit recule aussi en respectant mon rythme.

Deux hommes se placent de chaque côté de Cara, BERETTA 92FS de combat 9mm dirigés face à moi. Les complications s'intensifient sérieusement. Si j'arrivais à les faire tirer cela créerait une forte tonalité entendue par nos équipes à l'extérieur leur offrant ainsi la possibilité d'intervenir.

Toujours à reculons, nous arrivons à prendre le dernier couloir menant à la sortie du temple où sont certainement toujours positionnés deux tangos. Mon oreillette n'émet que des sons métalliques rendant impossible toute transmission. Dans le doute j'adresse le peu d'informations de l'état de crise dans lequel deux agents se retrouvent. Ellen, surveillant nos arrières, m'indique deux gardes postés dans notre dos, tenant eux aussi leurs BERETTA dirigés dans notre direction.

– Ellen, couche-toi à mon signal.
– Quel signal ???
– MAINTENANT.

À cet instant je lance violemment en direction d'un tango face à moi le bâton tel un lancer de javelot. Leur réaction était prévisible ! De l'arrière partent les deux premiers tirs relayés par deux tirs de front. Deux balles atteignent chacune un tango m'offrant, en rampant, l'opportunité de me saisir d'un BERETTA. Maintenant je deviens dangereux.

Hurlant à Ellen de poursuivre notre sortie, mais sans réaction de sa part, je me retourne et constate qu'elle est braquée à distance de deux mètres par un tango. Un millième de seconde de retard dans ma décision enverrait Ellen rejoindre les cieux. Mon index enchaîne les pressions sur la gâchette n'offrant aucune chance à cette tête rasée de tenter d'abattre sa cible. Derrière moi le tango devant être en position de tir dans ma direction est allongé au sol, sa tête baignant dans le sang.

Enfin j'entends au loin les cris d'Orso positionnant le reste de l'équipe. Il vient de l'abattre pour me sauver la vie.

Violement j'attrape la main d'Ellen et en courant la dirige vers la sortie où se trouve le Major Elodie entourée de deux S.A.S., tous cagoulés.

– Major, tirez-vous toutes les deux.

– Non tu as besoin de moi ; les deux tangos à la barrière viennent d'être tapés par Iron donc la sortie est libre.

– C'est un ordre, tirez-vous, tu comprends ce que j'ordonne ? Donne la consigne de me récupérer avec un véhicule pour rentrer d'urgence au SAINT REGIS.

– À vos ordres Commandant.

J'observe la configuration à l'extérieur, elle m'indique qu'une intervention a été engagée depuis quelques minutes par mes hommes et le commando des S.A.S. Le pourquoi sera connu plus tard.

Maintenant il ne me reste que quelques minutes dues au peu de temps de résistance du latex pour entrer à nouveau dans ce temple et récupérer les documents signés. Ils sont indispensables pour la mission « SWIFT ». L'avocat, fusil d'assaut HK-16 à l'épaule, me tend mon S&W et m'offre sa couverture. Nous entrons discrètement, le bruit des échanges de coups de feu venant de la salle principale résonne. J'indique le passage emprunté lors de mon arrivée. Nous arrivons sans bruit dans la salle sans rencontrer la moindre personne. Le mobilier est toujours en place, aucune présence de qui que ce soit. Je tourne et retourne sur moi-même. Ils n'ont pas pu s'envoler le temps de la cérémonie. Une ombre au loin attire l'attention de l'avocat m'incitant à la suivre. Un tango court vers une porte dérobée, la mallette à la main. Nous lui emboîtons le pas lorsque nous sommes confrontés nez à nez à trois tangos supplémentaires, armes braquées dans notre direction. Ils sont dos à une porte ouverte sur l'extérieur.

Force est de constater que l'avocat a de beaux restes tant ses tirs sont d'une précision diabolique.

– Tu vas en salle de plaidoirie ou en salle de tir ???
– Je garde pour moi certaines récréations à la campagne.
– Il me faut ce porte-document.
– Je te couvre, va le lui retirer.

Compte tenu du peu de temps qui me reste, je fonce tout en vidant mon chargeur en direction des Suprémacistes. L'homme qui tient le porte-document réussit à sortir et tente de rejoindre un 4X4 type DEFENDER avec à son bord Cara et encore un tango en plus du chauffeur.

À la manière d'un trois-quarts, je le plaque, lui faisant échapper le porte-document. La mallette mal crochetée laisse glisser une partie des feuilles. Je relève la tête, Zumana me braque et m'adresse ces mots :

– L'espagnol, tu aurais pu aller très haut dans l'organisation. On viendra te chercher.

Il reprend le porte-document, ne s'attarde pas sur les deux feuilles échappées, monte à bord du 4X4 et s'éloigne.

Le communication radio revenue, j'entends des informations dans tous les sens. Connecté au B.S.I., je demande au Sergent Jérôme de suivre le 4X4 le plus longtemps possible grâce au satellite. Les S.A.S. sécurisent l'intérieur du temple mais, comme par enchantement, plus personne n'est présent hormis les cadavres des Suprémacistes.

J'ordonne à toute l'équipe de décrocher immédiatement et de disparaître après avoir contrôlé leur nombre et leur état de santé.

Mon sniper « Iron » a encore fait du good job méritant d'être félicité avec les honneurs à l'instant où il descend du véhicule.

La Capitaine Éléonore arrive à son tour avec un des véhicules, suivie de près par un S.A.S. au volant. En quelques secondes nous nous séparons, chacun vers la direction qu'il doit prendre.

Durant le trajet de retour, je photographie les deux seules pages en ma possession puis les transfère sur les écrans du Sergent Cécile pour qu'elle entame son travail de décryptage.

Le seul téléphone satellite amené par la Capitaine me permet d'appeler le Colonel et lui décrire la situation, sans toutefois insister sur les détails malsains vécus. Sa réaction le laisse sans voix, à la limite du balbutiement. Il évoque avoir eu connaissance de ces pratiques par la consultation de dossiers secrets au sujet de milieux occultes détenant certains pouvoirs. Sans certitude affirmée, il ne peut s'engager sur la véracité des rapports examinés deux années en arrière.

Je termine mon résumé en le rassurant sur mon identité qui n'a pas été découverte, pouvant donc confirmer mon maintien et celui de mon équipe dans l'investissement de la mission « SWIFT ».

Inquiets des ondes de chocs produites par notre découverte, si elles étaient dévoilées, nous décidons à ce stade de rester dans la confidentialité absolue envers nos actionnaires, tant qu'aucune identité ne sera constatée avec preuves formelles de conspirations avérées.

Les routes prises en sens inverse de l'aller nous ramènent au SAINT REGIS sous haute tension. Les communications avec le Major confirment leur retour dans la suite et notre attente pour renforcer la sécurité d'Ellen. La Capitaine est prête au montage de dernière minute pour adresser les images par le truchement du masque de réalité virtuelle. La Caporale est sur le pied de guerre, prête à intervenir sur les systèmes vidéo de l'hôtel. Elle me confirme le sommeil du banquier espagnol. De ce côté-là, rien à signaler. J'adresse un message aux S.A.S. leur confirmant ma volonté d'assurer une protection supplémentaire auprès de la Captain LAMARI.

La dernière communication est faite avec le Sergent-chef Jérôme suivant à la trace le 4X4 toujours pas arrivé à son point de stationnement.

L'ascenseur monte au 23ème étage sans que la caméra embarquée ne puisse filmer mon équipe. Les caméras de l'étage, elles, sont coupées, j'entre alors dans la chambre 122, me rends dans la salle de bain, déclenche la douche puis je retire le smoking quelque peu maculé. Fin de l'enregistrement.

La Capitaine entre avec son matériel informatique, entame son travail de montage, le vérifie et appose le masque sur le visage du banquier. En quelques minutes il vit le déroulé de cette soirée de manière subliminale comme s'il avait été présent.

Nous maintenons l'installation du système de surveillance dans sa suite en allégeant le nombre de caméras. J'impose de n'en laisser que deux.

Dans la suite 123, Ellen multiplie les appels avec sa hiérarchie. Celle-ci l'incite à décrocher au plus vite mais elle refuse catégoriquement. Elle indique être sous la protection de son commando associée à la mienne.

Sans choix possible, nous devons attendre une réaction qui devrait arriver dans les prochaines heures.

Le Doc vérifie rapidement l'état de la Captain. Pour lui, uniquement un choc psychologique, aucune séquelle physique. Je remercie le Major d'avoir été opérationnelle comme à son habitude, ainsi que la Caporale, puis je termine par l'avocat encore sacrément dans le coup ! Mais ne sachant pas de quelles manières la banquière italienne va être contactée, je leur impose d'embarquer le matériel de surveillance de la suite 122 dans leur chambre.

Dernière conversation avec mon équipe d'hommes les préparant à être vigilants dès à présent. Eux aussi retournent dans leurs chambres respectives.

Seul avec Ellen, je peux lui accorder toute mon attention.

– Jamais je n'aurais imaginé autant de perversité dans cet univers. Tu te rends compte que leur rite initiatique était de me pénétrer avec une tête de bouc devant je ne sais combien de personnes ???

– Le plus important est d'avoir pu éviter cette pratique. Il y a un mélange des genres autour de la mise en scène générale. Le culte rendu à cette pratique satanique s'apparente à une philosophie religieuse dont le symbole de la liberté et de l'individualisme va au sens inverse de leurs demandes de soumission des directeurs. Si tu es soumis, tu n'es plus libre.

– Cinq années à être infiltrée au cœur de cette organisation ne m'ont pas permis de découvrir cet aspect nauséabond.

– Tu le sais aussi bien que moi, une infiltration n'a pas de durée dans le temps.

– Je sais maintenant. Bon pour Javier, que fait-on ?

– Rien ! Il prenait de l'envergure dans l'organisation donc il n'est pas si innocent que cela. De plus, il devait signer des documents peu rassurants. Si on décrypte les quelques lignes récupérées, il s'engageait à faire plonger de nombreux investisseurs espagnols et européens. Comme si son intervention donnait un top départ.

– Donc tu le sacrifies ?

– Je ne sacrifie personne. La dernière technique de pointe, très avancée, va faire qu'il se réveillera en ayant vécu toute la soirée. Soit il appelle son contact, soit ils viennent le tirer de son sommeil dans quelques minutes.

– Tu es convaincu de son implication au plus haut niveau ?

– Affirmatif. Autre question, cette « Cara », tu ne l'avais jamais vue ?

– Jamais.

– L'enregistrement de la soirée a été transféré à notre analyste en chef. Elle va croiser les fichiers internationaux. Cette femme a bien un passé tracé quelque part…

– Patience alors Gabriel.

Ellen s'allonge dans son lit le temps pour moi d'aller me doucher. Encore sous le choc, elle me demande de bien vouloir dormir contre elle pour la rassurer. Sans hésitation j'accepte.

Chapitre 12
Le contact

Mercredi 5:11am

Provoqué par la crainte d'une réaction proche, mon sommeil est léger. Le faisceau satellite n'a pu être prolongé suffisamment de temps pour connaître le lieu d'arrivée du 4X4 filant à grande vitesse au départ du temple, ni pu repérer la sortie des participants à la soirée. Certainement un long tunnel sous-terrain a dû les amener suffisamment loin pour être hors de portée de vue. L'envoi de l'enregistrement vidéo de la soirée au B.S.I. devra apporter, après étude minutieuse, au moins l'identification de la dénommée Cara.

La qualité d'isolation de l'hôtel n'empêche pas d'entendre les bruits nocturnes même les plus petits. Avec le plus de précautions possibles pour ne pas réveiller Ellen, je quitte le lit pour me rapprocher de la porte d'entrée tout en enfilant un pull et un jean. À travers le judas j'aperçois deux membres de leur gang plantés devant la porte, puis Zumana s'attarde à leur hauteur et glisse un message à l'oreille d'un des deux. Il les laisse pour continuer son chemin vers la suite 122. Saisissant le téléphone, j'appelle à voix basse la Caporale qui répond avant même la fin de la première sonnerie. Elle est postée devant son écran de contrôle et peut donc confirmer la présence de deux autres membres du gang dans la suite de l'espagnol. Ils sont devant le lit du banquier qui, toujours plongé dans son sommeil, ne se réveille pas. Zumana entre, s'approche et le secoue. Avant de raccrocher, je lui précise aucune intervention de la part du Major Elodie censée n'être que mon assistante, ni d'aucune autre personne du groupe. Immédiatement après j'appelle Orso pour le mettre en alerte, lui assignant le rôle de mon garde du corps légitime afin d'offrir une intervention si nécessaire.

Revenu en observation devant le judas, Zumana et ses deux hommes portent le banquier par les bras et se dirigent vers l'ascenseur. Mais les deux individus postés devant ma porte restent fixes.

Une décision doit être prise par mes soins mais je ne sais pas laquelle. Ni la couverture de la Captain LAMARI ne doit être anéantie ni la mienne. On peut garder encore une courte avance.

Zumana sort à nouveau de l'ascenseur entouré de ses deux sbires et ils se dirigent directement vers les deux plantons. Maintenant ils sont cinq, sans aucun doute armés.

Zumana frappe lourdement à ma porte. Je déclenche un appel vers Orso de manière à l'alerter, plus de choix possible.

J'attends quelques secondes avant de répondre en anglais :

– C'est à quel sujet ?

– Sécurité incendie de l'hôtel, un exercice est en cours, nous sommes obligés de demander à nos clients de sortir.

– Écoutez, je ne suis pas en tenue pour sortir, laissez-moi quelques minutes.

– Nous vous attendons pour vous guider vers le point de ralliement.

Je dois réveiller Ellen en la prévenant de leur présence. Bien endormie, je dois mettre plus d'entrain à la tirer de son sommeil. Enfin elle ouvre les yeux.

– Ellen, Zumana et quatre de ses hommes sont devant la porte nous faisant croire à un exercice incendie. Ils veulent te récupérer.

– Que fait-on ?

– On ne peut pas griller notre couverture, ils t'abattraient sans sommation. Orso va arriver dans quelques secondes, on devrait pouvoir faire diversion.

– Diversion dans quel but ?

– Nous deux quitter le SAINT REGIS et nous rendre à la planque du MI-6, seule alternative. De là on va pouvoir créer une contre-attaque devenue obligatoire.

– Les hommes du S.A.S. ?

– Négatif, tu dois rester la directrice de la filiale italienne. Habille-toi vite.

À nouveau la porte est tambourinée violemment sans laisser de doute sur leurs intentions. Par téléphone je demande à Orso de se positionner dans l'angle du couloir, prêt à ouvrir le feu pour en abattre le plus possible ce qui créera une diversion pour qu'Ellen et moi tentions de rejoindre l'escalier de secours.

Je laisse volontairement la chaînette de sécurité en ouvrant la porte, mon S&W à la main droite.

Le chef du gang donne un grand coup d'épaule dans le but de faire céder la chainette. De toutes mes forces je bloque avec mon dos son insistance à forcer le passage, quand Orso tire deux coups de pistolet avec silencieux mettant à terre deux hommes du gang. Zumana tire à son tour en direction des coups de feu ce qui me permet à mon tour de tirer dans leur direction. L'un d'eux tend le bras dans l'entrebâillement de la porte, bras tendu avec son BERETTA. Je le saisis en une fraction de seconde en le projetant sur mon genou qui monte pour le lui casser net. Il se recule et arrose de tirs dans les deux directions. Mon angle de tir est favorable, je l'abats d'une balle dans la tête. Un de moins.

Ils se replient dans le virage que forme le couloir en face de l'ascenseur. Mon téléphone satellite sonne, l'Adjudant Cyril demande l'autorisation d'intervenir. Refusée.

Je recharge mon pistolet d'un nouveau chargeur. Ellen veut participer à l'altercation, refusée aussi.

– Ils ne vont pas pouvoir rester longtemps sans que la direction de l'hôtel n'appelle la police.

– Tu crois que nous allons attendre gentiment leur arrivée ?

– Fais-moi confiance, on peut tenir mais appelle ton commando pour sécuriser notre sortie de l'hôtel.

Je penche ma tête pour checker le couloir. Trois nouveaux membres du gang ont rejoint leur leader. Je crie à Orso « trois tangos de plus ».

À nouveau deux salves de tirs partent de leur camp et une balle atteint mon garde du corps à la cuisse empêchant toute réaction. Il me crie « à terre ». La situation s'envenime sérieusement tout en sachant que pour eux je suis un investisseur de taille pour leurs employeurs. La situation est confuse et m'empêche de trouver la bonne alternative, par exemple si je dois lâcher mon équipe ce qui mettrait en péril la mission « SWIFT ». Ellen monte d'un ton concernant sa demande d'intervention.

Rarement en OPEX je me suis retrouvé avec aussi peu d'imagination et d'instinct. Là il me faut urgemment recourir à un plan B. Je peux comprendre les conséquences dévastatrices si nous étions découverts, mais je ne peux laisser Ellen se faire capturer par ces dégénérés.

Alors, sans réfléchir une seconde de plus, je saisis le téléphone pour lancer un « GO » à mon équipe mais Zumana et ses hommes, au nombre de neuf maintenant, avancent rapidement sur moi armes aux poings et fusils d'assaut à l'épaule.

Ils entrent dans la chambre, saisissent Ellen, pendant que deux d'entre eux me braquent à dix centimètres de ma tempe. Ils sont sérieux et n'ont pas une attitude qui me laisse croire que je vais être épargné.

En sortant, le leader s'agenouille, me regarde droit dans les yeux, pose le canon de son automatique sur mon front.

Ma vie défile en quelque secondes, alors je le regarde à mon tour droit dans les yeux, prêt à vivre le grand flash, tout en me remémorant cette phrase du Colonel Archibald de GANS prononcée vingt ans en arrière, « Si tu dois mourir, bats-toi comme un homme ». Je veux bien me battre, mais avec trois canons braqués sur ma tête…

Il sourit et me dit :

– Depuis quand un fils à papa et sa jolie garde du corps vont ébranler Zumana le tchétchène ??? Mais dis-moi, tu as été dans un stand de tir de la Principauté de MONACO ???!!!!!

– Je ne sais même pas ce que vous foutez dans ma chambre. Je t'ai fait quoi ?

– Toi rien encore, mais ta pouliche n'a pas respecté les consignes du grand patron, alors il veut lui parler en tête à tête.

– T'es un grand malade toi !

– Sois mignon l'héritier, tu seras convoqué en temps utile.

Il prend de l'élan avec son bras, place la crosse de son automatique comme un marteau et me frappe au front avec une telle force que je subis un sérieux K.O.

10:00am

J'ouvre les yeux petit à petit avec un mal de crâne épouvantable. Le Major Elodie est assise dans un fauteuil sur ma droite toujours aussi bienveillante à mon égard.

– Salut Commandant.
– Salut Major.
– Fais-moi un état de la situation.
– Une aspirine peut-être en premier ?
– Ouais.
– Reste tranquille je la prépare.

Une fois avalée, je me redresse et reprends la conversation :

– Donc, je t'écoute.
– Orso est rentré de l'hôpital, il va boiter mais veut prolonger sa présence à nos côtés.
– Ellen ?
– On ne sait pas. Le Colonel est en contact avec son homologue anglais, les S.A.S. avec l'antenne du MI-6 ratissent MEXICO et ses alentours.
– Le carnage de cette nuit ?
– Tout a été nettoyé par on ne sait qui, comme si rien ne s'était déroulé !
– Simon WINMAN ?
– Disparu, envolé ! L'agence a repéré quatre vols privés au départ de l'aéroport de MEXICO ce matin à 6:00am avec de faux plans de vols. Fictives destinations…
– Elodie, la mission n'est pas terminée. Il faut absolument nous remobiliser.
– Le B.S.I. a envoyé un retour sur les documents échappés. Il s'agit de l'engagement du directeur de la filiale espagnole à plonger la B.O.I. dans le néant sur son territoire puis inciter chaque filiale une par une…
– Passe-moi le téléphone. Je dois appeler le Colonel.

– Attends quelques minutes, il doit appeler.
– Je dois découvrir la véritable identité de la dénommée Cara. Elle est celle qui permet de remonter aux véritables décideurs.
– Gabriel, tu n'as plus ton raisonnement !

La collaboration depuis vingt ans avec le Colonel nous a appris à connaître chacune de nos réactions en fonction des multiples situations auxquelles nous avons fait face. Sans m'avancer plus que de raison, je ne vois pas comment il peut maintenir « SWIFT ».

Une vingtaine de minutes plus tard, l'appel du Colonel retentit :

– Bonjour Mon Colonel.
– Bonjour Commandant. Votre équipe et vous décrochez immédiatement.
– Mon Colonel ne m'imposez pas cet ordre.
– Il n'y a pas de Mon Colonel qui tienne Commandant. Je sors d'une réunion de crise au Ministère des Affaires Étrangères après votre rodéo nocturne. Les diplomates des deux pays ont accepté un accord pour étouffer votre cirque à ciel ouvert.
– Mon Colonel, non, ne me désavouez pas je vous en conjure.
– Je suis désolé Commandant, les ordres sont les ordres, vous rentrez immédiatement au B.S.I. Le ministre de la Défense vous attend dès votre atterrissage.
– Putain de merde.
– Commandant, ne me décevez pas. Vous vous rendez à l'aéroport immédiatement.
– À vos ordres Mon Colonel.
– Fin de la communication.

Violemment je lance le téléphone contre le mur. Le Major tente de me calmer mais impossible cette fois-ci.

– Elodie, on rentre, je joue les bons soldats au garde à vous devant tout le monde, je filerai en suivant à ma planque parisienne. Tu connais toujours l'adresse ?

– Tu penses quoi ??? Sauver ton anglaise ? À quel titre ? Depuis quand le Commandant Gabriel SAINT-REGENT, officier sans reproche, devient le renégat des Services Secrets français ???

– Major, et alors ? Je peux décider de prolonger la mission en off.

– Non Gabriel, ce n'est pas ton code d'honneur, tu le sais parfaitement.

– Un temps pour tout Major.

– Si tu as un minimum de considération pour ta hiérarchie et l'ensemble des personnes à tes ordres depuis autant d'années, laisse-la, elle n'est pas ton combat.

– Tu m'emmerdes Elodie.

– Oh je le sais mais il te faut aussi entendre ce que tu ne veux pas. Nous avons dix heures de vol, peut-être un peu moins en fonctions des alizés, tu pourras réfléchir et revenir à la raison.

– Merci Major pour vos précieux conseils, en cas de nécessités futures, je n'hésiterai pas à faire appel à vos services.

– Sombre imbécile tu es.

Chapitre 13
Le bureau du Colonel

Chapitre 13
Le bureau du Colonel

Nous atterrissons sur la piste de la 107 après neuf heures trente de vol.

À la descente du FALCON, j'encourage le Lieutenant Orso à entamer rapidement sa rééducation, discrètement je demande à l'Adjudant d'être prêt à repartir, au Major à me faire confiance. La Capitaine et la Caporale montent à bord du même véhicule pour rejoindre le B.S.I. Quant à l'avocat, frustré de ne pas être intervenu avec plus de virulence, je m'engage à le solliciter si les circonstances sont réunies dans les prochains jours, tout en lui rappelant que ses fonctions étaient d'assurer nos dossiers auprès de différents tribunaux... Une tape sur l'épaule du Doc l'amène à m'adresser un clin d'œil amical en retour.

Vendredi 20h00

Les salles des opérationnels sont désertées, seuls les agents de garde sont en liaison avec les officiers en mission sur différents continents.

Aussi peu d'agitation montre l'évidence de l'arrêt de la mission « SWIFT ». Je n'aime pas ces ambiances.

Avant de monter dans l'espace du dirigeant de notre agence, je m'arrête dans le bureau du directeur de nos Moyens Généraux encore au travail.

Après les politesses d'usage, il ferme la porte de son bureau pour ne pas être écouté. Le Lieutenant Pierre P. me confirme les ordres reçus du Colonel lui indiquant de bloquer toutes mes demandes de mise à disposition de matériels terrestres ou aériens. Il ose à peine me dire que mes cartes de crédit ont été bloquées par le Directeur Financier.

– Pierre, en fonction des décisions dans les minutes qui vont arriver, tu peux me mettre des moyens à disposition en faisant passer mes demandes sur des codes agents en mission ?

– Gabriel, tu te rends de ce que tu me demandes ???

– Oui et ?

– Tu adresses tes fiches de dépenses chaque dernier jour du mois il me semble ?

– Oui je les présente au Comité de Direction 48h après la clôture des dépenses mensuelles.

Nous sommes en cours de mois donc cela me laisse une quinzaine de jours. J'ai besoin de ton appui, fais-moi confiance si tu veux pouvoir honorer les traites de ton crédit immobilier.

– OK Gabriel, tu es une référence pour nous tous donc je te couvre.

– Merci Lieutenant. Garde ton téléphone sous surveillance.

La porte de l'immense bureau du Colonel est grande ouverte. À l'entrée deux officiers du Ministère de la Défense détachés à la sécurité rapprochée du ministre me saluent avec un sourire narquois. En réponse, je leur tape sur l'épaule en leur demandant s'ils ont bien nettoyé les tapis arrière de la voiture du ministre.

Allez, je prends mon souffle et j'entre en refermant les portes du sas.

– Commandant SAINT-REGENT, asseyez-vous je vous en prie.

– Merci Mon Colonel. Bonsoir Monsieur le Ministre.

– Bonsoir Gabriel.

– Messieurs, je suis prêt, je vous écoute.

– Nous avons lu avec attention vos premiers rapports grâce au Major qui a transmis pendant votre vol les parties manquantes. Nous avons pu étudier aussi les deux feuillets saisis. À cela s'ajoutent les rapports de l'immense travail de vos analystes. Mais la situation est bien plus importante qu'il n'y paraissait au départ. Nous sommes convaincus, en comité restreint, de la puissance de cette organisation capable de ruiner une économie au détriment d'une autre tout en enrichissant une poignée de puissants prêts à tout. L'acquisition faite par la BANQUE NATIONALE FRANCAISE a été orchestrée de main de maître sans qu'aucune autorité ne se soit aperçue de la mascarade.

– et je vous précise, Messieurs, tout cela en pratiquant des rites pervers et au nom de leur croyance divine leur faisant croire au pouvoir suprême.

– Commandant, je me suis entretenu avec le Colonel, nous n'avons plus le choix.

– J'ai compris Monsieur le Ministre, vous avez décidé de stopper la mission « SWIFT » laissant libres les agissements de grands argentiers véreux.

– Commandant votre insolence va vous jouer de sales tours ! Non, nous ne la stoppons pas, bien au contraire. Sur ma décision nous classifions cette mission au niveau supérieur pour n'avoir aucun compte à rendre hormis au Président.

– Je ne comprends pas Monsieur.

– Gabriel, écoutez le Ministre !

– Vous repartez en mission mais avant cela je vous contrains à démissionner. L'État français ne peut officiellement vous couvrir.

– Donc vous me demandez d'être un rouleau compresseur ?

– Affirmatif Commandant !

En conclusion, vous anéantissez cette organisation car tout nous amène à penser que leur stratégie est de déstabiliser l'économie de l'Europe dans les semaines à venir en ruinant la principale banque française. Mes homologues anglais, italiens, allemands, espagnols ont des remontées de leurs Services de renseignement attestant ce scénario.

– J'accepte bien évidemment Monsieur le Ministre.

– Vous avez besoin de quels moyens Commandant ?

– Je veux un coordinateur du B.S.I. ici, 24h/24, isolé avec une équipe restreinte dans le bunker, une ouverture des faisceaux de nos satellites de surveillance h24, un awacs prêt à décoller quand j'en donnerai l'ordre, et mon équipe proche.

– Accordé.

– Monsieur le Ministre, vous savez aussi bien que moi que le pourcentage de retour sain et sauf est infime. Si personne ne rentre, je vous demande d'accorder une pension à vie à leur famille.

– Je ne pourrai jamais le faire valider par la Cour des Comptes Commandant !

– Monsieur le Ministre, vous imaginez-vous ne plus payer les études de vos enfants dans quelques semaines ? Il me semble que leur université américaine est considérée comme une des plus chères ?

– Accordé Commandant.

– Merci Monsieur.

Mon Colonel, je vous désigne comme coordinateur. Vous êtes le seul capable d'anticiper toutes mes actions.

– Accordé Gabriel. Je m'entoure de Marine CENLARG pour assurer les transferts écrits d'informations.

– Une dernière chose Messieurs, nous aurions pu décider cela depuis MEXICO.

– Non, vous étiez sous surveillance.

– Pardon ?

– Oui le MI-6 est partie prenante. Votre consœur, la Captain LAMARI, a transmis votre profil à sa hiérarchie. Sachez qu'elle est très maline… Vous comprenez ma précision ?

– Affirmatif Monsieur le Ministre.

– Commandant, à compter du moment où votre démission et celle de chacun des membres de votre équipe est posée sur le bureau du Colonel, vous êtes en mission fantôme. Ne nous décevez pas Commandant SAINT-REGENT. Soyez sans limite.

– Hoooo, comptez sur moi Monsieur le Ministre.

Vendredi 21h15

Descente immédiate dans la salle surnommée le « Bunker » avec la convocation immédiate du Sergent Cécile L. et du Sergent-chef Jérôme L.

Le temps qu'ils me rejoignent, je joins le Lieutenant Pierre P. pour que lui aussi nous prépare les moyens nécessaires à notre sortie, et je le rassure au sujet de l'officialisation de son action. En suivant, je dois joindre notre responsable de l'armurerie et des moyens électroniques embarqués, le Lieutenant Yoni I., afin qu'il nous prépare un arsenal d'intervention. Le dernier à être contacté, dont une réponse négative serait refusée, est le Docteur Benjamin F. Dans une telle OPEX, sa présence est prioritaire.

Le temps de leur arrivée, je me concentre sur une équipe avec qui partir et surtout prête à tout risquer. Le premier désigné est l'Adjudant Cyril R. devenu indispensable à mes côtés. Mon deuxième choix se porte sur le Sous-lieutenant Alexandre D., commando du

13ème RD.P. habitué aussi à mes méthodes d'intervention dont j'apprécie la collaboration du fait de son immense courage. Vient maintenant la question au sujet du Major Elodie B. ...

Ses compétences professionnelles ne sont nullement mises en doute, mais son approche de la situation sera-t-elle impartiale ? Mon objectif inavoué est de récupérer la Captain Ellen LAMARI avant de réduire à néant cette organisation pilotant une partie des finances internationales. Le seul moyen de m'en assurer est de l'appeler sans tarder.

Une sonnerie, deux sonneries, trois sonneries, elle ne répond pas. Elle sait parfaitement qu'avec la ligne sécurisée par laquelle je l'appelle il ne peut s'agir que de moi. Je relance l'appel... Elle décroche :

– Bonsoir Major.

– Mon Commandant, il me semble être en permission et surtout profiter d'une soirée privée. Alors si vous attendez des excuses pour mes mots prononcés, allez-vous faire foutre.

– Major, votre vocabulaire est peu châtié.

– Ne me prenez pas pour une idiote MON COMMANDANT. Que voulez-vous ?

– Elodie, je viens d'obtenir le feu vert de notre Ministre de tutelle en personne pour prolonger la mission... mais en mode fantôme. Me suivez-vous ?

– Gabriel, je te connais par cœur. Je sais parfaitement que ton âme chevaleresque ne peut s'empêcher de vouloir exfiltrer l'Anglaise. Alors je sais ce qu'implique le mode fantôme, je te suis mais à une seule et unique condition, ne mets pas ma vie en danger pour une personne étrangère à notre agence.

– Elodie, tu as ma parole.

– Répète-le car je te le ferai bouffer au moment opportun.

– Major Elodie B., je m'engage à ne pas mettre la vie de mon équipe en danger pour exfiltrer la Captain Ellen LAMARI.

– Ne me mens jamais.

– Je te laisse deux heures pour profiter de ta soirée. Dans deux heures tu te présentes à l'entrée du bunker.

– À vos ordres Mon Commandant.

En fonction de l'évolution des éléments découverts durant la mission, j'irai seul si mon instinct me guide.

Il me manque un opérateur qualifié en électronique capable de se connecter à n'importe quel serveur où que nous nous trouvions. Cette jeune Caporale Ambre a fait preuve de sang froid et de professionnalisme, en dépit de son jeune âge, lors de nos séjours à ROME et à MEXICO. Le mode opératoire de cette deuxième étape pourrait lui faire peur, sans compter les risques immenses pour sa sécurité. Après tout elle ne sera pas sur le terrain mais nous pilotera depuis une chambre d'hôtel. Sa carrière pourrait prendre un élan sérieux lorsque nous rentrerons dont elle pourra être fière. Son supérieur hiérarchique direct est le Sergent-chef Jérôme, il décidera à son arrivée.

Pour boucler le tout, la Capitaine Éléonore A. est réquisitionnée d'office, à la condition de son accord.

Ma carte maîtresse sera la cellule « Alpha/Oméga[65] » que seul le Colonel et moi-même pouvons solliciter de jour comme de nuit.

Mon équipe est constituée. Maintenant il me reste à leur annoncer le mode fantôme pour obtenir leur validité à partir de demain matin.

L'Adjudant valide sans réfléchir mais en tentant une demande, celle d'enfin avoir un autre costume que celui du room-service. Au mieux il aura un costume de voiturier mais toujours pas celui d'un Ambassadeur !

Le Sous-lieutenant n'émet aucune opposition à sa réquisition ni au mode opératoire. Il sera présent dans la salle dans 1h30.

Le Major étant OK, reste la Capitaine qui, mère de famille, sera la moins à même de valider sa présence. Jointe sur son téléphone satellite, elle me fait part de son inquiétude en cas de non-retour d'autant plus que la mission n'est pas officielle. L'acceptation du Ministre à indemniser les familles la décide mais elle aussi me tient un langage similaire au Major. Amie me connaissant depuis de nombreuses années, elle me demande de m'engager sur la promesse de

[65] Cellule dormante créée par le B.S.I. composée d'officiers d'élites des Forces Spéciales en capacité d'intervention sur n'importe quel point de la planète. Composée de vingt spécialistes dans divers domaines opérationnels.

ne pas mettre en danger notre équipe. Sans détour ma réponse est identique à celle faite au Major. Avant de raccrocher, elle m'avoue de nombreuses tensions dans son couple depuis quelques mois ce qui l'incite à s'échapper pour cette mission. Dans deux heures au maxi mum elle sera présente dans le « bunker ».

D'ici dix minutes seront présents les différents chefs de service, ce qui me laisse quelques minutes pour joindre Lilie. Sans nouvelle depuis plusieurs jours, je ne sens plus beaucoup d'intensité dans nos échanges. La conversation ne dure qu'à peine cinq minutes et se conclue sur un « à bientôt ». Parfait. L'avenir nous dira si nous serons capables de nous retrouver définitivement. Définitivement, quelques doutes... mais je dois d'ici-là l'occulter de mes pensées.

Vendredi 22h00

Mes quatre chefs de service et le Doc sont réunis autour de l'immense table connectée à des écrans, immenses eux aussi. Je lance la diffusion de tous les éléments rassemblés durant la première étape de la mission, considérant le D.A.S.E.M. et le bureau des analystes plus ciblés que l'Armurerie et les Moyens Généraux.

Une information distillée restera une information enregistrée par chaque service de notre agence, permettant la réactivité de chacun en cas de requêtes urgentes.

Mon insistance va vers le Sergent Cécile pour tracer « Cara » en entrecroisant sa photo avec l'ensemble des fichiers libres d'INTERPOL, sans omettre de faire appel à son contact de la C.I.A.

Pilotant la diffusion des images par son écran holographique, elle met en action son logiciel faisant défiler des milliers de fiches avec photos jusqu'à ce qu'il s'arrête sur celle correspondant à l'image enregistrée durant la soirée aux rites douteux.

Le Lieutenant Yoni demande l'heure à laquelle il nous faut la mise à disposition du matériel dans les caisses adaptées. Alors je me tourne vers le directeur des Moyens Généraux pour lui demander à quelle heure demain matin nous pourrons décoller de la 107 à bord d'un FALCON. Il répond intelligemment en me demandant quelle sera la destination afin de retenir le jet adapté ! Mon idée première est d'atterrir à SAINTE-LUCIE, fief de leur organisation. Sans perdre de temps, il contacte un équipage disponible en le retenant auprès du responsable d'astreinte sur la base de stationnement où se trouve le 8X.

– D'autres questions Commandant ?
– Peut on avoir de généreux plateaux repas pour une fois ?
– J'ai un budget à respecter Commandant !
– Mon cher Lieutenant, ces femmes et ces hommes défendant les intérêts de la République française vont se cotiser pour bénéficier de repas convenables.
– Laisse tomber le bon Samaritain. Je m'en occupe.
– Merci Lieutenant pour votre gratitude à notre égard.

Revenant à plus de sérieux, le Colonel débarque dans la salle pour nous informer d'une dernière indication cruciale transmise par la N.S.A. : un agent de la C.I.A. a repéré Simon WINMAN à SAINTE-LUCIE, il loge dans une maison au cœur du complexe luxueux « VILLA SUSANNA », situé au Nord-Ouest de l'île. Une femme non identifiée l'accompagne ainsi qu'un service de sécurité posté à l'entrée de la propriété. La N.S.A. tente de tracer ses connexions téléphoniques et ses mails de manière à le suivre à la trace.

Prenant le temps de réfléchir quelques secondes, je m'interroge sur le fait de cette divulgation par les services secrets américains. Par habitude, ils ne dévoilent jamais la moindre information sauf si un intérêt commun les lie à une autre puissance.

Donc, s'ils suivent cette puissante organisation c'est obligatoirement du fait probable que leurs institutions sont menacées ou pourraient l'être. Le monde de l'espionnage étant finalement un petit monde, ils ont donc eu l'information concernant notre infiltration, ce qui leur fait considérer qu'à aucun moment ils ne se saliront les mains ou n'apparaîtront pas officiellement en cas d'éradication. Alors je demande à m'entretenir en aparté avec le Colonel pour lui faire part de ma réflexion. Rapidement et sans laisser le moindre doute planer, il m'avoue s'être entretenu avec un haut gradé du Renseignement américain, mais à ce stade il ne souhaite pas me livrer le contenu sans confirmation avérée.

Pour ma part, après cette information livrée sur plateau d'argent par les Américains, et après l'épisode mexicain, je pense que cet ancien ministre de la République française est loin d'être un simple pion.

Une heure plus tard entrent à tour de rôle les membres de mon équipe. Je m'adresse au Sergent-chef Jérôme pour obtenir sa validation au sujet de sa jeune Caporale. Sa seule réponse est de m'adresser : « Mon Commandant, vous avez eu votre chance, quelques années en arrière, offerte par le Colonel. À votre tour donnez la sienne à cette jeune femme. »

Sur la table sont imprimées les lettres de démission à chacun de leur nom, rédigées par Marine. Afin de prouver mon leadership et mon engagement, je signe en premier la mienne puis la tends à Marine qui doit toutes les collecter et les déposer ensuite dans le coffre du Colonel. Ce premier acte rédigé avec mon véritable nom me procure une émotion particulière. Vingt années à signer différents documents à l'aide d'un nom d'emprunt crée des réflexes à oublier en quelques secondes.

À mon grand étonnement, aucun commentaire, aucune hésitation de la part de mon équipe. La plus surprenante est cette jeune engagée qui, après avoir signé, pose le stylo sur la table de manière presque virile et lance un « prête à décoller Mon Commandant ».

Cette étape passée, je leur demande de bien vouloir déposer auprès du Lieutenant Yoni la liste du matériel technique nécessaire et suffisant pour nos déplacements, ainsi que les armes indispensables. Entre temps, le Directeur des Moyens Généraux me confirme la disponibilité d'un équipage, composé d'anciens pilotes de chasse, prêt à partir demain matin, mais sans date de retour. Le FALCON 8X sera préparé pour décoller de la 107 dès 7h30.

Le dernier échange se fait avec le Sergent Cécile n'ayant toujours pas identifié « Cara » malgré le fait d'avoir consulté l'ensemble des fichiers croisés de toutes les bases de données auxquelles nous avons accès. Je lui demande de ne rien relâcher de son travail d'investigation lancé depuis plusieurs jours.

Chapitre 14
Coup de vent à SAINTE-LUCIE

Aéroport de CASTRIES/SAINTE-LUCIE George F.L.
samedi 8:30am

Pour l'ensemble de mon équipe la nuit a été courte jusqu'au départ pour la 107 à 6h30. Chacun s'est mis à réaliser que nous partons sans aucun rattachement officiel à notre agence ou notre ministère de tutelle. L'idée de la mort sera palpable dans nos esprits une fois que le jet stationnera sur le tarmac à l'arrivée.

À bord du FALCON j'ai reçu à tour de rôle chacun des membres venant chercher un fort soutien de ma part. En retour, unanimement ils m'ont assuré de leur soutien indéfectible.

J'aime profondément mon équipe car aucun d'entre nous ne juge, ne reproche rien, n'abandonnera personne même dans les situations les plus téméraires. Nous sommes prêts à mettre notre vie en danger pour sauver un équipier. Ce sentiment nous rend plus forts mais nous devons garder intacte notre attention à chaque instant.

En OPEX la moindre faute d'inattention se voit sanctionnée immédiatement sans seconde chance.

Je leur impose de dormir, d'autant plus que notre destination bénéficie d'un décalage horaire de moins six heures.

Le silence envahit la cabine où seuls les moteurs de l'avion produisent un bruit de fond.

L'escale à MEXICO m'a fait une fois de plus donner la mort, certes en position de défense lors du passage en force des hommes de main de cette organisation occulte. L'acte en lui-même arrive à me perturber depuis la fin de ma dernière mission. J'ai couru durant des années après les assassins de mon frère d'arme, Shankar C.[66], légitimant les actes les plus barbares au nom des intérêts de mon pays, la FRANCE. Mon analyse s'évade au fur et à mesure des minutes de mon interrogation, allant aborder sur un plan spirituel les raisons profondes d'avoir cette capacité à supprimer la vie. Est-ce le conditionnement psychologique reçu depuis vingt ans, est-ce un instinct profond de tueur, est-ce la raison d'État, est-ce le mal en moi, est-ce me croire un justicier suprême aux pleins pouvoirs législatifs, est-ce

---

[66] Cf. As de Pique.

un dédoublement de personnalité, est-ce du professionnalisme, est-ce un acte de survie, est-ce ma fonction ? Autant d'interrogations pour lesquelles je puise dans des réflexions dignes de la psychanalytique de l'acte meurtrier. Tuer surgit toujours dans un contexte où l'objet ciblé subit un processus de déshumanisation qui le déchoit de son statut de mortel.

Dans mon cas, j'associe ma force de tuer à une forme d'acte de patriotisme au but ultime de défense au nom d'une cause d'Etat. Puis-je me retrancher derrière une violence militarisée cherchant à rétablir un ordre ? Mes années au sein du B.S.I. m'ont amené régulièrement à utiliser l'ultra violence, réalisant qu'elle est partie intégrante du psychisme de tout être humain. J'ai vécu cette violence, j'ai fait subir la violence. Le monde animal donne la mort sans aucun acte de pensée. L'animal agît instinctivement pour la survie de son pouvoir et de son espèce.

La seule réflexion finale émanant de cette pensée envahissante, c'est la légitimité offerte par mon travail sur ordre de mes supérieurs et de ses grands ordonnateurs. Il m'est impossible d'interroger mes proches collaborateurs sur ce sujet sous peine de les plonger dans cet état de questionnement pouvant entraîner une perte de leurs précieux réflexes. Alors je divague en me rassurant de la manière la plus pragmatique ! Je suis en OPEX au nom de la sécurité nationale. Il est temps de trouver une phase de sommeil réparatrice, d'anéantir mes démons et de retrouver à mon réveil mon instinct d'officier du Renseignement.

À la descente de l'avion nous sommes accueillis par les chauffeurs de l'hôtel MARIGOT BAY and MARINA. Le premier contact est pris par le Colonel jouant à la perfection son rôle de coordinateur :

– De vigil à client, vous me recevez ?

– Affirmatif vigil.

– Mettez-vous en place le plus rapidement possible. Votre client serait en mouvement.

– Bien reçu vigil. Que me suggérez-vous ?

– Une prise de contact urgente.

– Vigil, nous passons poser les valises et allons visiter les lieux. Mettez-nous à la réception de l'hôtel un moyen de locomotion adapté aux chemins escarpés.

– Mise à disposition déjà en chauffe. Attendons votre retour. Terminé.

Cela doit faire bien huit années que le Colonel n'a pas été un opérationnel de terrain ! Son langage est déjà dépassé mais il m'est difficile de le lui faire remarquer.

Je fais presser le chauffeur de notre navette pour au plus vite intégrer ma chambre, mettre la Caporale en action face à son « P.C. guerre », puis partir avec le Major à la rencontre de Simon WINMAN. Il me faut absolument le convaincre de me légitimer auprès des grands décideurs.

Avant de provoquer cette rencontre, je distribue les codes de communication habituels :

« Code 1 pour Iron, Code 2 pour le Sous-Lieutenant Alexandre D., Code 3 pour la Caporale, Code 4 pour la Capitaine et Code 5 pour le Major et moi-même. Le Doc se verra attribué le Code 6 en fonction des déplacements mais en rien il ne peut être actif sur le terrain du fait de ses compétences médicales.

J'envoie immédiatement « Code 1 et 2 » en repérage. Notre univers se caractérise en premier lieu par une obligation d'observation et de repérage avant toute intervention, même la plus diplomatique.

Le temps de nous changer pour une tenue vestimentaire de circonstance, cela laisse la Caporale mettre en place ses connexions avec le B.S.I. en créant le contact audio et vidéo.

Une heure après leur arrivée dans le complexe « VILLA SUSANNA », je reçois le premier rapport de « Code 1 ». La cible est bien installée au bord de la piscine avec son invitée répondant à la description de « Cara ». Uniquement trois tangos sont postés dans et à l'entrée de la propriété. Je fais le signe au Major du top départ. La Capitaine reste avec la Caporale et le Doc dans notre suite encore transformée en poste de surveillance.

Le temps de recevoir le feu vert, je joins par ligne sécurisée une vieille connaissance amicale de la C.I.A. à LOS ANGELES, le Colonel-Major Julian R., chef de l'antenne locale.

– Hello Colonel-Major.

Oh fuck, le Commandant frenchie ! Tu es dans la Cité des Anges et tu as besoin de ton vieux pote pour aller voir qui cette fois-ci ?!

– Je ne suis pas à L.A. vieux play-boy. Il me faut un renseignement que toi seul peux me transmettre.

– Tu as du cash Commandant ?

– Déjà amène-moi sur la Zone 51[67] après on en discute.

– Jamais ! Tu le sais.

– Plus sérieusement, tu peux me dire si la C.I.A. colle Simon WINMAN ?

– Le franchie, tu t'attaques à un proche du F.M.I. et de certains courants influents de la très haute finance mondiale.

– Oui je sais mais nous savons par la N.S.A.[68] qu'il est collé par un agent de la C.I.A. Tu confirmes oui ou non ?

– Tu m'emmerdes Gabriel. Où es-tu ?

– À SAINTE-LUCIE.

– Oh fuck ! Là où est immatriculé le fonds de SOROS. Tu ne sais pas où tu mets les pieds Gabriel.

– Si et très bien même.

– No No No ! SOROS et ses acolytes peuvent déstabiliser l'économie d'un pays en appuyant sur un bouton ! Ils détiennent une équipe de mercenaires composée en partie d'anciens commandos de l'Est !

– Tu peux me rejoindre ?

– Attends le frenchie, tu ne vas pas me replonger dans tes problèmes.

– Et si play-boy car les États-Unis, ton pays, pourrait subir l'onde de choc.

– Gabriel, je sais parfaitement que tu ne fais rien sans verrouiller mais là c'est ultra risqué.

---

67 Zone située dans l'état du NEVADA (U.S.A) où serait installée une base secrète de l'U.S Army.

68 N.S.A. : National Security Agency.

– Julian, pose cinq jours de congés et je t'amène sur un plateau les grands prêtres de la finance.

– T'es un malade le frenchie ! Que veux-tu que je te refuse. OK laisse-moi quelques heures, le temps de la collecte et de faire accepter un congé. Mais pas certain !

– Super play-boy ! Tu sais sur quel numéro me joindre. Le logement sur place c'est cadeau, c'est pour moi.

– Tu penses vraiment en plus me faire payer une note ??? Tu ne sais que descendre dans des hôtels où on te cire les semelles de tes bottes !

– Je t'attends.

– Si je peux faire accepter des jours, le franchie.

11:48am

Letizia FARMINI, mon assistante personnelle, et moi-même, Aloïs de la BAINQUINIAIRE, nous nous présentons au portail de la villa. Par radio « Code 1 » en planque, m'informe de l'arrivée d'un Suprémaciste au crâne rasé à la porte sur le côté du grand portail, arme en bandoulière à l'épaule.

Il ouvre et nous demande notre identité. Jouant parfaitement le rôle de l'investisseur romantique, je lui tends ma vraie-fausse carte de visite et lui demande de la transmettre à Monsieur WINMAN. Surpris par le fait de ma connaissance du nom de la personne qu'il protège, il referme la lourde porte métallique et nous demande d'attendre.

– Ici Code 5, vous visualisez la scène ?

– Code 1 affirmatif. Le client se lève, il est agité. Il parle à la cliente.

– OK Code 1

– Code 2 en visu. La cliente vient vers le portail entouré de deux tangos.

– Code 1 confirmé. Trois tangos avec la cliente.

– OK messieurs. Vigilance absolue. Soyez prêts à intervenir si le danger est palpable.

La porte s'ouvre à nouveau. Je reconnais parfaitement Cara, toujours aussi attirante pour un regard masculin. Elle ne connaît pas mon véritable visage ce qui me confère le droit d'adopter une attitude immédiatement séductrice à son égard.

– Monsieur de la BAINQUINIAIRE, vous vous présentez dans un lieu confidentiel où se repose effectivement Monsieur WINMAN. Il ne se souvient pas vous avoir confirmé de rendez vous suite à votre première rencontre et encore moins dans ce lieu privé.

– Pardonnez-moi Madame, mais nous n'avons pas été présentés.

– Effectivement, est-ce bien utile ?

– Je n'ai pas pour habitude de m'adresser dans mes activités aux simples collaborateurs. Alors, soit je peux rencontrer Monsieur WINMAN maintenant, soit je ferai en sorte de le rencontrer prochainement.

– Je suis surprise qu'un gentleman, comme vous le laissez entendre, utilise la menace.

– Non Madame. La menace est destinée aux faibles. Je me présente aujourd'hui pour faire du business, pas du combat de niveau de basse-cour. Alors je vous demande de bien vouloir transmettre à Monsieur WINMAN mon impatience à le rencontrer.

– Très bien. Veuillez attendre quelques instants.

– Merci Madame, je n'ai pas retenu votre nom…

La porte se referme immédiatement en offrant à l'attention de Cara un dernier sourire ironique dont je maîtrise la grimace.

Mon assistante laisse transpirer un léger agacement féminin provoqué par l'attitude d'une pimbêche.

Mon équipe m'informe que Cara est en pleine conversation avec le client qui, entre temps, s'est habillé. Cela peut laisser croire qu'il va nous recevoir. Alors, je jette mon S&W dans un des buissons entourant le portail. Moins de deux minutes plus tard le portail s'ouvre à nouveau laissant apparaître Cara entourée de ses deux sbires.

Tout d'un coup son attitude est bien moins agressive que lors de notre premier contact quelques minutes plus tôt. Peu importe les consignes reçues par son employeur, nous sommes invités à entrer. En revanche, et certainement par rancune, Cara précise que seul je serai reçu par Simon WINMAN. Mon assistante devra attendre jusqu'à la fin de mon entrevue dans le salon principal.

Cara nous précède en nous indiquant le chemin tout en ondulant ses hanches telle une charmeuse de serpents marrakchie. J'aperçois à mes côtés mon assistante levant les yeux au ciel en signe d'agacement. Lui souriant en réponse, elle m'indique repérer une armoire mobile ressemblant fortement à du matériel électronique de communication militaire.

Sans être surpris, je lui fais un signe de la tête.

Cinq mètres nous séparent de Cara me permettant d'informer mon équipe en planque et à l'hôtel que nous allons intervenir. Cette opportunité ne doit pas se laisser passer. Je dois impérativement prendre le risque de taper un grand coup qui ébranlera leur méthodologie si bien orchestrée. La haute hiérarchie sera rapidement mise en alerte.

Par expérience, je sais que le fait d'agir par surprise engendre des comportements déstabilisants laissant apparaître les failles de l'ennemi.

Face à la piscine, une imposante table où Simon WINMAN est assis avec deux téléphones à la main. Cara me palpe avant de me laisser m'approcher dans le but de vérifier qu'aucune arme ne soit sur moi. Puis elle demande à mon assistante de la suivre à l'intérieur.

La conversation s'engage immédiatement :

– Monsieur de la BAINQUINAIRE, je vous trouve bien cavalier de vous présenter à la porte de ma maison sans rendez-vous confirmé. Vous deviez attendre ma validation définitive.

– Monsieur WINMAN, vous avez disparu sans prévenir après m'avoir avoué un intérêt pour mes capitaux. De plus, Ellen LAMATI a quitté l'hôtel avec l'aide de personnes peu fréquentables, et pour ma part j'ai reçu un coup violent à la tête !

– Je ne sais pas de quoi vous parlez Monsieur.

– Où se trouve Madame LAMATI ?

Surpris par sa gesticulation, je me retrouve avec un de ses hommes de main braquant un automatique sur ma tempe.

– Monsieur de la BAINQUINIAIRE, je ne sais pas de quelle manière vous débarquez dans notre organisation financière, mais depuis votre arrivée à LONDRES nous constatons des phénomènes peu habituels de la part de nos investisseurs.

– Il me semble que vous avez pu constater ma capacité d'investissement pour placer des liquidités dans unc start-up ! Les contrats sont signés en bonne et due forme et dans les règles de l'art.

– Vous êtes qui Monsieur de la BAINQUINIAIRE ? Comment avez-vous eu connaissance de cette adresse ?

– Demandez à votre petit personnel de retirer immédiatement son arme de ma tête ou je lui casse son poignet.

– Enfin vous vous dévoilez.

– Je ne répèterai pas deux fois ma demande Monsieur WINMAN.

– Vous pensez m'intimider ?

– Trop tard Monsieur WINMAN, je vous avais prévenu.

Un dixième de seconde me suffit pour saisir le canon tout en me levant brusquement afin de créer un mouvement auquel il ne s'attendait pas. Ma main droite saisit son poignet en le retournant violemment face à son visage, ce geste étant destiné à faire respecter mon engagement viril. Il a beau hurler de douleur, je le pousse de façon telle qu'il s'écroule au sol, poignet fracturé.

Les deux autres hommes de main se rapprochent, fusils d'assaut calés à l'épaule, prêts à faire feu.

« Code 1 » les tape sans leur donner la moindre chance d'avancer d'un mètre supplémentaire. De leurs têtes jaillit du sang jusqu'à tacheter la grande baie vitrée deux mètres derrière eux. Mon sniper est certes parfois décalé, mais sa relation amoureuse avec son fusil en fait une pointure.

Simon WINMAN n'est plus assuré de sa sécurité. Par radio je demande à « Code 2 » de se poster devant le portail avec la voiture, prêt à recevoir le colis.

Cara débarque à son tour sans arme mais le Major la stoppe dans son élan en la bloquant au sol. Un véritable corps à corps s'enchaîne représentant deux furies voulant avoir le dernier mot.

– Monsieur WINMAN, je vous pose une dernière fois ma question : où est Ellen LAMATI ?

Sa tête est à cet instant frappée de plein fouet par une balle tirée de l'extérieur de la propriété, obligatoirement par un sniper. La puissance de la balle perforant sa boîte crânienne est relayée par un bruit d'os écrasé au marteau, elle ne lui laisse aucune chance de survie. Le tireur est un véritable artiste du fait d'avoir placé sa balle au centre de sa tempe droite.

Il est évident que je représente une cible mouvante, idéale étant totalement à découvert.

– Code 1 putain repère d'où le coup est parti. Je tente de le provoquer.

– Code 5 je balaie la zone. Il faut qu'il shoote à nouveau.

Alors je prends l'automatique saisi au premier homme de main, relève Cara en lui mettant le canon sur sa tempe tel un otage. Cela devrait provoquer le sniper.

Le Major récupère au sol un fusil d'assaut et en reculant balaye autour de nous. Un nouveau tir est entendu mais la balle se loge dans une baie vitrée. Puis un deuxième, un troisième ne nous atteignant pas. Soit il devient moins précis, soit il veut nous laisser en vie…

Nous ne sommes plus qu'à quelques mètres du portail. J'entends les tirs de Code 1 qui fait silence radio jusqu'à ce qu'il m'informe avoir repéré le tireur isolé.

– Ici Code 1, je peux le taper. Attente ordre.

– Code 1, feu vert.

« Code 2 » est bien garé devant le portail. Je laisse le soin au Major d'embarquer Cara et leur donne l'ordre de rentrer sans moi. Retournant vers la maison, je récupère mon S&W lancé dans le buisson puis m'engouffre dans l'allée montant à la maison. Mon objectif est de détruire cette armoire de communication, mais avant je dois déterminer sa véritable fonction ainsi que fouiller rapidement le lieu pour saisir un ordinateur portable ou encore des documents papier.

Le matériel, véritablement militaire, me semble israélien. Je vide mon chargeur sur toute la hauteur le rendant inutilisable. J'arrive à trouver un ordinateur portable mais aucun papier ou dossier ne traîne. Les deux téléphones de WINMAN ne peuvent rester, alors eux aussi je les embarque avec moi.

« Code 2 » me confirme rouler à grande vitesse sans être suivi.

« Code 1 » m'informe que deux véhicules type pick-up américain sont en approche à vitesse élevée. Il me faut disparaître en quelques secondes.

« Code 3 » en relais avec la salle des communications du B.S.I. me fait un état des lieux via le satellite navigant au-dessus de la zone. Très honnêtement c'est le bordel, mais nous détenons un otage de poids.

Il ne manquait plus que le Colonel venant superviser la situation !

– De Vigil à client, prenez tout droit une fois le portail franchi. Un chemin de servitude longe deux maisons. Passage voiture impossible.

– Ici client, vous êtes sérieux là ???

– Prenez ce chemin face à vous sans discuter !

– Ok, alors guidez moi vigil !

– Dans 150m, prenez par l'arrière droit de la maison à son angle et maintenez la direction vers le Sud.

– Où sont les deux pick-up ?

– Presque à l'entrée de la villa. Vous avez de l'avance et êtes non repéré pour l'instant.

– Vigil, je fais quoi là ????

– Faites encore cent mètres, vous arrivez à une intersection. Une camionnette blanche de livraison vous attend, porte latérale ouverte, sur le trottoir opposé.

– Mais vous êtes sérieux vigil ???

– Suivez mes instructions sans chercher à comprendre Commandant.

Là en effet je ne comprends plus rien. Depuis quand notre agence détient une organisation capable de faire disparaître un officier en cavale lors d'une OPEX qui, faut l'avouer, tourne plutôt mal ?

Une camionnette blanche de livraison est effectivement stationnée moteur allumé, porte latérale ouverte. Je m'y engouffre en maintenant le contact avec « vigil » et « Code 1 ».

Ce dernier m'informe décrocher par l'incapacité d'identifier le point de tir du sniper.

Le chauffeur, casquette vissée sur la tête s'adresse à moi :

– Bonjour Commandant, heureux de collaborer avec vous à nouveau.

– Oh ! Panther[69] ! Le Colonel a anticipé !

– Affirmatif Commandant. Nous sommes sur site depuis hier avec la consigne de vous couvrir. Mes hommes n'ont pu identifier le tireur isolé. Il va nous poser quelques problèmes si on ne quitte pas l'île rapidement.

– Oui et non. Il connaît mon visage mais pas celui que je peux revêtir en une minute. La priorité est maintenant un interrogatoire de notre otage pris en pleine attaque et de quitter l'hôtel dans lequel nous sommes.

– OK Commandant. Deux de mes hommes sont toujours postés en extérieur de la villa de la cible. Ils vont identifier l'équipe du Pick-up.

– Parfait Panther. Ramène-moi au MARIGOT BAY.

– À vos ordres Commandant.

12:55am

Panther reste en observation à l'extérieur de l'hôtel, prêt à bloquer toute visite.

Dans ma suite, assise sur une chaise, mains attachées dans son dos, Cara me lance un regard noir loin d'être amical. Je demande à toute mon équipe de me laisser seul à seul avec elle en s'occupant de

[69] Panther : leader de la cellule Alpha/Oméga.

notre transfert vers l'aéroport. Nous devons quitter SAINTE LUCIE au plus vite.

– Cara, c'est votre véritable identité ?
– Je n'ai rien à vous dire.
– Oh si ! Il me semble qu'à ce stade, une collaboration serait la bienvenue.
– Vous n'êtes donc pas un investisseur.
– Peu importe qui je suis. Question :
Où est Ellen LAMATI ?
– Quelque part !
– Non on ne va perdre notre temps indéfiniment. Je repose courtoisement ma question : où se trouve Ellen LAMATI ?
– Je n'en sais rien.

Donc, je n'ai plus que le choix de durcir ma méthode pour obtenir une réponse. Brusquer une femme, même du camp ennemi, n'est pas dans mes mœurs. Pourtant, il va falloir prendre sur moi. Alors je retire ma ceinture, l'enroule autour de son cou, et sans forcer brutalement, je la resserre jusqu'à l'étouffement. Sa forte personnalité lui confère une puissante résistance se traduisant par le maintien de son regard fixe et noir. Je ne peux faire preuve de faiblesse sous peine d'être discrédité. Je serre encore d'un centimètre. Cara cherche de l'air mais ne lâche toujours rien. Cette femme d'à peine quarante années détient un pouvoir dans l'organisation dont elle dépend, c'est évident.

– Cara, répondez car j'irai jusqu'à l'étranglement.
– Je ne sais…

L'asphyxie a eu raison d'elle. Immédiatement je demande au Doc. d'entrer dans la chambre. En quelques secondes il la ramène à elle.

Le Major entre dans la suite en me faisant part de son opposition à ma méthode. Solidarité féminine… Alors je lui confie le relais tout en ordonnant un résultat. Mais avant, à l'aide de mon smartphone, je photographie de près son iris ainsi que ses empreintes digitales pour les transférer au Sergent Cécile L. Je place dans sa bouche du silicone pour graver ses empreintes dentaires, nouvelle tendance d'identification. Si avec ces deux photos et le transfert de ses données dentaires elle n'est pas capable de la tracer, c'est que cette femme s'est fait disparaître il y a bien longtemps.

– Commandant, on décroche, l'île est en mouvement dans notre direction.

– OK.

– Code 1 est rentré, on plie immédiatement le matériel. La cellule Alpha/Oméga organise notre transfert jusqu'au pied du FALCON.

– Magnifique ! Et le plan de vol ???

– On attend tes instructions.

– NEW-YORK. Tu auras le temps de vol pour lui faire avouer une info.

– À vos ordres Commandant.

– Je descends rejoindre Panther pour assurer votre entrée dans le fourgon. Toute l'équipe porte un gilet pare-balle, arme de poing à la ceinture. On doit exfiltrer Cara. Hors de question qu'elle nous soit reprise.

– Affirmatif Commandant.

Bien assis au volant du fourgon, Panther est en contact permanent avec ses équipes lui remontant les informations dont celles de la présence d'une dizaine d'hommes à la villa où logeait Simon WINMAN. Ils sont en train de procéder au nettoyage et de faire disparaître son corps. Une autre équipe est positionnée en amont sur un axe routier obligatoire pour rejoindre les complexes hôteliers. Il va nous falloir emprunter des routes secondaires pour ne pas être repérés en rejoignant le tarmac. Pour cela, je compte sur « vigil » en pleine excitation dans son rôle.

En premier, arrivent l'air décontracté, le Major, la Capitaine, la Caporale tenant par le bras Cara. Suivies de très près par l'Adjudant Cyril tirant une des malles, puis le Doc tirant une autre malle et enfin le Sous-lieutenant Alexandre sécurisant l'approche du groupe. J'ouvre la porte latérale, chacun s'y engouffre comme si la situation était des plus normales.

Une dernière fois je scrute les alentours avant de monter côté passager. R.A.S.

Grâce à ses empreintes digitales et dentaires prises immédiatement grâce à du silicone spécial, il n'a fallu que quelques secondes pour identifier enfin Cara. Son prénom est bien Cara, nom de jeune fille DUBECCI, née à FLORENCE (TOSCANE) en septembre 1979, divorcée à ce jour. Sa fiche n'indique pas de relation masculine ou féminine officielle. Je n'ai pas le temps d'échanger plus avec le Sergent. Ces informations me suffisent à cet instant.

Le fourgon démarre lentement, quitte l'allée centrale du MARIGOT BAY. Entre ses cuisses, Panther a disposé son pistolet mitrailleur dernière génération, modèle M4 PDW très apprécié par les forces spéciales pour les dégâts qu'il peut occasionner. Je tiens pour ma part solidement mon S&W1911 entre les mains, prêt à faire feu.

Vigil nous ouvre la route sans prendre la moindre voie normale pour rejoindre l'aéroport. Notre vitesse est constante de manière à ne pas attirer les regards. Les kilomètres défilent, jusqu'à nous trouver à une intersection indiquant aéroport de CASTRIES/SAINTE-LUCIE George F.L. vers la droite.

Vigil nous prévient d'un obstacle. Les deux équipes de la cellule Alpha/Oméga se rapprochent de notre position en renfort.

– Vigil, ici client, on passe à travers champs ???

– Calmez-vous client, l'équipe 2 de la cellule va nettoyer. La vue est parfaitement claire.

– Vigil vous avez perdu la main merde, je m'en tape de votre écran de retransmission.

– Client, vous ne m'avez pas habitué à ces échanges, ressaisissez-vous et du sang-froid !

– Vigil, vous me donnez le feu vert pour passer en force ?

– Négatif client.

– Vigil, je vous donne 1mn pour nettoyer l'obstacle, après j'interviens.

– Client, je répète, NEGATIF !

Panther me regarde de manière étrange pour avoir tenu tête à celui que j'ai désigné comme coordinateur de l'OPEX fantôme, n'étant juste que le Colonel Archibald de GANS, fondateur de notre agence. Seulement j'argumente que nous ne sommes que trop peu nombreux pour affronter une armée de dégénérés surarmés. Alors je veux bien faire preuve d'agacement sans raison apparente compte tenu du fait que nous sommes sous surveillance satellite à 7000km, mais le terrain reste le plus grand facteur X existant dans nos métiers.

Cent mètres plus loin, nous sommes face à l'obstacle et je comprends mieux le refus d'engager du Colonel. Deux SUV de marque américaine appartenant à la police de SAINTE-LUCIE, stationnés face à face, barrent la route. Les policiers sont accoudés sur les capots, armes au poing dirigés dans notre direction. Se retrouver de front avec la police locale prouve que nous avons été dénoncés. Une fois de plus deux possibilités : soit ils nous font perdre du temps afin d'être rejoints par la branche armée de l'organisation financière, soit ils doivent nous stopper. Les prochaines secondes vont livrer le verdict.

Venant par la route de notre côté gauche, Panther reconnaît ses deux duos, chacun dans une voiture. Le canal radio n'est pas le même que le nôtre ce qui laisse Panther répondre à leurs questions. Après avoir prononcé trois « négatif » successivement, il enchaîne par un « feu vert ». Il se tourne vers moi et m'annonce : « Commandant, assiste au spectacle ».

Les deux voitures accélèrent simultanément se positionnant côte à côte et foncent sans laisser la moindre seconde de possibilité d'évacuation aux deux voitures de la police. Les voitures béliers éjectent violemment les deux SUV provoquant un bruit strident métallique de tôle froissée tout en dégageant la voie pour notre passage. Les policiers ont couru voyant le danger réel s'approcher d'eux. Après l'impact nous les voyons continuer à courir sans se retourner.

– De vigil à client, satisfait ?

– OK vigil mais pas à chaque fois.

– Attention client, nouvel obstacle par arrière visible sur nos écrans.

– Vigil plus précis !

– Par l'arrière gauche client. Cette fois-ci je vous donne l'autorisation d'engager.

– Vigil, surtout libérez-nous la voie pour le tarmac, le reste je m'en balance on sait faire.

Panther me confirme l'approche de deux puissants 4X4 identiques à ceux qui étaient présents après le carnage de la villa où était Simon WINMAN. Cette fois-ci nous armons nos outils d'attaque et je demande au Sous-lieutenant ainsi qu'à l'adjudant de verrouiller notre sécurité par la vitre arrière du fourgon. Le fourgon avance à faible vitesse au moment où les 4X4 se mettent à notre hauteur. Les deux conducteurs et leurs passagers nous observent sans certitude au sujet de nos identités, puis accélèrent violemment. La réaction commune de Panther et moi est d'imaginer qu'ils vont créer un barrage quelques centaines de mètres plus loin. Mais les deux duos de la cellule aux voitures sacrément endommagées nous ouvrent la route. Leur leader demande par radio de faire demi-tour par suite de l'annonce de la présence des berlines tout terrain en chasse. Ils confirment aussitôt avec la permission d'engager en cas de nécessité.

– Vigil, ici client. Vous visualisez la position des 4X4 à l'écran ?

– Affirmatif client. Ils sont positionnés de part et d'autre de la route. Ils vont vous arroser lors de votre passage. Ils sont en position d'engagement.

– Vigil, donnez-moi la distance nous séparant du tarmac.

– Client vous n'êtes plus qu'à 1,5km du point de stationnement et environ 500m des 4X4.

– Vigil, on peut couper par les parties boisées ??? On ne va quand même pas se faire tronçonner en passant devant eux !

– Client, tournez à gauche dans 150m. Prenez le chemin sur 100m qui vous conduira face à une maison. Prenez par le côté gauche de cette maison. Contournez-la puis vous arriverez face à un bois. Aucune clôture au fond du terrain. Entrez en remontant vers le nord pendant 450m, vous ressortirez sur une route. Une fois sur cette route dirigez-vous vers la droite.

– Vigil ! Nous sommes dans un fourgon de livraison pas dans un 4X4 !

– Client cessez de vous apitoyer sur votre sort, vous m'avez habitué à plus d'aplomb.

Panther suit les instructions transmises par le coordinateur. Effectivement, le passage indiqué nous évite une confrontation périlleuse, au moins pour le moment. Les deux véhicules de la cellule Alpha/Oméga indiquent à leur leader être proches de l'embuscade tendue par les hommes de mains. Contrordre immédiat avec consigne de nous rejoindre sur la route parallèle que nous venons d'emprunter.

Nous ne sommes plus qu'à quelques minutes de l'aéroport où l'équipage à bord du FALCON est prêt à décoller. Mais quelques minutes peuvent devenir une éternité…

– Client ici Vigil, les éléments se déchaînent. Nouveau barrage : trois SUV de la police locale au prochain virage. Redirigez votre escorte.

– Vigil qui peut nous suivre ???

– Client cela fait vingt ans que je vous rabâche que si vous pouvez écouter c'est que l'on vous écoute. Vous arrivez dans 80m face à un supermarché. Entrez dans le parking, dirigez-vous vers les quais de livraison. À l'arrière une barrière commandée par le service de sécurité de l'enseigne. L'hackeur vous l'ouvre. Je confirme, l'hackeur a ouvert.

– Vigil, une fois les portes du paradis franchies, on fait du tourisme ?

– Client, concentrez-vous, c'est un ordre.

– Vigil, je pourrais même remplir une grille de mots croisés vu mon taux de concentration !

2:29pm

Nous longeons le bâtiment de la grande surface pour atteindre la zone de réception de marchandises. Comme annoncé, la barrière est levée. Sans accélérer, nous passons par cette sortie nous retrouvant en plein milieu d'un complexe de hangars industriels avec surfaces de vente. Magasins de pièces détachées automobiles, animalerie, églises, magasins de fournitures de bureau, nous offrent finalement une circulation dans laquelle nous sommes peu repérables. Vigil nous guide rues après rues pour nous sortir de ce labyrinthe quand enfin, après un dernier rond-point, une large avenue quasiment droite répondant au nom de « John Compton Highway » permet de rejoindre l'avenue longeant l'aéroport. La tension diminue légèrement quand soudain le fourgon est percuté de plein fouet par notre droite sans que personne n'ait pu l'anticiper.

À l'intérieur des cris retentissent associés à l'impact des corps contre les parois du fourgon. La présence des gilets pare-balle amortit le choc violent. Le temps de retrouver ma lucidité et m'assurer auprès du Doc, qui lui aussi a été sacrément secoué, que personne n'est blessé, une rafale de balles tirée à l'arme lourde transperce la tôle. La hargne s'empare de moi pour à mon tour, vider un premier chargeur dans leur direction. La mobilité de leur véhicule m'empêche d'être précis dans mon tir.

Panther enclenche la première, accélère au maximum de la faible puissance du moteur, mais parvient à parcourir quelques mètres avant d'être de nouveau percuté par l'arrière. En regardant dans le rétroviseur latéral droit, je constate que le 4X4 jouant avec nous n'est pas le même que les deux nous ayant pris en chasse.

J'ordonne à mes deux hommes d'ouvrir le feu par les vitres des portes arrière pour nous laisser quelques mètres d'avance en stoppant le véhicule. Cela devrait nous permettre de gagner en vitesse. Ils ouvrent le feu en binôme avec leur HK416[70], ce qui projette la trentaine de balles de chaque chargeur calibre 5,56mm dans le capot des assaillants. Ils ralentissent volontairement. Mes hommes rechargent avec deux nouveaux chargeurs et se mettent en position de tir. Panther conduit aussi vite que le moteur lui permette mais atteindre les 100km/h est une prouesse ne lui laissant pas la maîtrise réelle de la stabilité du fourgon.

70 Fusil d'assaut de l'armée française de chez Heckler & Koch.

– Commandant, ils se rapprochent.

– Ouvre-moi le feu et vise-moi le conducteur Adjudant, c'est ton putain de business.

– À vos ordres Commandant.

– Lieutenant arrose les pneus.

– Affirmatif.

– Attendez qu'ils se rapprochent encore, encore, encore, laissez-les remonter gentiment, attendez mon signal, encore quelques mètres, encore… laissez-les prendre confiance, attention… prêts… ENGAGEZ.

2:46pm

Iron, à qui je n'aurais pas pardonné un échec de tir, découpe par une rafale le pare-brise du côté conducteur, il éclate immédiatement en mille morceaux permettant de visualiser la tête du chauffeur transpercée par des balles tout en s'affalant sur le volant. Le 4X4 se met à faire des embardées terminant sa course contre des voitures stationnées sur sa gauche. À bord du fourgon tout le monde respire à nouveau. L'attaque aurait pu mal tourner pour nous, mais l'expérience de situations complexes nous offre les bons réflexes.

Une dernière intersection devant nous signale la fin de cette avenue. De l'autre côté de l'avenue perpendiculaire, Seraphine Road longe la piste d'atterrissage de l'Aéroport de CASTRIES/SAINTE-LUCIE George F.L.

Vigil nous donne l'information de tourner à gauche, longer la piste puis au dernier rond-point prendre sur notre gauche et rester parallèle au tarmac vers la tour de contrôle. Alors nous entrerons dans le parking des avions d'affaires. Restent approximativement cinq minutes pendant lesquelles nous pouvons nous retrouver encore en situation de guérilla urbaine. Vigilance absolue même avec les deux duos véhiculés nous rejoignant en escorte.

Arrivés sur le rond-point, les panneaux indiquent bien l'entrée dans une zone aéroportuaire ainsi que celui indiquant l'Ambassade du MEXIQUE. Sur notre droite, la plage et l'eau de couleur turquoise, sur notre gauche, la piste.

L'Ambassade du MEXIQUE présente à SAINTE-LUCIE donnerait-elle des informations à des dirigeants installés sur cette île ? Bien évidemment que le séminaire de la BANK OF INVESTMENT Inc. à MEXICO est loin d'être innocent.

De Vigil à Client, R.A.S sur nos écrans de contrôle.

– Vigil, waouh ça c'est une excellente nouvelle !

– Client pour la dernière fois, cessez votre humour de collégien. Vous êtes sur Pensular Road, au bout vous...

– Vous m'en voyez ravi Vigil, je pense louer une petite villa lors de mes prochaines vacances.

– Client stop. Je reprends au bout de Pensular Road se trouve l'Ambassade du Mexique. Surtout interdiction de vous en approcher.

– Vigil, après notre passage à l'hôtel mexicain vous pensez réellement à une envie débordante de nous faire inviter à boire un thé ? Même si à ce stade aucune identification possible nous concerne ?

– Client, vous me fatiguez.

– Vigil, quelle est votre capacité depuis la salle des communications de brouiller les systèmes radars de la tour de contrôle ?

– Vous êtes passés sur diffusion dans la salle. Le Sergent-chef Jérôme vous écoute.

– Sergent, tu peux brouiller tout le système radio dans un périmètre de 100m autour de l'aéroport ?

– Client, je tente.

– Confirme-moi. À tous, nous sommes à 200m du parking. FALCON en visu. On décharge la collecte immédiatement à bord.

– Bien reçu client, on déclenche.

L'Ambassade du MEXIQUE est en bout de piste. Si un lien existe entre elle et l'organisation financière, l'Ambassade représente un point de tir idéal avec vue parfaitement dégagée depuis le toit. Le Sergent-chef doit actionner l'ensemble de son matériel électronique de pointe pour couper toute communication radio en les rendant silencieux.

On est en approche de l'accès au parking. Une double barrière est baissée rendant l'accès impossible.

– Vigil ici client. Faites-nous actionner la levée des barrières.
– Client, dans 10 secondes elles se lèvent.

3:12pm

Le dernier accès bloquant s'ouvre et enfin nous sommes prêts à débarquer l'équipe, la collecte et notre matériel en quelques secondes.

Le transbordement s'effectue avec une minutie exceptionnelle dans un silence déconcertant. Les hommes de la cellule Alpha/Oméga sécurisent la manutention enclenchée.

Le fourgon et les voitures, dans un état digne d'être envoyés à la casse, restent abandonnés sur place.

3:20pm

Toute l'équipe monte à bord et chacun boucle sa ceinture pendant que je me rends dans le cockpit pour informer le Commandant de bord de se parer à un décollage mouvementé. Le FALCON quitte le parking de stationnement, se dirige dans la direction du décollage donc face au vent. La tour de contrôle ne donne toujours pas son autorisation de décoller malgré l'insistance du pilote.

J'enclenche une dernière communication avec Vigil :

– Vigil intervenez immédiatement auprès de la tour, autorisation de décollage non reçue !

Aucune réponse. J'insiste lourdement quand je réalise l'arrêt des communications de toute la zone via les radars électromagnétiques. Alors, le risque maximum doit être pris par le pilote en propulsant les réacteurs à leur régime maximum. Son radar ne signale aucun danger face au couloir aérien ce qui l'incite à me faire un signe de la tête validant ma demande. Ce sont bien d'anciens pilote de chasse ayant remplis des missions périlleuses durant leur carrière.

L'île ne bénéficie d'aucune escadrille d'avions de combats capable de stopper un avion en phase de décollage ou une fois atteint l'espace aérien.

Le FALCON se lance pour atteindre sa vitesse de décollage de 260km/h d'autant plus que la longueur de la piste ne doit pas dépasser 1800m. Le pilote maîtrise à merveille le maniement de ce 8X de chez DASSAULT.

Le nez se lève, la visibilité de la piste est impossible à partir de cet instant. Durant quelques secondes encore le jet peut subir une salve de tirs…

La vitesse de croisière de 900Km/h est atteinte en quelques minutes pour nous permettre de rejoindre NEW YORK CITY.

Nous sommes bien en sécurité, je peux donc aller retrouver mon équipe et notre prise de guerre. Du travail m'attend, compte tenu des nouvelles circonstances compliquées par la disparition d'Ellen LAMATI et maintenant l'assassinat de Simon WINMAN, la clé d'entrée dans l'organisation.

Sans avoir attendu l'arrivée de mon contact privilégié de la C.I.A., je lui envoie un message pour lui indiquer « présence annulée ».

Chapitre 15
Come-back à ROME

Il ne m'aura fallu que quelques minutes de décompression avant de reprendre les échanges avec le B.S.I.

La première personne contactée est bien évidemment le Colonel en abordant le sujet principal, la mise à mort brutale de Simon WINMAN. Compte tenu des circonstances extrêmes dans lesquelles il s'est fait abattre, la situation devient de plus en plus complexe, peut-être jusqu'à nous dépasser.

Non seulement un agent infiltré anglais, Ellen LAMARI, a été kidnappée sous mes yeux après l'avoir sortie d'un rite sexuel digne de dépravés, mais son homologue espagnol, Javier ROJAS, a subi ma mise en scène dans le but de protéger Ellen et il demeure aux abonnés absents. Le réseau bancaire composé de vingt et une filiales fusionnées avec notre banque nationale est sous emprise d'un ordre satanique dont la sécurité internationale est assurée par un gang Suprémaciste, et, pour couronner cet ensemble, la théorie laisse imaginer que leur plan est de ruiner l'économie de certains pays Européens. La raison finale est encore trouble. Ne pas omettre le rôle toujours flou d'Elliot ELWOOD laissant transpirer un pouvoir puissant. Aux ordres de qui répond-il ?

Mais au milieu de cette nébuleuse indescriptible, nous détenons depuis peu une femme se nommant Cara DUBECCI aux multiples rôles apparents. Nous devons obtenir d'elle de précieuses informations dans le but de nous en servir pour déstabiliser leurs stratégies, avant de les éliminer tout en évitant d'ébranler un système bancaire planétaire. Cette femme m'intrigue par son charisme associé à un calme exceptionnel face à nous.

Mon supérieur hiérarchique maintient sa validation définitive à poursuivre la mission « SWIFT ».

La disparition brutale de Simon WINMAN est encore tenue confidentielle auprès des instances gouvernementales françaises, me précise-t-il. Pour conclure notre conversation, il m'informe d'une réunion secrète avec Hector CHEVALIER, dirigeant de la BANQUE FRANCAISE NATIONALE, afin de le pousser à se séparer de la filiale BANK OF INVESTMENT Inc. Cette décision pourrait produire un effet dévastateur auprès des nombreux actionnaires tirant de grands profits annuels jusqu'à remonter au Ministère de l'Économie et des Finances, tout en permettant de faire sortir de l'ombre les véritables donneurs d'ordres.

Directement je contacte le bureau des analystes pour prendre connaissance des dernières informations décryptées. La Chef de service Cécile L. me livre les ultimes avancées peu rassurantes car, petit à petit, on peut deviner la raison réelle de cette fusion/acquisition. Les éléments décryptés commencent à livrer leurs véritables secrets dont le plus catastrophique serait la déstabilisation de l'économie européenne en ciblant les pays les plus industrialisés. Le Sergent me transfère son nouveau rapport détaillant les éléments extraits.

Au moment de clore l'appel, notre unité du D.A.S.E.M m'adresse un message de rappel de toute urgence. Sa mise sous surveillance de la filiale londonienne a produit la livraison d'une information capitale après avoir intercepté une communication entre Elliot ELWOOD et une personne non identifiée : Ellen LAMATI serait présente à ROME. Je demande solennellement une confirmation ferme au sujet de ce renseignement de premier ordre. Le Sergent-chef Jérôme n'émet aucun doute sur les éléments entendus. Alors, immédiatement je demande à l'équipage de procéder au changement du plan de vol initial pour nous dérouter vers l'aéroport romain de CIAMPINO G.G PASTINE. Un grand avantage du jet privé c'est la flexibilité avec laquelle un itinéraire peut changer, même en plein vol. Le temps des formalités d'usage opérées par radio, le Commandant m'informe de la nouvelle destination. Si aucun élément perturbateur météorologique n'intervient, nous atterrirons dans une petite quinzaine d'heures tout en réduisant la consommation de kérosène par le truchement de l'utilisation des vents portants et donc d'éviter un ravitaillement.

Depuis l'arrivée de cette précieuse information je n'ai pas encore prévenu l'ensemble de mon équipe du changement de programme. Nous ne descendrons dans aucun hôtel pour demeurer parfaitement furtifs. Donc, la seule alternative est de nous rendre dans notre antenne secrète bénéficiant il me semble de quatre chambres spartiates avec lits superposés. Il n'y a plus de place pour les fastes habituels, nous entrons dans le dur d'une mission capitale.

Le « gardien » sur place à ROME est habitué à ce type d'incursion, pas besoin de l'informer de notre arrivée. Alors de nouveau, je préviens le Colonel de GANS de notre inédit lieu d'intervention. En réponse, et à ma grande surprise, il m'informe de l'éventualité de sa présence sur place compte tenu du fait que l'antenne est équipée de matériels électroniques sophistiqués, ce qui lui permettra de coordonner aussi efficacement que depuis le B.S.I. Aucun doute sur son envie de sortir de notre siège mais je reste surpris qu'un directeur de cette envergure vienne à prendre des risques aussi incongrus ! Par définition, les Services Secrets sont bien évidemment secrets sans que chacun n'ait à fournir de justification sur ses décisions.

L'information est distillée à mon équipe du moins auprès de ceux qui ne dorment pas.

Alors, je me rends aux côtés du Major et de Cara DUBECCI, toujours attachée. Parfaitement calme, elle échange avec ma collaboratrice donc je force ma présence. Immédiatement et sans même avoir eu le temps de poser une première question, le Major me demande de la retrouver au fond de la cabine.

– Gabriel, j'ai commencé à tisser un lien avec elle, ne gâche pas ces premiers échanges avec tes méthodes de rouleau compresseur.

– Elodie, tu détiens ma confiance alors fais ce que tu as à faire mais les circonstances sont exceptionnelles et totalement folles. Tu as obtenu quelles informations ?

– C'est une femme qui, d'après moi, agit en dépit de sa volonté. C'est évident que les grands ordonnateurs la tiennent par un élément toujours pas percé. Laisse-moi encore du temps.

– OK Major, je la prends en main une fois à ROME. Si d'ici là tu n'as rien obtenu, cela se fera à ma façon.

– À vos ordres Commandant SAINT-REGENT. Je n'y crois pas encore au fait de ta véritable identité.

– Elodie, il me fallait assurer ma sécurité personnelle et familiale tout autant que les vôtres.

– Oui mais pas avec moi Gabriel ! Nous avons eu une relation intime au retour de LONDRES après m'avoir sauvé la vie ! Tu doutes de mon intégrité ?

– Négatif Major. Les ordres étaient formels et à respecter.

– Allez repars à ton fauteuil. Je gère Cara. Pour moi, elle est bien moins dangereuse que toi tu l'imagines.

– Je veux bien accepter une forme de reproche compte tenu de l'ensemble des situations vécues au cours de ces dernières années, je peux aussi accepter tes petits ordres car ils sont affectueux, mais en mission nous sommes en mission, ne l'oublie jamais Major.

– Ah oui, nous sommes en mission ! C'est vraiment particulier nos missions alors quand cela t'arrange ! Surtout lorsque nous sommes à TOKYO[71] dans une suite !

– Il te faut un dessin ?

– Non merci Commandant.

Le Major Elodie B. est un élément indispensable dans l'échiquier du Service Action dont j'ai le commandement. Même si dans le passé nous avons franchi la ligne interdite, elle reste un officier de grand talent associée à une femme pour laquelle j'éprouve une affection spéciale. Au plus profond de moi, je suis certain de la même réciprocité donc je peux lui accorder certains écarts.

Les échanges se prolongent avec le bureau des analystes qui produit un travail considérable et sans relâche de décryptage des éléments transférés du serveur de l'agence londonienne. Un nouvel élément est porté à ma connaissance ne me laissant pas indifférent au sujet de la directrice de la filiale italienne. De manière peu fréquente dans l'univers de la haute finance, depuis cinq années sa filiale n'a de cesse de connaître une croissance de 21 %, alors que ses confrères bénéficient de résultats certes positifs mais bien moins insolents. Un officier infiltré, capable de diriger de main de maître une filiale générant des centaines de millions d'euros de dividendes, cela reste du domaine du faisable par sa formation universitaire, en y associant sa dévotion et son professionnalisme.

[71] Cf. 23ème // Nord.

Mais cinq années à être infiltrée sans jamais n'avoir été repérée, certes en étant assistée dans son quotidien par une collaboratrice elle aussi de son unité de renseignement, commence à me faire émettre de sérieux doutes à son sujet, surtout depuis l'annonce de la venue à ROME de mon supérieur. Les heures à venir vont réserver de nombreux rebondissements face auxquels il va falloir faire preuve d'anticipation pour rester focalisés sur notre mission. Tout cela n'est que simple supposition dénuée de toute conviction réelle.

Aéroport CIAMPINO G.G PASTINE ROME
Heure locale 2:58pm

Le FALCON rejoint le parking destiné à l'aviation privée. Avant de procéder au débarquement de toute mon équipe, je demande à nous mettre à disposition par un loueur trois véhicules classiques mais rapides, ainsi qu'un fourgon pour charger nos malles par l'intervention urgente de notre unité des moyens généraux. Le Lieutenant Pierre P. agit comme à son habitude pour qu'à la sortie de l'aéroport nous n'ayons pas à attendre.

Durant le transfert vers notre antenne, le Major ayant créé un lien avec Cara DUBECCI mais assorti de peu d'informations capitales, m'informe que la prisonnière souhaite s'entretenir avec moi en privé. En réponse, je valide cette demande à notre entretien une fois arrivés sur place.

Le convoi approche de la planque sur Via Nicolo V. L'antenne est située à l'arrière d'une cour, dans un immeuble typiquement romain offrant la possibilité de se garer avec un ou des véhicules.

L'accès doit répondre à un process ultra sécurisé dont la reconnaissance faciale par une caméra, puis une fois cette étape franchie, un interphone relié au gardien se déclenche par un mot de passe à prononcer.

Les portes de sécurité s'ouvrent, le gardien nommé « Palladio » nous accueille.

– Commandant SAINT-REGENT, mes respects.

– Bonjour Palladio.

– L'antenne est à votre disposition. Le Colonel Archibald de GANS est déjà présent. Il vous attend dans la salle des communications.

– Parfait je le rejoins. Pouvez-vous répartir mon équipe dans les différentes chambres ?

– À vos ordres Commandant.

– Également, la femme menottée doit être amenée dans la salle des interrogatoires. Je compte sur vous.

À peine entré dans la salle des communications, le Colonel ne perd pas de temps pour m'apostropher sur un ton solennel :

– Commandant, êtes-vous certain de l'honnêteté de l'officier anglaise ? Dois-je vous rappeler les enjeux ?

– Mon Colonel, nous ne sommes jamais certains de rien ! J'ai vu de mes yeux le rite qu'elle devait subir dans un temple mexicain !

– Si c'était une mise en scène, vous auriez décrypté des détails peu habituels ?

– Affirmatif Mon Colonel.

– Alors que fait-elle à ROME ??? Je ne suis pas venu seul. J'ai fait prendre la route à notre sous-marin pour nous aider. Il est bien arrivé.

– Hermès ?

– Absolument. À son sujet, je vous demande de le faire rejoindre par la Caporale immédiatement. Il est garé dans la rue devant et attend d'aller se positionner autour de l'immeuble de la B.O.I.

– Je m'en occupe Mon Colonel dès la fin de notre entretien. Cara DUBECCI souhaite s'entretenir en privé avec moi. Le Major n'a apparemment pas réussi à lui soutirer l'essentiel.

– Vous pensez qu'elle peut nous faire avancer sérieusement ?

– Laissez-moi procéder.

– Parfait Commandant. Mon ordre est le suivant à compter de maintenant : capturer Ellen LAMARI, officier du G.H.C.Q et l'amener dans cette planque.

– Nous sommes suffisamment nombreux pour nous en charger.

– Alors agissez Gabriel. Je ne vais pas pouvoir cacher encore longtemps la disparition de Simon WINMAN.

– Vos désirs sont des ordres Mon Colonel.

Encore peu habitué au lieu, je demande à Palladio de la conduire à l'entrée de la salle puis d'informer la Caporale Ambre de se rendre discrètement à bord d'Hermès stationné dans la rue.

– Cara, vous souhaitez vous entretenir avec moi. Sachez que je ne perdrais pas mon temps avec vous si vos révélations n'ont aucun intérêt.

– Monsieur, vous êtes un Officier important du Renseignement français.

– Vous m'impressionnez ! Quelle capacité d'analyse ! Vous n'avez rien d'autre à m'annoncer de plus déterminant ?

– Je souhaite négocier ma liberté en échange d'informations capitales.

– C'est un deal convenable mais il va falloir me livrer du très lourd Cara !

– Une condition à cela pour obtenir du très lourd dont vous ne soupçonnez pas un instant l'importance.

Vous n'êtes pas en position d'imposer des conditions.

– Vous voulez démanteler ce groupe occulte oui ou non ?

– Exposez votre condition, je jugerai du bienfait de l'accepter.

– Pour s'assurer de ma dévotion, mon ex-belle-famille détient ma fille de cinq ans, née d'une union avec un des membres de la B.O.I. dont j'ai subi la manipulation durant cinq années. J'ai pu me séparer de ce pervers manipulateur il y a deux ans. Quittant cet homme, cela me vaut une lourde punition dont Simon WINMAN était à l'origine. Aujourd'hui, je ne peux la retrouver qu'à peine une journée par mois. La famille s'assure du service d'ordre de l'Organisation pour ne pas la voir s'échapper lorsqu'elle est en ma présence.

– Mais en quoi je suis responsable de votre situation personnelle pour y être impliqué ???

– Les bonnes actions annulent les mauvaises, c'est prouvé Commandant…

– Donc si je résume notre conversation, vous êtes prête à me livrer autant d'informations détenues par vous en échange de la libération de votre fille et de votre future liberté ?

– C'est absolument cela.

– Votre fille est retenue où ?

– À IBIZA dans une maison luxueuse environ vingt jours du mois. Les dix autres jours, dans un appartement sur l'ILE SAINT-LOUIS à PARIS. Elle est en permanence sous garde d'une nurse et d'un précepteur 7j/7 et accompagnée par deux membres du service d'ordre. Dans deux jours c'est le transfert sur PARIS.

– Qui est son père ?

– Était son père.

– Était ?

– Oui était, vous avez bien entendu. Aaron WINMAN assassiné il y a peu. La maison d'IBIZA est propriété de Simon WINMAN tout comme l'appartement parisien. Maintenant avec la disparition du grand-père et du fils, que va-t-elle devenir Commandant ?

Je reste stoïque par cette annonce dont l'effet ressemble pourtant à celui d'une bombe dévastatrice. Face à moi, Cara fond en larme. Un instant de compassion me prend aux tripes en comprenant la détresse de cette jeune femme. Je lui demande quelques instants pour me retirer de la pièce. Elle accepte sans en avoir le choix.

Je rejoins le Colonel qui au téléphone me demande quelques secondes d'attente. Le Major entre dans la pièce en lui tendant des documents. Je la saisis par le bras en lui racontant ce que je venais d'apprendre. Peu surprise, elle me confie avoir décrypté durant le vol une femme en souffrance mais ne s'attendait pas à apprendre la paternité liant Cara à Aaron WINMAN. Sa première question est destinée à connaître mon intention. Je ne peux m'empêcher de lui répondre que son chantage est en dehors du cadre de nos actions légitimes, mais seul le Colonel détient la capacité de trancher.

– Commandant que vous arrive-t-il ? Vous faîtes une drôle de tête.

– Mon Colonel, nul doute que notre prisonnière détient les clés nous manquant pour résoudre cette mission.

– Alors c'est parfait !

– Oui je vous l'accorde mais elle souhaite passer un deal avec nous.

– Depuis quand, Gabriel, nous sommes dans la négociation ???

– Vous me connaissez parfaitement Mon Colonel ! Vous savez qu'à aucun moment je ne tolère les négociations mais là…

– Fermez la porte et racontez-moi.

Durant trois minutes je porte à sa connaissance cette révélation détonante au sujet de la paternité de sa fille. Pour une fois, je ne suis pas seul à être sans voix devant une nouvelle de cette ampleur. Le Colonel me demande un temps de réflexion tout en me demandant de la brutaliser psychologiquement pour éviter une opération hors cadre.

Bien évidemment je peux passer en mode interrogatoire plutôt sévère mais compte tenu du fort tempérament de Cara, je ne suis pas convaincu de son efficacité. Le Colonel reprend son souffle et m'annonce finalement qu'une mission de cette envergure peut comporter des actions parallèles dans le but ultime d'arriver à nos fins au nom de la Sécurité Nationale. Il y ajoute comme à son habitude une citation, « il est bien mieux de boîter sur le bon chemin que courir allègrement sur la mauvaise route ».

– Vous avez à disposition une partie de la cellule Alpha/Oméga ici. Vous redécollerez avec elle d'IBIZA. Je veux que vous la récupériez et la rameniez ici à sa mère. Nous gèrerons plus tard leur sécurité. Que vous manque-t-il ?

– Il me manque un plan !

– Il nous reste 48h pour intervenir sur IBIZA, soyez plus discret qu'en plein PARIS Gabriel !

– Je vais lui demander l'emplacement exact de cette propriété et réfléchir à une approche.

– Agissez Commandant ! Vous êtes le chef du Service Action de notre agence ! Le temps de votre aller/retour en Espagne, je fais repérer Ellen LAMATI par Hermès avec la collaboration du Major. Comme quoi mon initiative de venir à ROME était judicieuse.

Malheureusement Cara ne détient pas les coordonnées exactes de cette propriété. Le seul élément en sa possession c'est la vue en bord de mer d'une terrasse lors d'appels en visio par sa fille où apparaît au loin la marina. Alors, toujours les mains attachées par un serflex, je la prends par le bras et l'amène dans la salle des communications où tout le matériel informatique et électronique va nous permettre de repérer cette villa grâce à l'ensemble des logiciels de géolocalisation et de cartographie à notre disposition.

Selon Cara la propriété se situe au sud sur un point dominant dans une zone appelée Cap Martinet, nom entendu lors de différentes conversations. Immédiatement nous repérons la zone et agrandissons les images satellites jusqu'à visualiser différentes villas plutôt de grand luxe. L'une attire son attention par ses volumes rectangulaires, sa couleur blanche, ses nombreuses surfaces vitrées et un immense escalier large central desservant la piscine. Son emplacement est bien sur une colline offrant une vue spectaculaire sur l'île de Formentera. Cara valide la villa sans hésitation une fois l'image calée. Construction ultra-moderne, grand bassin à la forme originale, jardin luxuriant avec d'immenses palmiers. Il nous faut maintenant obtenir les plans détaillés de cette construction par tous les moyens possibles. Je charge immédiatement les hackeurs du B.S.I. de mener une action informatique auprès de la municipalité locale en consultant la « licencia de obra mayor [72] ». Aucun souci pour obtenir ces plans, m'indique l'hackeur, et pour surveiller la messagerie cryptée dans les minutes suivantes.

La remerciant pour l'identification de la villa, je demande au Major de raccompagner Cara dans la salle des interrogatoires pour pouvoir m'entretenir maintenant avec le Colonel.

Nous évoquons de manière plus précise les enjeux dont dépendent notre intervention. Pour finir, deux solutions s'offrent à nous : se rendre avec le FALCON sur l'île d'autant plus que l'aéroport n'est pas trop éloigné de la villa, environ 11km, ou monter une opération aéroportée bien plus discrète compte tenu du fait que Simon WINMAN n'est plus de ce monde donc impossible de sonner le tocsin. Depuis son assassinat, il se peut que les grands ordonnateurs veuillent récupérer la fille de Cara afin de maintenir une pression forte exercée sur elle.

[72] Terme espagnol désignant la demande de permis de construire.

Une opération aéroportée signifie avoir à disposition un avion nous permettant de sauter à une hauteur minimale de 400m pour, une fois le colis récupéré, déterminer un point d'extraction par voie maritime. L'opération n'a pas non plus la même logistique à mettre en place dans un temps record.

Le Colonel prend en main son téléphone satellite, déclenche deux appels tout en me précisant quel que soit le choix de devenir encore plus invisible en chasse.

Quinze minutes lui suffisent pour me faire part de sa décision sans appel : arrivée en FALCON à l'aéroport d'IBIZA puis enchaînement avec un hélicoptère militaire français basé sur l'île pour des raisons d'exercices de manœuvre. Il servira à intervenir par aérocordage[73] au-dessus de la villa, nous offrant un effet de surprise.

Du fait de cette décision, je demande à Panther de nous retrouver dans la salle avec ses quatre hommes pour le brief, puis je préviens l'équipage du FALCON de déposer un plan de vol à destination d'IBIZA.

À l'écoute du brief orchestré par le Colonel, la cellule Alpha/Oméga accepte l'opération nommée pour l'occasion par le décisionnaire, « little girl ».

L'opération demeure relativement simple compte tenu du fait que la villa est assez isolée, peu de personnel à l'intérieur, une nurse et un précepteur, ainsi qu'un service de sécurité finalement léger composé de deux hommes. L'intervention doit s'effectuer à partir de 2:00am en pleine nuit noire au moment où le sommeil profond appelé stade N3 entraîne une difficulté à réveiller le dormeur.

Notre avocat, Gilles S. ancien Lieutenant du 17ème régiment du Génie Parachutiste de Montauban dont l'activité principale est toujours le saut en parachute amateur, pourrait nous apporter son expérience sur la préparation de l'intervention. Sa formation inclut l'aérocordage, maintes fois racontée lors de conversations privées, d'où de précieux conseils seraient les bienvenus.

---

[73] Ensemble des techniques d'assaut & d'évacuation de personnel militaire par arrimage à une corde fixée à un hélicoptère.

Au téléphone Gilles me fait part immédiatement de sa frustration à ne pas être à nos côtés. Je lui précise que malheureusement le temps restant avant de décoller pour IBIZA l'empêche de nous rejoindre. Je m'engage à l'associer dans le futur pour une opération aéroportée lorsque la situation l'exigera. Alors rassuré, il m'indique essentiellement pour moi qui ne suis pas un habitué de ce genre d'exercice, de laisser descendre en rappel les membres de la cellule, eux habitués à ces techniques dites d'assaut vertical. Il préconise une hauteur maximale de 20m. Une fois les commandos au sol, je dois descendre à mon tour, également en rappel, ce qui aura pour conséquence d'être protégé par la cellule en position au sol. Aucune possibilité de répéter la manœuvre, donc il me faudra observer les Alpha/Oméga et faire confiance à mon habileté. De là, l'hélicoptère disparaîtra avant de recevoir notre signal de retour pour l'extraction. Le temps estimé ne doit pas dépasser 40 secondes pour que toute l'équipe soit au sol.

En revanche pour l'évacuation, qui elle se déroulera en contrebas de la piscine sur la partie gazonnée, il nous recommande la technique de la grappe. Cette technique, connue de la cellule Alpha/Oméga, permet l'évacuation ultra-rapide d'une dizaine d'hommes en capacité de se protéger avec armes en main si un danger venait du sol. Le Colonel écoutant attentivement ses instructions l'invite à se connecter via la salle des communications du B.S.I reliée à l'antenne romaine pour assister en live à l'opération et pouvoir intervenir si nécessaire.

Les derniers éléments manquants avant de rejoindre le FALCON sont les plans de la villa. Mais je n'avais pas consulté notre messagerie interne cryptée. Ils sont bien déposés ! Nos hackeurs produisent un travail exceptionnel nous garantissant d'excellentes informations en un temps record. L'ère moderne dans laquelle j'assure mon travail ne me ferait en rien regretter la période de la guerre froide où les techniques à disposition faisaient prendre des risques inconsidérés aux agents secrets.

Je les diffuse sur les écrans de contrôle : six cents mètres carrés, six chambres chacune donnant sur un balcon ou une terrasse, quatre salles de bain privatives, une grande cuisine ouverte sur un salon.

En observant attentivement les plans, l'entrée principale est au niveau zéro avec une surélévation pour accéder à deux des suites, quant aux quatre autres chambres elles sont en contre bas dispersées sur les deux ailes.

Le tout est implanté sur un terrain de 15.000m2 parfaitement clôturé. Les plans techniques n'indiquent pas de système de surveillance intérieur mais les accès extérieurs en sont pourvus. Panther me fait remarquer la présence d'un local électrique sur la gauche de l'entrée principale de la villa. Il devra être coupé par un de ses hommes aussitôt infiltré après l'aérocordage.

À ce sujet, et pour occasionner le moins d'alerte sonore sur la propriété, nous nous connectons au serveur de cartographie afin de déterminer une zone plus éloignée de la villa. À 255m, effectivement sur la route desservant les différentes propriétés, une aire de dégagement existe. À l'unanimité nous optons pour cette « dropping zone ». Le transfert des coordonnées est adressé au Colonel pour qu'à son tour il les renvoie à son contact dont je ne connais pas l'identité. Mis à part le Commandant du C.O.S, je ne vois pas vers qui il aurait pu demander une aide logistique hors de FRANCE !

Chapitre 16

IBIZA - CAP MARTINET - ESPAGNE

8:45pm

Est réquisitionné en dernière minute, l'Adjudant Cyril R. pour ses qualités de tireur d'élite et pour être un ancien du 1er RPIM est déjà rompu à cette technique d'aérocordage.

Nous quittons l'antenne en direction de l'Aéroport CIAMPINO G.G PASTINE ROME après avoir avisé Cara que l'opération montée dans l'urgence comportait de nombreux risques imprévisibles lorsque nous serons sur place.

En accord avec le Colonel, Cara aura la validation exceptionnelle d'assister à l'intervention en direct sur les écrans retransmettant les images de nos caméras embarquées. Ma dernière affirmation l'informe qu'en cas d'échec, il lui faudra nous livrer l'ensemble des informations en sa possession. Cara doit se rendre compte que le fait d'aller exfiltrer sa fille ne rentre en aucune manière dans le cadre de notre mission. Par un signe de la tête elle valide donc ma demande ne bénéficiant d'aucune autre alternative vers laquelle elle pourrait imagincr unc issuc.

Le plan de vol déposé indique 10:00pm heure de décollage pour un temps de voyage d'une heure et quarante-cinq minutes. Aucun décalage horaire entre les deux pays ce qui pour une fois permettra de dérouler nos opérations sans temps d'adaptation.

Exceptionnellement durant le vol je ne veux aucune information émanant du B.S.I. au sujet du décryptage des éléments extraits de la B.O.I. de LONDRES. Les agissements de financiers puissants vont être traités après cette excursion espagnole en mettant les bouchées doubles pour stopper leur plan machiavélique.

Mon unique concentration est dirigée vers Panther qui me détaille le mode opératoire d'infiltration dans une villa par sept hommes formés par notre commando. Il briefe ses hommes qui seront au sol en observant les moindres accès à la villa, recoins, escaliers, balcons, terrasses, salons, garages, pool house, selon les plans préalablement imprimés avant de quitter la planque.

Ma responsabilité sera de repérer la chambre de Cassandra, de m'en emparer en étant escortés par « Iron » une fois le lieu sécurisé, puis de rejoindre le point d'exfiltration. La confrontation armée en cas de représailles des hommes de la sécurité est à la charge de son unité d'élite.

Pour une fois, je suis à la disposition de professionnels en qui je mets ma totale confiance.

11:00pm

Le FALCON pose son train d'atterrissage sur la piste de l'aéroport d'IBIZA-ELVISSA en se dirigeant vers le point de stationnement dédié à cet effet.

En baissant l'escalier du jet, je m'assure d'aucune présence officielle locale pour que la malle métallique de la cellule soit descendue sans aucun risque de contrôle. En contact avec le Colonel, celui-ci m'affirme avoir pris les dispositions nécessaires pour ne pas être inquiétés. À cette période les flux de touristes sont néants, ce qui confère un calme palpable.

Historiquement cet aéroport avait été utilisé comme aéroport militaire pendant la guerre d'Espagne laissant quelques espaces utiles pour le stationnement d'aéronefs.

Nous sommes sept à être accueillis par les deux officiers pilotes du 4ème Régiment d'hélicoptères des Forces Spéciales stationné sur le parking vide. Ils nous invitent à quitter les lieux pour nous positionner à quelques kilomètres plus au nord-est à l'abri des radars. Par ordre reçu en haut lieu, ils seront durant quatre heures en manœuvre d'hélitreuillage nocturne associé à la navette de la Marine française qui croise au large du port d'IBIZA.

La propriété est à 11km de l'aéroport offrant un temps de vol extrêmement réduit, raison pour laquelle nous nous déplaçons à 15km plus au nord du point où nous serons aérocordés.

Seize minutes de temps de vol sont nécessaires pour nous rendre sur un point désertique où, après avoir atterri, nous procédons au dernier brief entre les pilotes et Panther.

Les pilotes nous octroient vingt minutes dès l'instant où nous pénètrerons dans la propriété jusqu'à l'exfiltration. Ils nous préviennent de la vitesse à laquelle une fois récupérés en mode grappe nous volerons. Pas moins de 150km/h. Sensations garanties, affirment-ils.

Compte tenu des accords militaires passés, justifier d'une manœuvre tactique française nocturne est aisé ; ce temps permettra d'être invisibles pour les autorités espagnoles. Passé ce délai, nous serons livrés à nous-mêmes si notre commando ne se rend pas au point d'exfiltration.

À cet instant, je ressens la tension monter en moi, sensation peu habituelle au cours de vingt ans de carrière. Il me faut m'isoler psychologiquement pour retrouver mon esprit de combat en visualisant mon action dès notre intrusion. Différents stages ces dernières années m'ont amené à être paré à toutes les situations rencontrées, même les plus dangereuses. Alors je repense aux enseignements reçus tout en axant ma concentration sur mon intervention.

Nous avons encore une heure avant de redécoller. Chacun s'équipe de tenue de combat, cagoule, gilet pare-balles, armes, chargeurs, système radio, caméras, lunette de vision nocturne. Puis les harnais, les mousquetons, les cordes et enfin l'accroche de la corde lisse principale avec le système de grappe pour la récupération des sept membres et de Cassandra.

1:45am

Le rotor à cinq pales du Super Puma H225M Caracal*[74] se met en route. Je déclenche les tests radios via notre balise satellite et la connexion des caméras GoPro sanglées sur nos gilets pare-balles en kevlar. Le Colonel de GANS me confirme la parfaite liaison et la qualité des images reçues. Le B.S.I intervient depuis la salle des communications où se trouve Gilles S.

Nous sommes déposés en quelques secondes sur le point déterminé en amont. La nuit est d'un noir profond mais nous avançons, grâce aux lunettes de vision nocturne, jusqu'au portail principal de la villa.

Deux caméras à détecteur de mouvements sont positionnées de chaque côté de la grille d'entrée. Seule solution pour les rendre inactives sans déclencher une alarme au poste de contrôle, c'est d'occulter la lunette avec un spray de peinture noire en bombe. Simultanément

---

[74] Hélicoptère de transport militaire fabriqué par Airbus Helicopters.

deux des hommes s'en chargent en s'allongeant sur le mur où sont fixées les caméras. Panther enclenche un comptage par radio : 3, 2, 1 top. À cet instant je préviens le Colonel en lui confirmant : opération « Little Girl » enclenchée ». Nous déclenchons tous sur nos montres le compte à rebours de vingt minutes.

Minute 1

Les caméras sont désormais inactives nous permettant d'escalader le portail et d'avancer dans le long chemin conduisant à la villa. Je repère des faisceaux croisés traversant cet accès, visibles grâce à nos lunettes. On stoppe immédiatement notre progression. Panther désigne celui qui est prévu pour couper les alimentations électriques et doit se rendre seul dans le local à l'entrée gauche de la villa.

Minute 2

Nous sommes agenouillés, avec nos amplificateurs de lumière résiduelle en actif nocturne nous permettant ainsi de balayer l'immense jardin luxuriant pour repérer un danger hypothétique.

Par radio, nous recevons le premier commentaire du Colonel :

– De Vigil à client, pourquoi vous ne progressez pas ?

– Ici client, nous découvrons que des faisceaux à infrarouge balaient le chemin montant à la villa ! Certainement une alarme silencieuse préviendrait le service d'ordre.

– Bien reçu client. Le temps ne joue pas en notre faveur, soyez actifs.

– Vigil, nous n'attendons pas la fermeture des clubs locaux !

– Client, vous êtes insupportable.

Le temps de la fin des échanges avec le coordinateur, le désigné « électricien » nous informe que la moindre coupure électrique provoquée au tableau déclenchera un signal d'alerte. Panther se rapproche pour me demander ce que nous décidons. Sans hésitation, je lui réponds de contourner les faisceaux par les extérieurs pour remonter côté piscine et être prêts à intervenir par les baies vitrées une fois le tableau inactif.

Sans autre choix, il valide cette configuration et par un message radio il nous ordonne de nous rendre au point d'entrée de la terrasse en ordre dispersé.

Minute 6

Nous sommes six, alignés sur la terrasse extérieure à deux mètres d'intervalle les uns des autres. Deux se rapprochent de la baie vitrée principale munis d'un coupe-verre circulaire à ventouse. Ils gravent un premier tracé sphérique, puis un second. La rayure provoque un bruit similaire à celui de la lame d'un patin à glace mais suffisamment silencieux pour ne pas créer d'éveil. La ventouse permet de retirer ce cercle de verre donnant ainsi accès au système de fermeture et d'ouverture de la baie.

Nous sommes prêts à entrer par effraction.

Minute 7

Panther donne le GO pour couper l'alimentation générale électrique. Dans la même seconde, un de ses hommes fait coulisser l'immense baie vitrée. Nous rentrons à tour de rôle en respectant les process de sécurité pour que le premier couvre l'entrée du deuxième et ainsi de suite.

Iron et moi montons immédiatement à l'étage, nos armes équipées de silencieux, tout en utilisant la méthode de tir à deux mains nous permettant de parer à toute attaque.

J'ouvre une première porte de chambre. Vide.

De l'autre côté du couloir une deuxième porte fermée. Le plus discrètement possible je l'ouvre. Celle-ci est la bonne.

Un immense lit en forme de cabane trône en plein milieu avec des voiles blancs tirés. Délicatement j'entrouvre une partie d'un voile pour découvrir une petite fille endormie. Blonde, cheveux bouclés, de petite taille, habillée d'un pyjama rouge et blanc aux graphiques de Noël. Je demande alors au coordinateur de faire visualiser les images par Cara pour m'assurer que c'est bien sa fille. Iron assure notre sécurité à l'entrée de la chambre pendant que je reçois la confirmation de l'identité de Cassandra.

Minute 9

Les premiers tirs retentissent au rez de chaussée, tirs étouffés par les silencieux mais accompagnés de forts cris prononcés en anglais.

Les messages radios indiquent une seule cible tapée. Mais les bruits émis réveillent les deux personnes en charge de l'éducation de la petite fille. Elles sortent simultanément de leurs chambres respectives, totalement affolées. Iron les tient en joue en leur demandant de se mettre à genoux les mains derrière la tête. Sans tarder, je prends dans mes bras Cassandra, l'entoure d'un plaid et indique à Iron « prêt à descendre ».

Il maintient la nurse et le précepteur à terre en se rapprochant d'eux pour leur lier les mains et les chevilles par des serflex. J'attends cette immobilisation pour quitter la chambre.

Aucune des deux n'ose crier pour l'instant. Alors je demande à Iron de leur insérer dans la bouche un tissu les empêchant de se faire entendre. La chambre de Cassandra regorge de petites serviettes de main. J'en saisis deux pour les lui tendre.

Minute 10

Ces gens étant attachés et rendus muets, on peut redescendre en sécurité pendant que les tirs fusent en bas.

Panther ordonne à ses hommes d'ouvrir le feu définitivement sur le membre survivant de la sécurité, quand on entend qu'il est parvenu à s'enfuir par sa chambre vers l'extérieur. Accrochée solidement à mon cou Cassandra est prise de peur alors je demande par radio :

– Vigil ici client, vous me recevez ?

– Affirmatif client.

– Demandez à Cara à l'aide de quels mots je peux la rassurer ? Un sujet la rassure ?

– Client ici Cara, parlez-lui du monde des sirènes, c'est sa passion.
– Ok bien reçu.

Minute 12

Le compte à rebours nous laisse sept minutes pour rejoindre le point d'exfiltration, timing suffisant compte tenu de l'absence de résistance. Le commando a mis à terre un des deux Suprémacistes. Les éducateurs attachés par terre à l'étage nous laissent la voie libre jusqu'au contre-bas du terrain.

Minute 13

Je traverse le double salon en direction de la baie vitrée, entouré de deux membres de l'équipe assurant mes arrières, plus Iron ouvrant le passage. Un détail attire mon attention devant lequel je dois prévenir Panther.

Nous sommes aux abords de la terrasse surplombant la piscine. Je repositionne mes lunettes de vision nocturne.

Minutes 14

Panther nous rejoint avec les trois autres membres de la cellule. Il lève le poing pour nous indiquer d'attendre le temps de percevoir le bruit du rotor de l'hélicoptère.

– Panther, le salon est équipé de caméras et certainement d'autres pièces également. Elles sont forcément reliées à un serveur.

– Tu veux un repérage de la pièce ?

– Pas le choix. Destruction immédiate.

– J'envoie deux hommes.

– Attention, restez cagoulés, les images doivent être probablement observées en live ou enregistrées sur un autre serveur à l'étranger.

– Je donne les instructions.

Cassandra, en sanglots, me demande qui je suis. En réponse, je n'ai pas d'autres alternatives que lui annoncer que nous sommes des amis de sa maman. Mais ses larmes coulent alors je lui dis d'imaginer que nous sommes envoyés par des sirènes magiques. L'effet est immédiat. Cassandra cesse de pleurer et me demande si je suis le chef des sirènes sortant de la mer en face de nous. Avec un grand sourire, je lui réponds que l'on va s'envoler au-dessus de la mer pour voir les sirènes nous faire des grands gestes en nous suivant au ras de l'eau. Son sourire devient magique.

Minute 16

Un bruit assourdissant me fait pencher le torse en serrant bien la petite fille. Quelques millièmes de secondes me font réaliser la destruction de la pièce où se trouvait le serveur informatique et la borne Wi-Fi de la villa.

Au loin, le bruit assourdissant du rotor et des pales se fait entendre.

Panther confirme l'anéantissement de tous les matériels de surveillance et de communication présents dans la villa.

En suivant, il nous indique ouvrir le passage avec deux hommes. Il ordonne à deux autres d'assurer nos arrières puis à Iron et son dernier soldat de m'entourer.

Minute 18

Cassandra me demande si les sirènes sont dans le vaisseau pour venir nous chercher. Amusé, je lui confirme effectivement leur arrivée et qu'il faudra nous accrocher à la grande corde tous ensemble.

Concentré sur cette petite fille, apeurée mais offrant un sourire innocent, je laisse l'ensemble du commando assurer notre protection.

Minute 19

Le Super Puma s'approche jusqu'à totale visualisation.

La corde est bien lâchée de sa nacelle d'une hauteur de vingt mètres. Elle effleure le sol.

– Client ici Vigil, tout semble OK pour votre envol.
– Vigil, nous ne sommes pas encore en totale sécurité.
– Client, vingt mètres vous séparent de l'envol. Restez vigilants.

– Affirmatif Vigil. Informez le FALCON d'être prêt à décoller dès notre montée à bord.

– Client, l'information est distillée immédiatement.

– Vigil, prochain point une fois en sécurité.

Minute 20

Le cordage est à cinq mètres. En premier je suis sanglé par mousqueton avec Cassandra, puis Iron avec son fusil d'assaut dirigé vers la villa. Au moment où s'accrochent les deux suivants, nous sommes arrosés par des tirs provenant à trois heures. Je suis dans l'incapacité de saisir mon HK-416 pour aider les hommes du commando. Tous tirent dans la direction d'où proviennent les tirs. L'avantage des intensificateurs de lumière résiduelle fait que le flash émis par la sortie d'une balle se repère immédiatement.

Le Suprémaciste cesse le feu. Sans tarder les derniers accrochent leur mousqueton. La grappe est prête à s'envoler.

L'hélicoptère entame sa montée quand une dernière salve percute la carlingue. En représailles, les six hommes accrochés vident leurs chargeurs sur cet homme venant de tenter un dernier baroud d'honneur.

La vitesse de déplacement est atteinte en quelques secondes, me rappelant l'annonce des pilotes concernant les fortes sensations procurées par ce concept qu'est l'aérocordage. Amusée, Cassandra compare cette expérience, dont elle ne réalise pas la dangerosité, à un manège de Disneyland. Vu que l'hélicoptère longe la côte, je lui dis que les sirènes nous suivent depuis la mer, ce qui l'amuse fortement.

Le Super Puma atteint l'aéroport en se mettant en stationnaire au-dessus de la zone de largage. La descente sur corde lisse nous permet de débarquer rapidement sans que l'hélicoptère n'ait à atterrir. De la sorte il peut s'envoler immédiatement sans se faire repérer.

D'un signe de la main, pouce levé, nous adressons un merci à l'équipage qui nous répond par un salut sur la visière du casque.

Chapitre 17
L’antenne romaine

La montée à bord du FALCON se déroule en rythme soutenu, chacun s'active avec des gestes précis pour le chargement du matériel. Je monte en premier pour accompagner Cassandra sur son fauteuil. Elle balaie du regard l'intérieur du jet en se demandant pourquoi l'avion est si petit ! Alors, ma réponse est tout aussi enfantine que sa question : « c'est l'avion des sirènes ». Ses yeux s'illuminent en accompagnant son sourire d'un « waouh ». Elle se lève de son fauteuil et vient se blottir dans mes bras. Iron m'envoie un « te voilà à nouveau papa ».

Une heure quarante-cinq plus tard nous sommes à nouveau à ROME. Le transfert de l'aéroport vers l'antenne se déroule sans encombre à bord de deux vans.

5:30am

Le Colonel nous accueille avec les félicitations d'usage comme un leader militaire qu'il est. Puis il félicite l'ensemble des intervenants en appuyant ses éloges envers la cellule Alpha/Oméga.

Il me demande d'aller rejoindre Cara installée dans une chambre sous surveillance du Capitaine Éléonore A. pour lui amener sa fille dormant à poings fermés dans mes bras. Avant de m'y rendre, je la confie au Doc pour un check-up général sur son état de santé.

Il me la remet dix minutes après avec un sourire confirmant sa parfaite santé.

J'entre dans la chambre entièrement obscure dans laquelle les deux femmes dorment. Le faisceau de lumière du couloir m'éclaire suffisamment pour repérer le lit de Cara. Son instinct maternel la réveille et elle prend aussitôt sa fille contre elle. Une réaction étrange lui fait saisir ma main droite avec une douceur déconcertante puis elle s'adresse à moi :

– Commandant, je tenais à vous remercier pour votre bravoure. Certes, vous n'auriez jamais pris autant de risques sans un deal de ma part mais je vous suis infiniment reconnaissante.

– Cara, comme vous le soulignez, sans contrepartie jamais je n'aurais obéi aux ordres de ma hiérarchie. Maintenant votre fille est dans vos bras, profitez-en jusqu'à demain matin car à votre réveil nous serons en réunion tous les deux.

– Vous avez ma parole Commandant. Merci. Vous êtes un chevalier des temps modernes associé à une âme de papa. Vous avez été rassurant pour ma fille comme si c'était la vôtre.

C'est normal Cara. Maintenant dormez.

– Non, vous avez une âme…

– Excellente fin de nuit Cara.

Avant de rejoindre mon couchage, je dois débriefer avec le Colonel. Visualisant les images de l'intervention, il m'indique avoir été impressionné par la dextérité générale lors de l'intrusion dans la villa. En réponse, je précise que seule la pression de ramener cette petite fille vivante et en parfaite santé animait chacun d'entre nous.

– Commandant, allez dormir, vous n'êtes pas au bout de vos surprises dès que vous serez debout.

– À ce point Mon Colonel ?

– Oui Gabriel. Nous sommes sur le pied de guerre. Je dois rentrer à PARIS demain le plus tôt possible. Avant mon départ, je veux un plan d'actions propre et précis. Vous avez une solide équipe ici.

– À vos ordre Mon Colonel.

– Je vous attendrai à 8:45am dans cette salle. Allez dormir.

– Je ne vais pas me faire prier.

8:45am - Salle des communications - antenne secrète ROME

Costume, cravate, moustache parfaitement taillée, le Colonel Archibald de GANS est assis au bout de la table rectangulaire, ses deux téléphones satellite posés à côté de son ordinateur ouvert sur sa boîte mail. La mine des mauvais jours, il saisit de sa main droite ses lunettes de vue et m'interpelle d'un ton moins aimable que deux heures trente plus tôt.

– Commandant SAINT-REGENT bonjour, servez-vous du café, vous allez en avoir sacrément besoin.

– Quel plaisir Mon Colonel de vous voir d'aussi bonne humeur. Cela ne me manquait pas !

– Cara nous rejoint dans une minute. J'ai eu quelques confidences cette nuit durant votre intervention espagnole. Elle-même va vous faire part des éléments en sa possession. Sachez qu'à partir de l'instant où vous reveniez avec sa fille, elle devenait notre alliée.

– Que de rebondissements Mon Colonel !

– Soyez prêt à entendre Gabriel.

Cassandra est gardée par la Capitaine et le Major, le temps pour nous d'entendre Cara DUBECCI. Sont présents uniquement le Colonel et moi-même durant le temps de repos des équipes.

Rapidement, Cara dénonce Ellen LAMATI comme élément incontournable dans leur organisation occulte. Elle la désigne comme le bras droit d'Elliot ELWOOD. Ce dernier ne pouvait être qu'un simple pion sur l'échiquier.

Ne pouvant pas encore réagir connaissant la couverture de cet Officier britannique, je demande une levée de séance pour m'entretenir avec le Colonel. Nous sortons dans le couloir en prenant bien soin de refermer la porte blindée.

– Mon Colonel, c'est impossible !

– Gabriel, je ne serais pas surpris que depuis cinq années en immersion cette femme du G.H.C.Q ait pu basculer.

– C'est impossible ! J'ai été en présence des S.A.S sous ses ordres ! Sans compter sur ma séquestration ici à ROME par son équipe !

– Cela ne prouve rien ! Vous n'êtes pas un débutant Commandant, merde ! Pourquoi Cara nous mentirait ?

– Les craintes de fortes représailles à son encontre certainement.

– Je l'ai assurée d'une nouvelle identité pour elle et sa fille, le tout assorti d'un lieu secret d'habitation à l'étranger le temps de sa reconstruction.

– Vous devenez généreux Mon Colonel ! Le B.S.I. a touché la cagnotte de la loterie nationale ?

– Cessez vos puérilités Gabriel. Je crois bien plus cette femme que votre amourette pour un officier britannique qui, de plus, vous a conduit à la sauver d'une séance d'intronisation douteuse.

– Il me faut rencontrer à nouveau Ellen LAMATI ou LAMARI en fonction de qui elle est !

– Bonne imitative. D'ici là, je vais jouer de mes relations auprès du MI-6 pour m'assurer de son intégrité totale.

Hermès affirme sa présence dans les locaux de la B.O.I. En attendant, terminez d'écouter Cara. Je crois en elle.

– Je vais tenter de lui faire confiance puisque je n'ai pas le choix.

– Croyez-en mon instinct Gabriel. Il ne m'a jamais trompé. N'oubliez pas non plus que les grandes choses arrivent toujours par de petites personnes.

Nous reprenons la séance des révélations pendant laquelle je demande à Cara de ne surtout pas commettre d'erreur face à moi.

Plus les minutes passent plus son attitude paraît sincère compte tenu des tensions nerveuses planantes. À chacune des informations avancées, je demande en direct au bureau des analystes de vérifier l'exactitude des précisions, ce qui les aide considérablement pour le décryptage des dossiers extorqués lors de notre effraction à la B.O.I. de LONDRES.

Au fur et à mesure j'accorde de la confiance à Cara, d'autant que le Sergent Cécile L. m'adresse un « affirmatif » confirmant une par une ces avancées.

Je ne sais plus quoi penser d'Ellen LAMATI… L'évidence à ce stade m'amène à imaginer une tromperie totale. Mais une version différente peut encore subsister : elle m'a repéré rapidement et pour prolonger son immersion sans être identifiée, elle m'a amené sur de fausses pistes sachant qu'elle est pour la B.O.I. une parfaite exécutante. Double jeu, double vie, les deux menés de front tout en flirtant avec les frontières. En aucun cas il ne faut laisser de place à mon égo de mâle alpha trahi.

Plus les minutes passent plus je suis sidéré d'entendre autant de malversations en tous genres dans la physionomie d'un Nouvel Ordre Mondial annoncé.

L'ensemble des vérifications faites par le bureau d'analystes confirme définitivement chaque détail avancé par Cara.

Au bout de deux heures d'échanges, Hermès me joint pour m'informer de la présence de la banquière italienne dans ses locaux romains. Je demande à lever cette séance pour une pause destinée à créer un contact visuel avec Ellen LAMATI le plus rapidement possible en me rendant sur place. J'invite notre nouvelle alliée à rejoindre sa fille surveillée par mes deux officiers féminins. Jamais je n'aurais pensé qu'une antenne secrète devienne une nurserie mais, comme répété chaque jour par mon mentor depuis tant d'années, il faut savoir développer une capacité d'adaptation permanente dans notre métier si particulier…

Lorsque Cara quitte la salle, un regard différent entre nous s'échange. Incompréhensible. Je n'arrive pas à comprendre cet étourdissement lié à une femme dont la position première était fixée dans le camp de l'ennemi. Je dois me ressaisir immédiatement en assurant ma concentration sur la mission « SWIFT ».

Le Sergent Arthur et la Caporale Ambre formant l'équipage d'Hermès sont formels quant à la présence d'Ellen LAMATI dans ses bureaux. Je demande à l'Adjudant Cyril et au Sous-lieutenant Alexandre de m'escorter après m'être changé de tenue vestimentaire.

Le Colonel, lui, enchaîne appels téléphoniques sur appels téléphoniques. Entre deux, il me demande mon ressenti sur l'ensemble des révélations entendues, tout en voulant s'assurer de ma profonde détermination à assumer la responsabilité de mon engagement sans me déconcentrer. Je l'affronte droit dans les yeux pour lui assurer une parfaite détermination comme depuis mon premier jour au cœur des Services de Renseignements français.

11:02am

Habillé d'un costume sobre, je sonne le rassemblement auprès de mes deux nouveaux gardes du corps afin qu'ils m'accompagnent au siège italien de la B.O.I.

Par précaution, je leur demande de porter, tout comme moi, sous leur veste une arme de poing de petit calibre.

Avant de m'engouffrer dans la seule voiture disponible présente à l'antenne, le Colonel m'interpelle pour m'apostropher au sujet de mon plan d'attaque à venir. Ma seule réponse est « surveillez votre boîte mail Mon Colonel ».

Un salut peu habituel de sa part en réponse m'intrigue. Jamais il ne m'a adressé un salut militaire de sa main droite !

Nous sommes en approche de la B.O.I. une vingtaine de minutes plus tard quand je reçois un appel via mon téléphone satellite de Marine CENLARG qui, paniquée me connecte à un appelant par notre plateforme de communication du B.S.I.

Elle m'indique que la voix de l'appelant est transformée :

– Commandant SAINT-REGENT ?

– Absolument Monsieur. Qui êtes-vous ?

– Peu importe qui nous sommes à ce stade, nous détenons un homme important.

– Je ne comprends pas Monsieur. Identifiez-vous plutôt que de vous cacher derrière une voix modifiée en plus !

– Il me semble Commandant que vous ne comprenez pas la gravité de la situation. Alors je vais m'exprimer plus clairement.

Je demande immédiatement à Iron de stopper le véhicule pour être dans un silence absolu afin d'entendre mon interlocuteur.

– Monsieur je n'ai pas pour habitude de m'entretenir avec une personne qui ne se présente pas.

– Puisque vous ne comprenez pas, nous vous recontacterons plus tard. Restez connecté.

La communication s'arrête à cet instant sans en dire plus. Immédiatement j'appelle le Colonel sur son téléphone pour m'assurer qu'il n'est pas concerné. Malheureusement, il ne répond pas.

Alors j'enchaîne les appels avec le B.S.I. et le Sergent-chef Jérôme pour que l'utilité de son matériel électronique prouve son efficacité en traçant le Colonel avec l'aide des hackeurs.

L'équipage du FALCON avec lequel le Colonel est venu, ne donne pas signe de vie non plus.

Alors, je demande au Sergent-chef Jérôme de se connecter au système de vidéo surveillance du quartier de ROME où se trouve l'antenne en repérant la moindre image suspecte.

De la même manière j'appelle Hermès pour leur demander de se mettre en surveillance niveau 1.

Je me souviens parfaitement de cette phrase prononcée par Ellen LAMATI lorsque je me suis retrouvé « kidnappé » après notre dîner : « ROME est parfois dangereuse », réflexion ne me rassurant pas.

Mes deux accompagnants sont déconcertés par le contenu de mes conversations téléphoniques, quand mon téléphone retentit de nouveau. Je décroche en entendant toujours cette voix transformée par un modificateur :

– Commandant, pour vous prouver notre sérieux, écoutez votre Colonel :

« Client, je suis effectivement entre les mains de personnes non identifiées. Vous savez ce que vous avez à faire ».

Maintenant Commandant, vous allez nous prendre au sérieux. Cessez immédiatement votre mission sinon nous allons vous éliminer un par un. Nous vous recontacterons prochainement.

– Vous venez de déclencher une guerre dont vous n'imaginez pas les conséquences.

– Faites-moi rire Commandant !

La conversation s'est arrêtée sur ces derniers mots laissant sous-entendre qu'ils seraient plus forts et mieux organisés que nous. Le temps de checker l'ensemble des paramètres liés à la séquestration du Colonel, oui, je réalise notre position inférieure loin de ma base avec une planque « grillée ».

Iron se retourne depuis le siège passager avant droit et durcit son regard :

– Commandant, en l'absence du Colonel, tu deviens en tant que Chef du Service Action, le n°1 du B.S.I. ?

– Affirmatif Adjudant. J'informerai plus tard le ministre et les actionnaires. Nous avons d'autres priorités avant. Redémarrez et allez à la B.O.I. pour rencontrer Ellen LAMATI entre quatre yeux.

– À vos ordres Commandant.

Un doute m'habitait sur Ellen LAMATI depuis les révélations de Cara. En arrivant au pied de l'immeuble de la banque, mes doutes sont bien confirmés. Avant même d'appuyer sur l'interphone, Hermès m'annonce que la Directrice a quitté les lieux par une sortie extérieure située à l'arrière du jardin.

En réponse je leur demande de décrocher et de se rendre à l'antenne pour un conseil de guerre urgent.

11:44am

En quelques secondes je convoque tous les membres du B.S.I. présents à l'antenne dans la salle des communications. J'organise simultanément une visio avec le B.S.I. réunissant tous les chefs de services. La présence de Cara est obligatoire du fait de son ancienne position dans l'organisation bancaire.

La connexion est active, ce qui me permet en trois minutes de faire un point précis sur la situation. La stupéfaction est présente sans toutefois laisser place à un état de panique. Évidemment, je demande à chacune des personnes participantes de garder le plus grand secret autour du kidnapping du Colonel Archibald de GANS. Par souci de précision, je dois aussi leur annoncer qu'en son absence je deviens le Directeur Exécutif du B.S.I. J'annonce également : nous sommes donc la seule option puisque nous sommes des fantômes, mais des fantômes bien réels. Certaines missions sollicitent l'utilisation de la férocité liée à de la brutalité, voire de la barbarie, alors soyez prêts. En l'absence du Colonel et de ses précieux réseaux, nous risquons être démunis de planque, de satellite, de support externe tel le C.O.S. ou tout autre aide de professionnels aguerris. Notre victoire dépendra de nos efforts. Vous me suivez ou vous quittez cette planque sans aucun reproche de ma part.

Aucun membre ne se lève.

À tour de rôle nous définissons donc les priorités de chacun en fonction de sa responsabilité, en comptant sur l'apport de la moindre information, même si elle paraît minime.

La parole est donnée à Cara en lui demandant de se concentrer sur l'identification possible des décideurs ayant commandité cet enlèvement. Le temps de sa réflexion, je demande à partir de cet instant de ne plus se joindre sans mode sécurisé. Je leur précise ce que m'a toujours rappelé le Colonel, « Si on peut écouter, c'est que nous sommes écoutés », donc sécurité absolue pour nos futures communications exclusivement par l'utilisation de nos téléphones satellites.

Cara s'adresse aux intervenants en leur faisant part de ses actions passées, du lien qui l'unissait à Aaron WINMAN, puis elle conclut par des remerciements sincères envers ceux qui l'ont aidée à récupérer sa fille Cassandra. Pour elle, le seul donneur d'ordres auquel elle répondait c'était Simon WINMAN, abattu à SAINTE-LUCIE sous ses yeux. Elle affirme ne pas connaître les identités des personnes influentes au-dessus de Simon WINMAN. Cara atteste que les vingt et un dirigeants des filiales répondent à des instructions fermes pour leur gestion au quotidien dans un esprit de soumission totale.

Je reprends donc la parole en imposant une chasse ouverte concernant Ellen LAMATI ainsi qu'Elliot ELWOOD dès la fin de cette visio. L'ensemble des services est à compter de cet instant réquisitionné 24h/24 en mode opérationnel jusqu'à la récupération du Colonel Archibald de GANS.

Le mot de la fin revient au Sergent Cécile L. nous confirmant le déverrouillage petit à petit du dossier extorqué à l'agence classée n°1, celle de LONDRES, quand mon téléphone retentit à nouveau. Avant de décrocher, je demande à notre D.A.S.E.M. de tout mettre en œuvre pour tracer l'origine de cet appel.

– Commandant, vous détenez une femme importante dans notre organisation mais aussi un dossier privé volé dans une de nos agences. Je n'ai nul besoin de vous préciser son numéro d'affiliation. Chaque fois que vous tentez de déverrouiller le contenu à l'aide de vos clés de déchiffrement, sa programmation est faite pour qu'à la seconde précise, il s'autodétruise. De plus, une alerte nous informe des paliers franchis par votre décryptage. Alors, ce compte à rebours nous offre une confortable avance.

– Laquelle ?

– Votre Directeur est entre nos mains. Vous cessez le déverrouillage en le détruisant immédiatement et vous nous rendez Cara. Sa fille, elle, ne nous intéresse pas. Là il vous sera rendu à nos conditions. Nous serons informés au moment-même où sa destruction sera amorcée.

– Vous me prenez pour un marchand de souvenirs sur une place touristique ?

– Oh ! non Commandant, mais nous savons parfaitement que vous êtes très attaché à votre Colonel. Vous ne parviendrez pas à craquer ce dont vous nous avez démuni par vol aggravé. Avoir kidnappé Cassandra était l'erreur de trop.

– Ok, partons de ce principe. Comment opère-t-on ?

– Il est encore trop tôt pour que vous preniez une décision aussi rapide. Vous me décevriez. Nous allons vous envoyer quelques photos.

Le temps de visualiser l'écran de contrôle piloté par le D.AS.E.M., le planisphère affiché fait tracer une ligne reliant chacune des filiales de la B.O.I. dans le monde en quelques secondes ! De LONDRES à PARIS en passant par PRAGUE, SINGAPOUR, OTTAWA, MADRID, BERLIN, SAINTE-LUCIE, VIENNE, LISBONNE, STOCKHOLM, CANBERA, MOSCOU, BRASILIA, MEXICO, JOHANNESBOURG, PEKIN, ROME, NEW DELHI, BUENOS AIRES et enfin NEW-YORK.

Impossible de repérer le lieu d'où est passé l'appel. En revanche il a été enregistré ce qui m'amène à demander au Sergent-chef Jérôme de le reprendre seconde par seconde à l'aide de ses logiciels pour détecter le moindre bruit extérieur pouvant nous apporter une aide précieuse.

Avant de lever la séance, je demande au B.S.I. si le Colonel est lui aussi équipé d'une BELL & ROSS Phantom dotée d'une balise GPS comme la mienne.

Le Lieutenant Pierre P. me répond immédiatement qu'il est même le premier à l'avoir reçue en dotation et que le protocole de sécurité impose à tout chef de service ou Directeur de l'agence de la porter en déplacement. Prenant le relais, le D.A.S.E.M. ayant enregistré sa fréquence d'émission nous informe qu'aucun signal n'est émis. Il précise que seul un Awacs[75] en vol pourrait détecter le signal, même si la montre a été jetée dans un égout de ville. Mais comment demander cette aide sans dévoiler la disparition d'une sommité telle que le Colonel dans le paysage du Renseignement français ?

1:00pm

Je lève la séance en demandant au Sergent Cécile de stopper le décryptage en cours. De là, j'organise une deuxième réunion en isolement ici à ROME en coupant tout système de visio avant notre départ.

– Cara, s'il vous plaît, concentrez-vous. Visualisez toutes les images possibles de situations vécues pouvant nous aider.

– Le chef de la sécurité s'appelle Zumana. Il est possible que le débit de paroles durant ses appels lui corresponde. Si c'est bien lui, j'ai effectivement entendu par Simon WINMAN qu'il ne répondait qu'aux ordres émis par les filiales de NEW-YORK, LONDRES et SAINTE-LUCIE.

– On va essayer de connaître son C.V. et identifier les lieux où il aurait opéré. Il est d'origine Tchétchène ?

– Oui Commandant, comme 95 % des hommes formés par son service de sécurité.

La recherche est lancée par les fichiers croisés pour identifier ce Zumana. Son profil va forcément ressortir même s'il a changé d'identité

---

[75] Awacs : Airborne Warning and Control System est une aide aérienne avancée avec un équipement de contrôle de système de stations radar. Sa portée de détection couvre une zone de 400km en disposant d'une autonomie de 9h. Ravitaillement en vol.

ces dernières années. Nos accès sont illimités auprès de l'ensemble des services de renseignements internationaux.

Me vient une idée à laquelle je n'avais pas encore pensé : contacter rapidement Nina[76], l'interprète personnelle du Président de la Fédération de RUSSIE, de qui je peux probablement obtenir des informations du fait que la TCHETCHENIE soit une République constitutive de la Fédération Russe. Le Président Ramzan KADYROV a été décoré par Vladimir POUTINE de la médaille du Héros de la RUSSIE. Ses méthodes sont certainement contestables sur le plan des représailles avec les opposants de son pouvoir, mais les liens l'unissant à POUTINE peuvent m'être utiles. Nous n'avons pas toujours des alliés mais nous pouvons avoir parfois des intérêts communs…

Notre antenne vit ses dernières heures alors il nous faut la supprimer en détruisant tous les systèmes informatiques, les bornes, les ordinateurs, les caméras de surveillance et tout matériel nous reliant au siège parisien de l'agence. Le gardien s'en charge en priorité.

Je dois anticiper notre départ vers l'aéroport mais quel sera le meilleur créneau horaire ? La journée offre, en principe, une forme d'empêchement de toute attaque mais la nuit permet de bénéficier de moins de circulation pour se faufiler plus rapidement et atteindre l'aéroport. Sans consulter mon équipe je prends la décision de quitter la planque à 10:00pm précise en organisant un départ à intervalles irréguliers. Hermès devra quitter les lieux en dernière position vers PARIS avec à bord la possibilité d'embarquer Cara et sa fille Cassandra.

Partant du principe que nous sommes sous surveillance, faire croire à un départ en trombe des premiers véhicules peut détourner l'attention pour être pris en chasse pendant qu'Hermès quittera bien plus tard le lieu en toute sécurité.

Il nous reste neuf heures pour nous préparer ainsi que l'équipage de notre FALCON prévenu immédiatement. Parallèlement je demande à l'équipage de celui du Colonel de décoller immédiatement pour la B.A.107 en rentrant à vide.

---

76 Cf Témoignage Invisible – 23ème // Nord – As de Pique.

Le dernier déjeuner est à préparer. Les réserves alimentaires au sein de l'antenne sont suffisantes pour nous éviter de sortir. Je demande à Cyril et à Alexandre de monter sur le toit de notre immeuble et de ceux voisins le plus discrètement possible pour observer d'éventuels véhicules suspects en observation.

Pendant ce temps-là, je m'enferme à nouveau dans la salle des communications avant son démantèlement pour joindre le ministre de la Défense par ligne sécurisée. Il m'est impossible, compte tenu des faits dramatiques, de ne pas prévenir mon ministre de tutelle devenu mon supérieur direct. Avant de lancer l'appel, je prends le temps nécessaire pour me concentrer et réfléchir à ne pas négliger le moindre détail face à son probable déferlement de questions.

Pour la première fois de ma carrière je suis confronté à la gestion d'une situation de crise face à laquelle je n'étais pas préparé. Un proverbe maori dit, « tourne-toi vers la lumière et l'ombre sera derrière toi » alors je vais en tirer la leçon. Jamais je n'aurais pu imaginer me retrouver dans ces circonstances dans lesquelles je prends conscience de l'importance de la vie dans son sens plus profond. J'ai donné la mort par défense ou attaque, défendu les valeurs de l'intégrité, de la République, allant même jusqu'à prêcher la Loi du talion, mais me retrouver face à la pensée d'imaginer la disparation du Colonel va une fois de plus susciter en moi la vengeance comme celle appliquée pour Shankar C.[77]. Je choisis de ne pas accepter cette situation et donc de mettre en place une stratégie plus intelligente que celle de mon interlocuteur anonyme. Là, ma destinée n'en sera que plus grande.

1:35pm

– Bonjour Monsieur le Ministre, Commandant SAINT-REGENT à l'appareil.

– Bonjour Commandant. Pourquoi vous me contactez sur cette ligne sécurisée alors que vous n'êtes plus officiel ?

– Monsieur le Ministre, je suis le messager d'une information confidentielle que je peux seul porter à votre attention.

---

77 Cf. As de Pique.

– Je vous écoute Commandant.

– La mission « SWIFT » vient de subir un rebondissement auquel personne ne s'attendait. Le Colonel Archibald de GANS est aux mains du gang Suprémaciste assurant la sécurité de l'organisation bancaire.

– Vous plaisantez Commandant ???

– Négatif Monsieur le Ministre.

– Son dernier appel m'informait vous rejoindre dans votre antenne à ROME pour garantir la coordination des opérations. Vous n'avez pas été capable d'assurer sa sécurité ?

– Le Colonel a été d'une grande aide mais nous ignorions tous que notre planque était sous surveillance. Leur système d'information est finalement plus sérieux…

– Vous avez été contacté ?

– Affirmatif. L'antenne est grillée, nous la sabordons et rentrons.

– Évitons les débats stériles. Vous devenez le Directeur par intérim du B.S.I. avec les responsabilités qui vous en incombent. Tant que vous êtes en mode fantôme, je gère les relations avec l'exécutif et les financiers. Votre priorité est de reprendre le Colonel à l'ennemi. De quoi avez-vous besoin ?

– L'assistance d'un awacs ainsi que d'un relais avec le C.O.S.

– Accordé. Quelle mission pour l'Awacs ?

– Repéré sur la zone européenne, avec priorité au-dessus de l'Italie, le signal émis par la B&R Phantom du Colonel. Je vous adresse sa fréquence d'émission.

– Heureusement qu'il la portait ! Je demande immédiatement au Commandant de l'escale d'avions radars de décoller de la 702[78]

– Merci Monsieur le Ministre.

– Pour le C.O.S., je demande au Général X en charge du commandement de vous fournir toute aide stratégique et tactique dont vous aurez besoin.

– Merci à nouveau Monsieur le Ministre.

– Commandant, je connais les liens qui vous unissent au Colonel, alors mettez tout en œuvre pour en faire votre priorité absolue. Vous

---

[78] Base aérienne 702 d'Avord (Cher) où sont basés les Awacs.

avez les pleins pouvoirs. Vous me contactez aussi souvent que la situation l'exige. Fin de la communication.

1:43pm

Rassuré par le soutien apporté, je peux maintenant contacter Nina.

– Bonjour Nina, comment vas-tu ?
– Cher Commandant, ravie de t'entendre ! Ta voix est toujours aussi agréable à entendre.
– Merci Nina mais une fois de plus j'ai besoin de toi en urgence.
– Tu sais que je peux tout obtenir pour toi…
– Oui je sais mais il va te falloir te transcender.
– Quelle est ma récompense cette fois-ci ?
– La meilleure Nina ! Sérieusement, peux-tu contacter Arkadi KOROLEV ?
– Comme chaque jour !
– Il me faut une information prioritaire sur un dénommé « Zumana le Tchétchène ». Compte tenu des rapports entre V.V.P. et KADYROV, tu devrais pouvoir obtenir une fiche signalétique à me transférer uniquement par messagerie cryptée.
– Que se passe-t-il Gabriel ?
– Je ne peux t'en dire plus à ce stade. C'est une question de Sécurité Nationale.
– Compte sur moi Gabriel. Je te joins comme d'habitude dès que j'ai l'information.
– Merci Nina.

1:48pm

Je n'ai pas le temps de poser mon téléphone que sa sonnerie retentit. Au bout du fil, le ministre de la Défense m'informe après avoir eu le ministre des Affaires Étrangères, que le cadavre de Javier ROJAS, Directeur de la filiale espagnole de la B.O.I. a été retrouvé dans un appartement loué à son nom en plein NEW-YORK dans l'arrondissement de MANHATTAN, quartier de la haute finance américaine et des différents organes gouvernementaux. Le lieu choisi pour afficher son cadavre n'est pas innocent. D'après les premières constatations faites par le F.B.I.[79], le corps a été scarifié de la même manière que celui d'Aaron WINMAN. Il était pendu à l'identique, ses genoux baignant dans son sang.

Le ministre souhaite l'accélération de mes actions en me confirmant la mission de l'Awacs déclenchée. Il m'incite à rejoindre urgemment le B.S.I. pour assurer le plan de récupération du Colonel.

L'ensemble de l'antenne est démantelé au fur et à mesure des heures en détruisant les disques durs des ordinateurs. Chacun organise son départ dans l'ordre indiqué par mes soins. Définitivement, je valide le départ de Cara à bord d'Hermès. Je doute de la laisser avec Cassandra en cas de…

Mes deux officiers n'ont repéré qu'une seule voiture stationnée à quelques dizaines de mètres de l'entrée principale. Je leur demande de se relayer jusqu'au départ confirmé pour 10:00pm

L'après-midi se déroule sans appel des ravisseurs du Colonel, ce qui me laisse penser qu'ils ont décollé de ROME. Alors j'appelle le Sergent-Chef Jérôme pour lui demander de se connecter sur le serveur de l'aviation civile italienne pour repérer tous les vols d'avions privés avec les destinations et les noms des passagers.

5:00pm

Le besoin d'aller me reposer se fait sentir. La fin de journée va être mouvementée alors il me faut être à 100 %.

Allongé, je tente de joindre Ellen LAMATI. Son téléphone est actif mais elle ne répond pas. J'insiste. Toujours pas de réponse. Ma décision est prise, elle sera mon objectif premier une fois le Colonel repris.

---

79 F.B.I. Federal Bureau of Investigation est le service de police judiciaire & un service de renseignements intérieur.

7:05pm

Mon réveil après deux heures de profond sommeil est provoqué par l'appel de Nina.

Elle a réussi à obtenir un simple pédigrée de Zumana, transféré sur ma boîte cryptée.

En l'ouvrant, je constate le parcours succin de cet homme :

Né le 20 juin 1969 à GROZNY, intègre l'Université Militaire du Ministère russe de la Défense d'où il sort Lieutenant. En 1999, il rejoint son pays d'origine pour affronter l'armée russe voulant reprendre le contrôle de son pays. La violence de cette guerre a renforcé sa profonde violence personnelle, associée à sa maîtrise du combat et du maniement des armes. En 2007, il vend ses services auprès de groupes appartenant aux extrémistes américains sur le territoire U.S., puis il disparaît des contrôles internationaux. Il vouerait une profonde haine envers KADYROV pour avoir été adoubé par POUTINE. Le F.S.B. le classe comme terroriste international.

D'après la fin du message de Nina, Wolfgang[80], disparu pour l'instant, serait de la même trempe avec en plus une armée d'anciens militaires tchétchènes à ses ordres.

Après la lecture de ce court résumé, je l'adresse au B.S.I. afin de l'intégrer dans notre base de données, d'autant plus que Nina a joint une photo de Zumana prise durant sa formation à l'Université Militaire lors de son passage sous les drapeaux.

Nos logiciels de morphing permettront de vieillir son visage et de l'intégrer aussitôt dans les fichiers croisés internationaux du Renseignement.

7:22pm

La nuit tombe peu à peu sur ROME ce qui plonge l'antenne dans la quasi-obscurité. Alors avant de checker notre départ, je rejoins une des salles de bain. Je verrouille la porte puis me déshabille dans la première partie. Loin de tout luxe ostentatoire, cette salle de bain bénéficie d'une douche italienne.

---

80 Cf. Témoignage Invisible & 23ème // Nord.

Nu, j'ouvre la seconde porte donnant sur la pièce où se trouve la douche. Plusieurs serviettes propres sont empilées sur le banc posé à droite.

Le plafonnier ne comporte qu'un seul éclairage de faible intensité laissant une ambiance tamisée non souhaitée. J'ouvre la porte vitrée teintée de la douche quand stupéfaite par ma présence, Cara se retourne nue également en émettant un cri de stupeur. Stoïque, je n'arrive pas à m'écarter par correction tellement mes yeux fixent son corps irréprochable. Cara me regarde avec un sourire amusé puis me tend sa main pour la rejoindre sous l'eau chaude qu'elle vient de faire couler une seconde avant. Aucune réaction de ma part pour quitter le lieu immédiatement et dans l'impossibilité de me contrôler. Grand bouleversement intérieur, je suis aimanté par sa plastique parfaite et son regard séducteur.

Alors, sans aucune réaction, je me laisse entraîner dans cette ambiance sensuelle palpable. Nos bouches se mêlent immédiatement en laissant jouer nos langues comme si ce baiser était une longue habitude ou une parfaite harmonie. Cette scène est irréaliste tout en étant évidente ce qui crée une confusion totale. Nous nous enlaçons, caressons nos peaux, chaque partie de nos corps, passons nos mains dans nos cheveux provoquant une forte excitation sexuelle. Mille questions fusent dans ma tête sans être capable de prendre une décision radicale du fait de ma position importante et du contexte général assez rude.

Alors les gestes s'enchaînent, associés à de fortes pulsions incontrôlables, nous amenant après de nouveaux longs baisers à nous laisser porter vers un acte sexuel évident. Un mélange d'érotisme tendre et de baise respectueuse se perçoivent sans y porter des mots. Les regards échangés ces dernières heures étaient incompréhensibles pour finalement avoir un sens de forte attractivité dans cette salle de bain.

Cara prend mon sexe dans ses mains pour entamer tendrement de longs allers-retours durcissant mon phallus. Elle se met à genoux, posant ses mains sur chacune de mes cuisses, me lance un regard passionné en prenant mon sexe dans sa bouche durant de longues minutes. Cara m'apporte un plaisir buccal exceptionnel rarement vécu.

Il me faut stopper cette fellation sous peine d'exploser. Je prends ses poignets et la redresse.

Nos bouches ne se décollent pas, ni nos langues tournantes et dansantes, accentuant notre excitation. Je caresse ses seins dont le galbe se blottit dans mes mains pendant que mes pouces frottent ses tétons. Là, je sens son ultra sensibilité l'amenant à émettre de petits gémissements de plaisir tout en générant des ondulations de ses hanches. Cara me glisse à l'oreille « fais-moi l'amour my sexy boy ». Mon sexe dans sa main, elle le guide jusqu'à effleurer ses lèvres totalement lubrifiées, douces et épilées.

J'entre en elle, ses gémissements s'intensifient pendant que j'accélère le balancier de mon fessier. Ma main droite prend délicatement ses cheveux pour incliner sa tête en arrière l'incitant à vivre une légère soumission.

La sensation ressentie en elle me fait réaliser à cet instant un bien être rarement rencontré dans ma vie sexuelle. Est-ce un nouveau pas franchi vers une véritable relation sereine ? Comment cela est-il possible ? Pourquoi le vivre en plein contexte guerrier ?

Mon excitation monte tellement qu'il me faut à nouveau stopper toute envie de jouir. Alors je me retire pour saisir ses hanches et la retourner en la planquant contre le mur de la douche. Sa tête est légèrement inclinée vers l'arrière pour à nouveau saisir sa bouche. J'agrippe ses deux poignets et les monte pour coller ses mains au mur, puis entrelace nos doigts, ensuite j'écarte ses jambes pour n'avoir que son fessier libre. Je la pénètre à nouveau en me collant le plus possible contre elle pour qu'elle ressente ma verge au plus profond de son vagin. Ses gémissements s'intensifient encore et encore pendant que mes doigts titillent ses tétons sensibles. Mes mouvements s'accélèrent jusqu'à entamer un tournant vers de la baise voluptueuse. Mon envie est de caresser son clitoris mais en plaçant mon majeur dessus, elle le retire en murmurant qu'elle ne peut se concentrer sur les deux parties érogènes de son corps. Alors, elle remonte mes mains sur sa poitrine.

Encore une fois, je dois calmer ma surexcitation pour profiter le plus longuement possible de ce premier rapport sexuel si troublant. Je prends virilement sa cuisse gauche pour la lever en accompagnant son pied sur le mur. De cette manière, j'entrouvre son sexe totalement inondé de plaisir. Mes mains tiennent fortement ses hanches pour ne pas lui laisser imaginer que je ne souhaite pas son envie de forte jouissance. J'accélère, j'accélère et j'accélère encore mon rythme respiratoire et de pénétration pendant que je sens un double orgasme synchronisé monter en nous. Cara vient en premier dans un enchaînement de gémissements, de grimaces, de fléchissements sur ses jambes tremblantes, de resserrement de son antre, de mots échappés, de raideur de son corps provoquant en moi un fort orgasme.

Je ne peux m'empêcher de lui glisser à l'oreille que je jouis en elle ce qui maintient sur la longueur sa transe orgasmique.

Nous redescendons lentement en joignant nos mains de nouveau. Cara m'avoue être totalement retournée par cet intense rapport charnel comme si elle s'était étourdie. La réciprocité est de mise m'amenant à lui demander si nous étions inconscients, ou bien au contraire parfaitement conscients, de notre attirance. Sa seule réponse est de m'entraîner à ne poser aucune question mais plutôt de vivre cette intensité en posant son index sur mes lèvres. Alors je lui affirme vouloir la vivre en la prévenant de se préparer à ne pas nous quitter. Son large sourire me confirme sa volonté.

Nous terminons cette douche en nous savonnant avec une tendresse exceptionnelle si rarement éprouvée. Nos regards ne se décrochent pas, laissant place à des silences évocateurs de la naissance de notre histoire.

Lors de mon premier regard posé sur elle dans le temple mexicain, cette brune m'avait subjugué au point d'avoir eu recours à une extrême concentration dans mon « déguisement » de Javier ROJAS.

8:18pm

– Cara, je ne souhaite pas que vous partiez toutes deux, ta fille et toi, dans le fourgon. Vous serez avec moi dans le FALCON. Je vais demander qu'Hermès soit plutôt accompagné de deux commandos.

– Je te remercie Gabriel car je craignais d'être isolée durant ce long trajet routier.

– Plus maintenant. Tu es encore plus sous ma protection rapprochée. Prépare Cassandra.

Cara sort discrètement la première de la salle de bain. Je prolonge ma douche compte tenu de cette scène érotique assortie d'un véritable coup de foudre. Le hasard n'existe toujours pas, je me répète cela pour assimiler psychologiquement ce moment parfaitement réel.

En une seconde je reprends la réalité en pleine face par l'appel du B.S.I. Le Sergent Cécile met sur haut-parleur notre conversation :

– Commandant, est à mes côtés une de nos hackeuse, Alexandra, me certifiant avoir la capacité de déjouer les barrières de sécurité contenues dans le dossier de la B.O.I. et pouvoir le cracker définitivement sans déclencher la moindre alerte.

– Très bien Sergent. Alexandra, Je ne sais pas si vous êtes consciente de la gravité de la situation, mais si vous ne me garantissez pas 100 % de réussite dans votre action, vous ne touchez à rien.

– Commandant SAINT-REGENT, je vous garantie à 101 % d'être en capacité de lever toutes les passerelles en ouvrant tous les sous-dossiers contenus. Lors de mes premières attaques, j'ai été confrontée à ce genre de dossier à multiples cryptages.

– OK, je vous fais confiance. De combien de temps avez-vous besoin ?

– Entre quatorze et vingt heures.

– Accordées. Travaillez avec le Sergent Cécile et ses équipes.

– Oui Monsieur le Commandant.

8:37pm

De retour dans ma chambre, j'enfile une tenue composée d'un jean, d'un col roulé, de baskets aux pieds et d'un gilet pare-balles en kevlar sous mon bombers. Je boucle mon sac et le place dans le couloir avec ceux des autres devant être chargés dans un des vans.

La salle des communications n'est qu'un enchevêtrement d'écrans plats cassés, de claviers ouverts en deux, de câbles sectionnés et de caméras écrasées à la masse, de dossiers prêts à être brulés dans l'incinérateur.

Je demande à Panther de dédier deux de ses hommes à l'accompagnement d'Hermès devant quitter les lieux trente minutes après notre convoi. Directement il valide cette proposition pour laquelle il m'informe affecter les deux plus aguerris en sécurité mobile.

Iron descend de son tour d'observation sur les toits pour confirmer que le même véhicule est perpétuellement en observation. Au tour du Sous-Lieutenant Alexandre de monter observer.

M'adressant à l'ensemble de l'équipe, je tiens à leur demander de faire preuve de la plus grande vigilance à l'instant où nous quitterons l'antenne définitivement grillée jusqu'à la montée à bord de notre avion. Les systèmes de communication entre nous devrons être de rigueur ainsi que le port d'au moins deux armes chacun.

Au tour de l'équipage qui ramènera Hermès jusqu' PARIS de recevoir mes consignes strictes concernant un style de conduite normal, sans excès de vitesse pour ne surtout pas attirer l'attention. Les deux hommes désignés par Panther sont aguerris et d'eux-mêmes ils me montrent l'arsenal embarqué. Ma précision va pour un départ les concernant à +30mn après le nôtre. En quittant la cour intérieure, je leur demande de procéder à l'incendie de l'antenne, totalement hermétique par ses parois blindées, à l'aide de grenades incendiaires. Les immeubles voisins ne seront pas impactés par le feu à l'intérieur.

En guise de conclusion j'informe mon équipe proche que Cara et sa fille nous accompagnent jusqu'à PARIS. Le Major Elodie m'interpelle en s'opposant à cette option. Pour elle, le transfert jusqu'à l'aéroport avec Cara à bord n'est qu'un moyen supplémentaire de nous mettre en danger par le fait d'un éventuel rapt par nos ennemis. Sans m'imposer de manière draconienne, je lui réponds que nous, tous ensemble, sommes largement en capacité d'assurer leur sécurité alors que durant quinze heures de route nous serions à l'aveugle. Cependant elle m'entraîne par le bras pour ne pas nous opposer en public.

– Gabriel, tu te fous de moi j'espère ?

– Major, garde ton calme.

– On te suit tous sans discussion, mais explique-moi honnêtement ce qui te motive à nous faire prendre autant de risques ??? Après le Colonel, tu veux que nous nous fassions éliminer ? Tu t'étais engagé à ne pas mettre nos vies en danger.

– Depuis quand Major mes décisions sont contestées ?

– Depuis que je te sens sous le charme de cette Cara, bordel ! Tu deviens le n°1 du B.S.I. avec tout un tas de responsabilités tant que nous ne ramenons pas sain et sauf le Colonel.

– Raison de plus pour garder sous contrôle cette femme et sa fille. Elles sont dans le deal pour récupérer notre Directeur. Fin de de la discussion Major.

– À tes ordres Commandant.

9:00pm H-1

À tour de rôle nous armons de chargeurs nos armes, vérifions leur bon fonctionnement, prenons des munitions d'avance et chargeons les sacs personnels à bord du premier van.

Même le Doc porte son gilet en kevlar et s'arme comme s'il partait en guerre. Amusé je lui demande à quand remonte sa dernière séance de tirs au stand. Sans complexe, il me répond « il y a deux ans quand tu as voulu lancer un pari entre toi et moi pour celui qui viderait son chargeur en premier sur une cible à 20m ! ». Alors en souriant je lui réponds « on ne va pas compter sur toi !!! ».

Le B.S.I. me contacte au sujet des vols privés au départ de ROME. Un de marque GULFSTREAM modèle G650ER aurait remis un faux plan de vol pour PRAGUE. Le jet privé a demandé un changement trente minutes après son décollage pour LONDRES. Sans hésiter, je réponds que LONDRES serait la bonne destination avec certainement à bord le Colonel Archibald de GANS. Mon intuition me dit que des retrouvailles sont en approche dans cette capitale ou dans une autre. Je leur demande de surveiller mètre par mètre toute personne descendant de ce GULSTREAM et de suivre les occupants une fois sur la terre ferme par les systèmes de vidéosurveillance présents dans la capitale. Mon ordre est non négociable quant au fait de mettre autant de personnes que nécessaires, sans relâche devant les écrans.

10:59pm

Nous nous répartissons dans les fourgons en nombre équitable et surtout avec l'équilibre des membres de la cellule Alpha/Oméga dans chacun.

Cara et Cassandra sont bien présentes dans le mien, entourées d'Iron et d'Alexandre surarmés. Positionné dans le premier fourgon et assis sur le fauteuil passager avant, j'ouvre la double porte en bois d'accès à la cour de l'immeuble à l'aide du boitier électronique de commande. Nous avançons lentement, démarrons tout aussi lentement pour que le second fourgon nous emboîte. Je m'assure de bien refermer l'immense portail en bois et donne le top départ.

Le fourgon « 2 » m'informe au bout d'une minute que nous sommes pris en chasse par une BMW grise, celle stationnée depuis des heures dans la rue.

De manière étrange mais pas surprenante, mon téléphone sonne sans numéro d'appel, je me doute parfaitement de l'origine du contact.

– Commandant, vous quittez donc votre antenne ?

– Vous pensiez que nous allions la transformer en camp de vacances avec accueil personnalisé pour touristes ?

– Finalement vous détenez un fort sens de l'humour pour un Officier du Renseignement ! Bon parlons peu mais sérieusement. Vous allez recevoir quelques photos sur votre téléphone. Elles risquent provoquer en vous une réaction parfaitement haineuse.

– Dites-moi Zumana, c'est bien votre nom ?

– Je n'ai pas à vous répondre ni à me dévoiler.

– Sachez une chose, c'est que je réponds à une seule loi, celle du Talion.

– Vous me faîtes rire Commandant !

– Je vais moins vous faire rire dans peu de temps.

– La menace, quelle vieille stratégie employée par les plus faibles. Vous en êtes donc un ?

– Pensez-le. Maintenant il est temps de négocier votre deal.

– Trop tôt encore Commandant, bien trop tôt, je ne vous ai pas encore montré notre puissance de frappe.

– Il me semble que vous êtes un ancien militaire. Vous savez tout autant que moi le code d'honneur auquel nous devons répondre Lieutenant.

– Je laisse libre cours à votre imagination sur mon identité. Vous avez juste un aperçu de la qualité de nos renseignements. Nous avons identifié le lieu de votre antenne italienne !

– Je peux avouer que c'est intéressant mais vous êtes loin de tout avoir découvert Lieutenant. Trois de vos sbires nous suivent à bord d'une BMW, quelle discrétion !

– Ceci est savamment orchestré pour qu'ils soient bien repérés. Et sachez que dès que vous faites un pas en dehors d'un bâtiment, nous serons là. Ils vont vous laisser rejoindre l'aéroport.

– Lieutenant votre amabilité me touche.

– Cessez de m'appeler Lieutenant.

– Tant que vous ne vous dévoilerez pas, je vous appelle comme bon me semble.

– Prochain contact téléphonique dans quelques heures. Mais avant, profitez des photos.

La conversation se coupe sur ses derniers mots sans que je puisse lui répondre. Il ne m'a pas bluffé sur l'annonce de l'envoi de trois photos qui apparaissent sur l'écran de mon téléphone satellite. Bien évidemment, le numéro apparaissant est créé par une plateforme d'envoi non repérable donc dans l'impossibilité de le tracer.

La haine monte en moi au moment de visualiser le Colonel en tenue orange de prisonnier similaire à celle portée par les détenus de GUANTANAMO, mains suspendues accrochées par une chaîne, pieds attachés aussi par une chaine à gros maillon, les traits du visage fatigués. Jamais je n'aurais pu imaginer cette scène mettant en danger ce grand Monsieur. Ma première pensée lui est destinée en m'adressant aux puissants cieux, « prenez soin de lui, je viens le chercher ».

Ces photos sont destinées à me prouver qu'il est bien en vie car sans cette preuve, ils ne peuvent imaginer obtenir la moindre concession. Cette confirmation visuelle d'homme en vie étant enregistrée, je m'attarde sur le panneau devant lequel il est photographié, panneau à l'effigie d'un immense billet d'un dollar. Les trois angles des photos prises laissent bien apparaître la pyramide égyptienne coupée en deux avec le chiffre romain MDCCLXXVI soit 1776 l'année de la fondation des ETATS-UNIS, mais surtout pour moi l'année de la fondation de l'ordre des Illuminati de Bavière. L'inscription latine placée sous la pyramide « Novus Ordo Seclorum » veut bien dire Nouvel Ordre Social ou nouvelle donne…

La partie supérieure de la pyramide détachée détient un œil irradiant représentant « l'œil qui espionne tout ». Le décorum placé stratégiquement derrière le Colonel n'est pas innocent, il fait de leur groupe une puissance largement sous-estimée. Plus tard je replongerai dans certains dossiers pour m'en assurer.

Bien qu'il m'ait m'affirmé nous laisser rejoindre l'aéroport, je préfère garder mes hommes sous pression jusqu'au décollage, leur laissant croire le contraire. L'homme au bout du fil peut certainement mentir de façon abjecte.

11:31pm

Hermès confirme par un appel téléphonique sécuriser la fermeture définitive de l'antenne et entamer sa longue route. Le balayage de la caméra sur le toit du fourgon ne détecte aucun suivi par véhicule.

Soulagés par cette information, nous pouvons monter à bord du FALCON, mais toujours en s'assurant d'aucun danger de dernière minute.

Les deux fourgons sont abandonnés sur le parking extérieur après leur déchargement par mes deux Officiers. Ils nous retrouvent au pied de l'avion pour décoller immédiatement.

Le temps de vol estimé est de deux heures pendant lesquelles je me plonge encore et encore dans le dossier de la mission « SWIFT » pour repérer une faille tout en maintenant le contact permanant avec le B.S.I. Fatigué nerveusement, je n'arrive pas à détecter un élément pouvant nous conduire à la tête de l'organisation ou sur une identité précise.

Le train d'atterrissage se pose sur la piste de la 107 quand je reçois un appel d'Hector CHEVALIER me demandant audience dès 06h30 du matin dans nos locaux en toute discrétion. Immédiatement je lui accorde ce rendez-vous en fondant beaucoup d'espoirs sur des informations bancaires qu'il pourrait me transmettre.

Nous sommes transférés à notre agence par un convoi sécurisé composé de nos hommes de permanence avec l'aide de deux équipages de motards assurant l'amont et l'aval. Aucune place n'est laissée à une éventuelle intervention de nos ennemis. Nous devons être repérés comme solidement entourés et armés.

Le trajet ne révèle aucun suivi de près ou de loin, ce qui nous permet de nous engouffrer dans le parking sous-terrain et de faire descendre tous les occupants. Compte tenu de notre mode opératoire fantôme, je demande à toute l'équipe de se répartir dans les chambres du dernier étage, par groupe de deux, en étant prêts à repartir en cas d'ordre de mission.

Avant de rejoindre ma chambre, je place Cara et sa fille dans celle du Colonel dont seul je connais le code d'ouverture de la porte. Sa chambre est située en face de la mienne au dernier étage, sous les toits de notre immeuble. Cara, avant de refermer la porte d'entrée, me remercie de maintenir sa sécurité telle celle d'un chef d'État, et me demande si une fois Cassandra endormie elle peut me rejoindre. Sans hésiter, je lui adresse un oui accompagné d'un sourire.

Chapitre 18

Le point rencontre

La nuit se passe avec Cara en faisant à nouveau l'amour de manière douce cette fois-ci. Blottie dans mes bras quand l'alarme de mon réveil nous tire de notre sommeil à 5h45, nous échangeons un regard complice exprimant être tous les deux animés par des premiers sentiments tendres. Malheureusement le temps ne nous permet pas d'épiloguer sur ce bouleversement mais je lui affirme que nous en parlerons en toute loyauté une fois cette mission clôturée.

Le service assurant la sécurité de notre immeuble me prévient de l'arrivée de la voiture du dirigeant de la BANQUE FRANCAISE NATIONALE devant notre accès au parking. Je demande de tripler leur validation de reconnaissance pour s'assurer de son identité formelle et celle de son chauffeur. Tolérance zéro même pour nos financiers.

À 6h30 précises, escorté par les hommes du B.S.I., il rejoint le hall principal dans lequel je l'accueille. Sans perdre la moindre seconde, je l'invite à me suivre dans le bunker.

Tasse de café en main, il entame la conversation :

– Commandant SAINT-REGENT, la configuration de la situation est bien plus sérieuse que nous l'aurions imaginée lorsque le B.S.I. a été chargé d'identifier les auteurs de l'assassinat d'Aaron WINMAN.

– Monsieur CHEVALIER, je ne vous le fais pas dire !

– En tant que représentant des financiers de cette agence, vous êtes dans l'obligation en l'absence du Colonel Archibald de GANS de m'informer de la situation.

– Avec tout le respect que je vous dois Monsieur, à ce stade les éléments en ma possession ne me permettent pas d'être transparent. Votre sécurité en dépend ainsi que celle de mes équipes, sans compter la mienne.

– Je comprends Commandant mais sachez que la fusion/acquisition contrainte de la B.O.I. avec la BANQUE FRANCAISE NATIONALE révèle ses failles dont les dommages collatéraux peuvent être dramatiques dans les jours à venir.

– Là vous m'intéressez sérieusement.

– Mes analystes financiers ont constaté il y a 12 heures des mouvements identiques dans les vingt et une filiales totalisant des centaines de millions d'euros virés vers un seul et même compte off-shore à SAINTE LUCIE par les dirigeants des filiales et de manière plus surprenante, par le remplaçant de Javier ROJAS fraîchement nommé par la dernière banque américaine encore solidement actionnaire. Le nouveau directeur parisien s'est soumis au même transfert. En conclusion, plus un euro et dollar n'est présent sur les comptes courants.

– N'étant pas un spécialiste de la haute finance, cela pourrait s'apparenter à un siphon ouvert pour vider les comptes de chacune des filiales ? Que cela signifie-t-il pour vous ?

– Vous n'êtes pas si loin de la vérité. Avant de disparaître le Colonel m'avait demandé de monter un scénario visant à nous séparer de cette division rentable face aux actionnaires. Une désolidarisation totale de ma banque auprès de la B.O.I. pour faire tomber les masques. Bien entendu, j'ai respecté cette demande ce qui a provoqué immédiatement cette fuite des capitaux. Cela pourrait être dangereux car la maison mère n'est autre que la BANQUE FRANCAISE NATIONALE. Quand l'A.M.F.[81] et l'opérateur de la Bourse de PARIS, EURONEXT vont s'apercevoir de cette fuite, notre action va chuter en quelques heures entraînant une onde de choc économique dévastatrice. Cela signifie aussi simplement, l'entrée d'un Cheval de Troie opéré en amont. La journée va être rude quand les autorités financières vont me contacter ou me convoquer !

– Donc, arrêtez-moi si je commets une erreur, cette fusion/acquisition accomplie n'était qu'une étape d'un plan machiavélique destiné à déstabiliser notre économie et in fine, celle de l'EUROPE pour enrichir certains fonds occultes détenus par un certain Georges SOROS ?

– De manière simplifiée Commandant SAINT-REGENT, vous n'êtes pas loin de la vérité.

– Je peux donc affirmer que l'assassinat d'Aaron WINMAN avait deux objectifs : le premier détourner l'attention vers un pratiquant de croyances sataniques et le second, prouver à tous les autres

[81] L'Autorité des Marchés Financiers.

dirigeants des filiales qu'ils pourraient subir la même sanction en cas de désobéissance.

– Pour être honnête avec vous, il m'avait alerté sur des directives reçues de SAINTE-LUCIE devant lesquelles il refusait de céder. Malheureusement son père, Simon WINMAN, est l'artisan de cette fusion en étant généreusement récompensé pour ses précieux relais.

– Était, Monsieur CHEVALIER.

– Pardon ?

– Oui Simon WINMAN a été abattu sous mes yeux à SAINTE -LUCIE.

– Je peux en conclure qu'il répondait à des ordres venus de très haut alors qu'il me semblait être un véritable chef d'orchestre.

– Dites m'en un peu plus pour pouvoir identifier vers qui je dois me diriger définitivement.

– Vous êtes prêt à entendre mon humble avis ?

– Oh que oui Monsieur…

Durant une heure Hector CHEVALIER me détaille l'existence d'un lobby tentaculaire qui tirerait les ficelles du monde de la politique et de la finance internationale, dont le but ultime est la mise en place d'un Nouvel Ordre Mondial.

Tous les sujets sont évoqués jusqu'au puissant lobby militaro-industriel ayant peut-être été décideur de l'assassinat du Président KENNEDY en 1963.

Il insiste sur cette fameuse commission trilatérale, fondée en 1973, accusée d'orienter comme bon lui semble l'économie mondiale, sans oublier le groupe BILDERBERG sacrément discret alors que composé de cent trente personnalités du monde des affaires, des médias et de la politique.

Il prolonge son argumentation en pointant du doigt les sociétés secrètes américaines dont une très puissante, la SKULL AND BONES[82] de l'université de YALE. Cette confrérie aurait été fondée an 1830 et regrouperait des familles américaines parmi les plus

[82] Le crâne et les os.

influentes. De plus, son réseau s'étendrait au département de la Défense, C.I.A., et aux plus hauts dirigeants U.S.

Le but inavoué est d'étendre la toute puissance américaine au monde entier. Un pas suffit pour aller sur le sujet épineux de la guerre en IRAK déclarée par l'administration BUSH père. Après cette invasion, l'ultra surveillance sur le net, les passeports biométriques, la vidéo-surveillance dans les agglomérations, ne seraient que des dérives pour un meilleur contrôle des populations avec la grande aide des médias. Ces derniers sont les meilleurs ambassadeurs pour diffuser différentes théories en mêlant le vrai au faux où personne ne peut se repérer.

Une donnée chiffrée est portée à mon attention sur laquelle Hector CHEVALIER ne s'étend pas dans des explications complexes, c'est le pourcentage imposé lors de la fusion/acquisition de seuil de rentabilité de la B.O.I., soit 21 %.

Pour conclure son sa longue explication, il évoque les fameuses théories du complot relevant définitivement du dogme alors incontestable.

Malheureusement son emploi du temps serré ne lui permet pas de rester plus longtemps à m'évoquer les dessous du monde de la toute puissante finance ayant d'immenses capacités…

– Commandant faîtes très attention où vous investiguez. La seule solution finale est de couper la tête de la pieuvre mais êtes-vous suffisamment armé, au sens propre et au sens figuré, pour cela ?

– Je ne me prononcerai pas devant vous. Ma priorité est de ramener le Colonel parmi nous. Ensuite, je ne fléchirai pas devant qui que ce soit pour protéger nos intérêts nationaux. Si tel était le cas, nous laisserions la porte ouverte à toute forme de chantage. Nos ennemis d'aujourd'hui et de demain doivent être conscients de la solidité de notre République depuis 1792

– Nous comptons sur vous Commandant.

– Alors donnez-moi les moyens d'aller taper très haut, très fort et très vite.

– Accordé Commandant SAINT-REGENT.

Après le départ du banquier, je me précipite pour faire le tour de nos différentes salles où sont actifs nos analystes, techniciens en écoute, ainsi que notre hackeuse Alexandra qui aurait la capacité d'accomplir des miracles.

Arrivée devant son double écran, elle s'acharne à craquer sous-dossier par sous-dossier, en coupant les différents pare-feu et alertes émises. Alexandra attire mon attention sur un document ouvert par ses soins dont deux lettres sur trois sont remplacées par un chiffre. Après quelques heures à créer un décryptage, je vois apparaître un texte clair et précis, en anglais, destiné uniquement à l'ensemble des directeurs de filiales :

« Au jour 21, à la 21ème heure de la journée du 21ème mois après la fusion avec la BANQUE FRANCAISE NATIONALE, les fonds actifs dans chacune des 21 filiales devront être transférés de manière synchronisée. Les transferts internationaux seront comptabilisés uniquement sur l'IBAN :

LC21 BOII 0001 00021 00012 001 002 2112 »

Aucune signature au bas de cette consigne ne permettant d'identifier l'origine, ce qui traduit sans contestation possible un complot visant à déstabiliser notre banque nationale et par répercussion, notre économie.

Immédiatement j'extrais ce passage et le transfère à Hector CHEVALIER pour qu'il puisse calculer si nous sommes bien aux dates et heures imposées par cette directive, ce qui paraît crédible compte tenu de son constat à avoir été informé par ses analystes de la fuite des capitaux.

Mon téléphone sonne, alors immédiatement je le prends dans mes mains en espérant entendre les ravisseurs du Colonel. Toujours en numéro non identifié, je décroche mais quelle surprise d'entendre une voix connue :

– Bonjour Gabriel, je te dois une explication.

– Ellen ??? À ce stade ce n'est plus une explication, ce sont des aveux. Depuis MEXICO tu as disparu des écrans radars.

– Es-tu dans PARIS ? Si oui peux-tu me rejoindre ?

– Je suis effectivement dans PARIS. Où souhaites-tu une rencontre ?

– Bord de SEINE, Quai du LOUVRE aux abords du PONT NEUF dans le 1er arrondissement sur la voie Georges POMPIDOU à 10h30 précises.

– Bien entendu tu seras seule !!! Tu penses que je vais venir comme si nous avions un rendez-vous Meetic avec une rose à la main ?

– C'est à toi de juger de l'utilité de me rencontrer. Je serai à l'heure pour ma part. Si au bout de deux minutes tu n'es pas là, je disparaitrai.

La conversation s'est stoppée sur cette précision du timing.

Pas d'autre choix que de sonner le branle-bas de combat auprès de mon équipe proche en les réunissant dans le bunker.

En trois minutes tout le monde est présent. Il est 8h28 ce qui laisse le temps à chacun de se positionner dans un périmètre maximum de 100m autour du bas du pont. Je fais afficher un plan via satellite sur l'écran géant principal.

Des deux côtés du pont les abords sont assez dégagés et aérés. Quelques arbres, mais en retrait, suffisamment touffus pour y placer un homme.

Je demande à Marine CENLARG de contacter la Brigade Fluviale De PARIS pour obtenir l'autorisation sans raison officielle de positionner deux bateaux simulant des rondes. Inquiète de ne pas obtenir satisfaction du fait de ne jamais annoncer le nom du B.S.I., je la rassure : si nécessaire je prendrai le relais lors de l'appel. Cette brigade est sous l'autorité de la Préfecture de Police donc du Ministère de l'Intérieur, alors pour gagner un temps précieux je demande à Marine de joindre directement le ministre à qui nous pouvons dévoiler notre action.

Rapidement, le Directeur de Cabinet obtient le feu vert du ministre en personne et dirige son aval auprès du Chef de la brigade. Nous aurons trois semi-rigides et non deux en patrouille sur la SEINE dans le périmètre du PONT NEUF.

Les rôles se distribuent entre le Major, la Capitaine, Iron, Alexandre, nos agents d'intervention de permanence pour lesquels je forme des couples de promenade amoureuse.

J'envoie Iron immédiatement trouver dans les alentours un lieu en surplomb afin d'assurer ma sécurité, tout en observant si Ellen LAMATI se rend au point rencontre accompagnée, ou si de la même manière que la mienne elle fait assurer sa sécurité. L'heure de départ sera 10h00 pour les couples, 10h15 pour ma part en empruntant une de nos DUCATI Monster parfaitement adaptée à ce déplacement.

Avant de rejoindre Ellen, je monte rejoindre Cara pour lui poser une question au sujet de son rôle.

– Cara, que peux-tu me dire de plus précis au sujet d'Ellen LAMATI ?

– Peu de choses supplémentaires, Gabriel. Simon WINMAN était plutôt élogieux à son égard. Il m'a ordonné l'organisation de son intronisation dans le temple en respectant le rite destiné aux femmes.

– Jamais il ne t'a fait part d'un doute la concernant ?

– Jamais. Il ne cessait de la complimenter en public en encourageant la gestion irréprochable de sa filiale italienne.

– Pour toi elle n'est qu'une exécutante alors ?

– Si tu me poses cette question, c'est bien évidemment que tu penses le contraire.

– Je te dirai plus tard dans la journée. Ellen m'a contacté ce matin de manière surprenante pour la retrouver dans PARIS d'ici une heure. En attendant tu restes confinée avec Cassandra dans cet appartement.

– Fais attention Gabriel.

– Sois assurée de ma grande vigilance. Nous sommes passés au niveau 1 déclenchant le mode « guerre ».

De retour dans le bunker, Hector CHEVALIER confirme effectivement l'évasion des fonds des vingt et une filiales au jour et date indiqués dans le message codé.

Plus aucun doute sur la stratégie savamment orchestrée des mois en arrière. Il m'informe être convoqué à l'Hôtel MATIGNON pour une réunion de crise avec la présence de différents ministres informés de la fuite de capitaux par l'A.M.F. mettant en péril la première banque nationale française. La B.O.I. en toute impunité, se verrait basculer en faillite car ses clients n'auraient plus à disposition l'argent déposé chez elle d'une part, et d'autre part le financement de centaines d'entreprises ne serait plus assuré du fait de l'absence de liquidités.

Le montant annoncé par Hector CHEVALIER frôle les deux milliards en euros et autant en dollars. À l'annonce de ces montants, un poing rageur frappé sur son bureau s'entend, semblable à un coup de masse percutant une porte en bois, associé à une virulente invective envers ses directeurs injoignables depuis.

Nous convenons de son orientation devant ses futurs interlocuteurs en prônant la surprise absolue couplée à la dénonciation d'une escroquerie de grande ampleur programmée par feu Simon WINMAN. La solidarité républicaine aura du mal à jouer dans ces circonstances compte tenu de son assassinat lié à la découverte de son action frauduleuse.

Comment va réagir la Bourse de PARIS ? L'État, via le fonds de garantie des dépôts, peut compenser jusqu'à un certain plafond les pertes, me précise le banquier, mais étant une banque d'affaires et un fonds d'investissement privé, il attend avec impatience le verdict gouvernemental et celui de l'A.M.F.

La B.O.I. est certes une filiale de la banque nationale française, ainsi le gouvernement va certainement refuser un effondrement bancaire de son fleuron entraînant dans sa chute des millions de clients privés, institutionnels, et du monde des affaires.

10h00 - Siège du B.S.I.

Les trois couples sont sur le point de quitter notre immeuble en empruntant la sortie en façade sur l'avenue X. Une sortie sous terre, enfouie au deuxième sous-sol dans le parking, permet de rejoindre une rue perpendiculaire en sortant par une porte dérobée. Seuls certains membres actifs du B.S.I. connaissent l'existence de cette sortie secrète, donc j'impose de l'emprunter. L'équipement de base est ordonné, à savoir système radio de communication, gilet pare-balles et armes de poing légères.

Le Code 1 est assigné d'office à Iron, le Code 2 au Major, le Code 3 à la Capitaine et enfin le Code 4 aux agents de sécurité. Connecté à la vidéo surveillance de la ville de PARIS, le Sergent-chef Jérôme reprend aussi son identifiant soit le Code 00.

10h15

En revanche, pour ma part, je sors bien officiellement par la porte du parking sur la moto me faisant ainsi bien repérer si nous sommes sous surveillance. Un regard à droite puis à gauche en prenant mon temps ne me fait localiser rien de suspect. Alors, je profite de la puissance de cette DUCATI pour me faufiler entre les files de voitures, empêchant ainsi toute poursuite.

Le temps est magnifique avec un soleil automnal offrant une parfaite luminosité.

En quelques minutes je rejoins ce point de rendez-vous sans être suivi. M'approchant en ralentissant, je visualise bien Ellen tout autant que mes équipes qui simulent une promenade amoureuse. Les semi-rigides de la Brigade Fluviale sont adroitement en mode patrouille, assez éloignés pour ne pas créer de dispersion s'ils sont repérés comme ennemis potentiels.

Par radio je m'assure de la propreté de la place auprès de mon équipe. L'ensemble des codes à tour de rôle me confirme ne visualiser aucun tango de la cible sauf « Code 1 » qui, grâce à sa lunette de visée, aurait repéré deux joggeurs bien trop couverts pour la saison. Selon lui, ils paraissent trop éloignés pour intervenir mais il les garde sous étroite surveillance. Le dernier à confirmer est « Code 00 » ne visualisant rien de suspect via les caméras.

Alors, au ralenti je m'approche encore du pont le plus ancien de PARIS malgré son nom. Construit en pierre entre 1578 et 1607 sous l'impulsion d'HENRI IV, il relie la rive droite à la rive gauche. Je ne sais pas si la culture d'Ellen au sujet des monuments parisiens l'a amenée à savoir que le Pont-Neuf est un symbole d'indestructibilité, mais le lieu est propice à s'enfuir en empruntant les berges recouvertes de pavés.

Je lève la visière de mon casque intégral et accélère à deux reprises pour me faire entendre par Ellen. Elle tourne la tête et me reconnaît, se lève de son banc et vient à ma hauteur. Je ne descends pas de la moto au cas où je devrais déclencher un départ précipité. Je n'ai aucune confiance en elle.

– Gabriel, je te dois des explications.

– Elles sont nécessaires Ellen.

– Ma couverture a été découverte par le chef de la sécurité du groupe, appelé Zumana, après son intervention à MEXICO. Depuis j'ai été désavouée par ma hiérarchie.

– Et ?

– Je suis dans l'obligation d'être l'intermédiaire entre toi et eux pour l'échange de Cara, et des dossiers que tu leur as substitués, contre ton Colonel.

– Tu me prends pour un débutant ?

– Non Gabriel.

Ils détiennent ton supérieur, le Colonel.

– Tu m'impressionnes Captain LAMARI ! Donc le Lieutenant General John WILLIAMS peut me confirmer ton état officiel ?

– Fais-le immédiatement.

– Affirmatif.

Je lance un appel au B.S.I. en demandant à être connecté immédiatement au G.H.C.Q. en niveau d'urgence maximal pour être en communication avec l'autorité supérieure. En moins d'une minute, je suis en ligne avec le Lieutenant General qui, surpris de l'appel d'un Commandant, finit par me répondre en décrivant la situation de crise. Il avoue avoir perdu un de ses meilleurs officiers en s'inscrivant dans la réalité parfois de missions d'infiltrations périlleuses. Effectivement, le Captain Ellen LAMARI est désavouée mais surtout black listée aux frontières de tous les pays de l'Empire Britannique. Il termine son échange en m'informant que si elle ne rejoint pas son

Q.G. au plus vite, elle sera prise en chasse avec les conséquences que cela comporte. Elle sait contourner les barrières pour rejoindre le fief de son agence, me précise-t-il.

– Tu vois, je ne te mentais pas. Mon pays est lui aussi anéanti par l'action de la B.O.I de LONDRES car elle finançait des projets de la famille Royale, de grandes entreprises anglaises, et surtout des financements immobiliers pour les Forces Armées britanniques.

– Donc tu es passée dans le camp de l'ennemi ???

– Pas le choix Gabriel si je veux encore vivre. Comprendre que l'on peut oublier le passé est encore insurmontable pour moi. Je te rappelle que j'ai un fils qui a besoin de sa mère.

– Quand on a l'âme patriote, on ne vend pas son âme au diable Ellen.

– Je ne te demande pas de me juger. Tu veux revoir en vie le Colonel ?

Tes hommes en simulant un footing sont aussi discrets qu'un cirque s'installant en ville ! S'ils tentent une action contre moi, je les fais abattre sans état d'âme.

– Ne t'inquiète pas, ils sont là pour s'assurer de notre échange et non pour s'en prendre à toi.

De manière excessivement discrète, Ellen pose sa main gauche sur ma cuisse laissant dépasser un papier accompagné d'un clin d'œil. Je le saisis immédiatement mais elle m'empêche de le lire devant elle comme si elle se sentait épiée.

– Gabriel, es-tu prêt à livrer ce qu'ils attendent en échange du Colonel ?

– Affirmatif. Où, quand et à quelle heure ?

À peine terminé ma phrase, une balle vient se loger dans sa boîte crânienne m'éclaboussant de mille gouttelettes de sang. Son corps s'effondre comme un pantin désarticulé m'envoyant immédiatement dans la triste réalité de nos métiers.

Les messages radios s'enchaînent créant un brouhaha incompréhensible pendant que je suis incapable de réagir en tentant de prendre la fuite. Si j'avais dû être abattu, j'aurais reçu une balle dans les deux secondes suivant celle adressée à Ellen, alors je reste immobile.

Iron répète en boucle être dans l'incapacité d'identifier le point de tir, le Major m'ordonne de décrocher me voyant bloqué, la Brigade Fluviale vient s'amarrer le long du quai pour venir tenter de prodiguer des soins au corps de cette ancienne Officier anglaise. D'un signe de la main codé, je leur indique de ne pas s'en donner la peine.

J'envoie un message vocal groupé à toute l'équipe en leur demandant avec un ton solennel de quitter les lieux immédiatement car nous sommes définitivement en état de guerre déclarée.

Je déplie le papier d'Ellen et prends connaissance de ses mots :

« *Gabriel : je suis piégée – Ton Colonel est dans PARIS mais sans savoir où – Je suis désolée j'ai dû les aider à le kidnapper – Je ne suis pas un traitre – Élimine Zumana & Elliot ELWOOD – Les grands ordonnateurs sont intouchables – On peut se retrouver si tu veux toujours de moi là où se posent les flamands roses* »

À genoux, je pose ma main droite sur les yeux d'Ellen en signe d'adieu sans pouvoir gérer sa dépouille gisant à même le sol, dans une mare de sang souillant ses vêtements et sa longue chevelure brune. Dès à présent et de manière brutale, elle appartient au passé comme tant d'autres croisés tout au long de ma carrière, mais en me laissant un souvenir particulier, celui de notre rencontre à ROME… Ainsi va la dureté de nos carrières mais nous ne pouvons pas nous apitoyer sur notre sort.

Enfin, un sursaut d'adrénaline me permet d'enclencher la première et démarrer en trombe pour rejoindre le B.S.I. où j'ai décidé de mettre un plan de guerre en place sans laisser une seconde de répit à nos ennemis.

Chapitre 19
L'échange

Toute l'équipe s'est bien repliée au siège alors qu'avant eux, attristé, j'ai rejoint le bunker.

Les images me reviennent au sujet d'Ellen pour qui j'ai eu une forte attirance conclue par une relation physique. À ce titre et par respect militaire, je contacte à nouveau le Lieutenant General John WILLIAMS, Directeur du G.H.C.Q. dont dépendait la Captain Ellen LAMARI.

Sa réaction est terrible lorsqu'il me fait part de son attachement à son Officier bien qu'elle ait été découverte par nos ennemis communs en ayant répondu à leurs ordres.

De plus, et à mon grand étonnement, il avait reçu des éloges dithyrambiques de la part d'Ellen à mon sujet, insistant sur le fait qu'elle avait un faible pour son homologue français.

Le Service de Renseignements électroniques du gouvernement du ROYAUME UNI, par le biais de son supérieur, m'affirme mettre son agence à mon service dans le but de m'aider à la destruction de cette organisation en cas de besoin.

Remerciant cette sommité, je m'engage à le contacter pour lui demander de l'aide ou l'informer de l'éradication des assassins de son Officier.

11h11

Maintenant, c'est l'heure d'une réunion de crise en y associant toute personne concernée par la mission « SWIFT ».

Un revenant demande sur ma messagerie sa réintégration : le Sous-lieutenant Orso P. remis de sa rééducation validée par le Dr Benjamin F. il y a une heure à peine.

La confirmation est envoyée à notre responsable des agents et officiers de lui faire rejoindre le bunker immédiatement après avoir signé son désengagement comme chacun de nous, condition sine qua none pour être à nos côtés.

La création d'une unité d'élites prend tout son sens pour récupérer sain et sauf le Colonel toujours aux mains de ses ravisseurs. Chacun d'entre nous détient une spécialité utile dans l'opération nommée pour la circonstance « RESCUE » déclenchant un niveau de priorité absolue.

Chacun est assis, prêt à attendre mon brief. M'interpelle le Major Elodie me demandant une minute en aparté. Accordé.

– Gabriel, je sais parfaitement que tu ne veux pas m'entendre, mais ici tous les membres actifs s'en remettent à toi.
– Tu penses que je n'en suis pas conscient ?
– Si. Tu peux m'expliquer pourquoi la Captain LAMARI a été abattue en ta présence ?
– Elle a été désavouée après avoir passé un pacte avec le diable et surtout après avoir déposé un mot dans ma main indiquant la présence du Colonel dans PARIS.
– Donc toi tu deviens le défenseur proclamé de la veuve et de l'orphelin ? Elle a voulu s'excuser ou te mettre sur une dernière mauvaise piste. Elle n'avait pas ma confiance.
– Maintenant cesse de m'agresser en permanence Elodie.
– Bien au contraire, j'essaie à mon niveau de te faire réaliser le poids de ton leadership face à cette situation de crise. Je te connais plus que n'importe qui ici pour savoir que tu es un grand professionnel, mais tu savais à quel point tu pouvais te reposer sur le Colonel afin qu'il te guide. Aujourd'hui, dans des conditions spéciales, c'est toi qui endosses le costume.
– Merci Major, vous m'êtes d'un grand soutien.
– Gabriel, laisse-moi t'aider. Tu es accaparé par ton envie de le reprendre en vie et ton désir de vengeance connu. Fais la part des choses.

Dans un élan d'affection, je prends le Major dans mes bras en la serrant fort pour lui glisser à l'oreille « merci pour ton soutien inconditionnel, je vais être encore plus fort pour nous tous ».

De retour dans le bunker, je m'adresse à l'ensemble des membres en tant que leader prêt à aller en tête au combat, ce qui les rassure immédiatement. Une fois cette précision portée à l'attention de tous, je reprends l'historique de la mission « SWIFT » depuis que nous sommes partis sur le terrain en leur précisant chaque détail en notre possession, le tout assorti de diffusion d'images et de vidéos.

Je porte à leur connaissance, pour ceux qui l'ignorent encore, les revendications exprimées par le dénommé « Zumana », présenté comme le chef de la sécurité de l'organisation : l'exigence de rendre le dossier soustrait de la B.O.I. de LONDRES, plus Cara DUBECCI sans sa fille.

Mes précisions au sujet d'une stratégie militaire à adopter découleront du prochain appel des ravisseurs du Colonel. Si l'information de la Captain LAMARI au sujet de sa présence dans Paris s'avère confirmée, un plan d'attaque verra le jour, et si entre temps ceux qui le détiennent changent de lieu, j'adopterai un plan différent.

L'attente et la patience deviennent notre attitude et pour tous des séances de repos obligatoires, ce qui a tendance à agacer l'ensemble des personnes présentes. Malheureusement, PARIS est grand et nous n'avons aucune piste à privilégier ni lieu à visiter.

12h05

Marine tend mon téléphone en me précisant un appel du ministre de la Défense. Pour la confidentialité de la conversation, je quitte le bunker.

– Commandant, sur ordre du Cabinet du Premier ministre, vous n'intervenez plus auprès des invisibles ou visibles de la B.O.I.

– Pardon Monsieur le ministre ?

– Votre seul et unique objectif est de ramener le Colonel Archibald de GANS sain et sauf.

– Nous sommes au bord du précipice financier de notre banque nationale après des détournements de plusieurs milliards et par enchantement notre agence est destituée du premier rôle pour lequel elle a été choisie ?

– Vous êtes isolé Commandant ?

– Affirmatif Monsieur le ministre.

– Des accords secrets entre plusieurs dirigeants d'états impliqués par cette fuite gigantesque des capitaux, la B.C.E.[83], le F.M.I. du fait des connexions de Simon WINMAN, et l'État d'ISRAEL, tentent de passer sous silence cette crise. Des fonds vont être injectés pour ne pas déstabiliser notre économie nationale.

– À vos ordres ! Donc les décideurs de l'ombre ayant orchestré ce plan machiavélique ne seraient pas informés de ces réunions dites secrètes ?

– Entre nous Commandant, nous en sommes conscients mais toutes les réunions en visioconférence sont sécurisées. Tant que ces accords demeurent secrets, pas de vague par vos actions qui viendraient entraver ce plan de sauvetage. Le monde de la politique et celui des finances sont liés depuis la nuit des temps…

Alors, prenez ma phrase comme bon vous semble, vous êtes à cet instant le Directeur Exécutif par intérim du B.S.I., à vous de juger ce qui est utile pour rayer de la planète le moindre salopard.

– Je n'ai rien entendu Monsieur le Ministre.

– Parfait Commandant.

12h11

Reprenant mon fauteuil, mon téléphone sonne à nouveau et enfin le ravisseur du Colonel au bout du fil, toujours avec sa voix modifiée, parle. Aussitôt le D.A.S.E.M. active son logiciel relié au téléphone, avec toujours sur l'écran l'apparition d'une ligne reliant les villes où sont présentes chaque agence de la B.O.I. en boucle. Donc impossible de repérer l'origine de l'appel. Un regard agacé est adressé au Sergent-chef Jérôme qui ne peut malheureusement « percer » cet appel.

L'appel est porté sur le système audio de la salle, permettant à mon équipe l'écoute avec attention des ordres prononcés par le supposé Zumana. Avant de donner le lieu de l'échange, d'une voix amusée il menace du même sort réservé à l'Officier anglaise pour celui ou celle voulant tenter le diable. Alors à mon tour de prendre une voix amusée :

---

[83] B.C.E. : Banque Centrale Européenne, principale institution monétaire de l'Union Européenne ayant adopté l'euro. Elle est basée à FRANCFORT.

– Zumana, la grande force de Satan est de convaincre l'homme que le diable n'existe pas. Mais je suis le diable, mec !

– Toujours aussi amusant Commandant. Si vous aviez vu votre tête quand le sang de l'anglaise a jailli sur votre joli blouson en cuir !

– Donc tes petits camarades de jeu et toi êtes dans PARIS. Bonne nouvelle, PARIS est mon terrain de jeu favori.

– Ne soyez pas trop présomptueux Commandant. Tenez, je vous envoie une nouvelle photo pour vous décider à ne pas tenter le vrai diable.

La photo évoquée arrive sur l'écran de mon téléphone lui-même relié à l'immense mur d'écrans de la salle.

Horrifiés, nous visualisons le Colonel dans la même tenue que celle portée par Aaron WINMAN lors de son assassinat avec un linge blanc unique autour de la taille. La photo ne révèle pas de scarifications sur le corps du Colonel. Les traits de son visage font peur certainement pour ne pas avoir été nourri dans le but de l'affaiblir.

Le même décor représentant ce billet américain d'un dollar est toujours affiché derrière lui.

– Alors Commandant, je ne vous entends plus ?

– Ok ok. Où, quand et à quelle heure ?

– Là je vous sens prêt. Partons du principe que l'échange se fera dans PARIS avec vous seul. Vous êtes conscient maintenant, avec ce que vous avez vécu il y a un peu plus d'une heure sur les quais de la SEINE, que la décision de venir escorté serait une erreur fatale ?

– Je ne prendrai pas de risques inutiles.

– Enfin ! Surveillez votre écran, vous recevrez le lieu et l'heure.

– Stop ZUMANA. Le Colonel n'est plus une priorité. Tandis que Cara et ton dossier ont l'air d'être bien plus importants pour ton organisation, certainement parce qu'il contient le plan suivant dont personne n'a de copie. Partons du principe que tu n'aurais pas pris autant de risques en enlevant un des grands patrons des Services de Renseignements français si ce dossier existait en double ou en triple. Donc c'est moi qui fixe le lieu, la date et l'heure. Réfléchissez en groupe.

12h28

La conversation est coupée par ma décision, incitant chacun à vilipender l'auteur de l'appel, le tout associé à des félicitations pour mon baroud d'honneur ou mon coup de poker gagnant.

Je ferme les yeux, cherchant une raison pour faire en sorte de ne plus perdre la main que je viens de prendre. J'en appelle intérieurement à Shankar pour encore me donner un coup de pouce du ciel…

12h31

Un nouvel appel s'affiche. Je demande le silence total.

– Commandant, je n'ai pas pour habitude de céder, mais vous avez en partie raison sur l'importance capitale de ce dossier. Alors nous acceptons un lieu à votre convenance pour notre échange. Pour ne pas vous faire sortir vainqueur absolu de cette négociation, je vous envoie une nouvelle photo.

– J'ai toujours prétendu qu'un bon deal était honnête quand les deux parties sont gagnantes/gagnantes. Tu es plus intéressé par la partie détenue dans mes locaux que moi dans la tienne.

– Regardez la photo Commandant.

La photo diffusée sur les écrans du bunker représente toujours le Colonel dans la même tenue, mais cette fois-ci une scarification saignante sur son torse représentant la tête de bouc de Mendès avec une étoile à cinq branches sur son front.

Le sang-froid absolu doit être ma ligne de conduite pour la fin de la conversation.

– Tu te prends pour un dessinateur Zumana ? C'est une obsession remontant à l'enfance ?

– Tais-toi inculte, tu ne sais pas de qui tu parles.

– Je te donne le lieu de l'échange à 15h00. Alors rappelle à cette heure précise en te mettant en tête que je ne suis pas ton bouc émissaire. Réfléchis…

12h34

À nouveau je clos la conversation en raccrochant sans laisser mon interlocuteur placer un mot de plus.

Tout de suite, je fais diffuser un plan satellite de PARIS dans le but de nous positionner dans la plus grande discrétion sans être repéré. Il ne faut pas cibler un lieu sans prendre en considération le premier élément appris à chacun depuis des années, toujours identifier un point de sortie plutôt qu'un point d'entrée.

Le seul à détendre l'atmosphère comme d'habitude, c'est Iron en posant sur la table son nouveau jouet, un « Hécate 2 [84] » posé sur bipied, fusil de précision longue distance à verrou calibre 12,7mm d'une portée efficace de 1800m et au-delà, équipé d'une lunette nocturne. Il nous vante la vitesse de la balle en sortie de canon donnée pour 800m/s. Fier, il annonce que son ancien régiment, le 1er R.P.I.M., a contribué à sa création avec les armuriers du R.A.I.D et du G.I.G.N.

Cette parenthèse de démonstration fermée, il veut surtout nous rassurer sur son efficacité pour nous protéger d'où qu'il se trouvera. « Message reçu Adjudant, nous savons que nous pourrons compter sur toi comme depuis ta première mission à nos côtés ».

12h39

La Capitaine Éléonore émet l'idée de réfléchir sur une zone où nous pourrions concevoir un guet-apens dans lequel il faudrait attirer Zumana et ses hommes vers une souricière ou cuvette dans laquelle nous pourrions les réduire à néant. L'idée n'est pas mauvaise, mais quel arrondissement de PARIS le permet ? Aucun.

Alors j'évoque l'idée d'un bateau mouche se déplaçant à très faible allure jusqu'à un point de rencontre. Le Lieutenant Pierre P., Directeur des Moyens Généraux, émet la difficulté à réquisitionner un tel bateau en quelques heures tout en bénéficiant d'un navigateur ne craignant pas une bataille rangée à balles réelles. Effectivement, peu envisageable.

---

[84] Fusil français conçu par PGM Précision.

Reste encore dans l'énumération des scénarios un lieu idéal, la B.A. 107[85] où nous sommes comme à la maison à vingt kilomètres de notre siège !

– Commandant, il paraît peu probable qu'ils ignorent son surnom : le tarmac de la République ! C'est une base multi affectations militaires sans omettre le fait qu'est basé le C.O.S. !

– Tu as raison Capitaine, mais le terrain est assez vaste pour dissimuler une mini armée prête à intervenir avec l'aide du chef d'État-Major des armées, ami intime du Colonel.

– Tente-le Commandant, nous sommes tous favorables à investir les lieux dès ton feu vert.

– Sergent-chef Jérôme, balance un plan de la 107 à l'écran.

– À vos ordres Commandant.

13h05

Vingt minutes nous sont essentielles pour déterminer l'emplacement de chacun une fois sur place. Marine lance l'appel auprès du chef d'État-Major validant immédiatement ma demande de venir en aide à notre commando pour les raisons invoquées portées à sa connaissance. Il propose l'installation immédiate d'un P.C. guerre dans lequel nous sommes attendus le plus rapidement possible.

J'annonce à tous les membres actifs de se rendre à l'armurerie en s'équipant de tout matériel nécessaire à affronter un combat sanglant. J'enchaîne en imposant la réquisition de tout agent de permanence pour nous conduire à la 107 avec préparation des voitures vacantes.

Dernier élément indispensable à prendre avec moi, le disque dur dans lequel est présent le dossier de la B.O.I n°1. Le Sergent Cécile m'adresse une requête à savoir si l'hackeuse doit savamment en télécharger une copie. Alors, si aucune alerte n'est déclenchée par son transfert de données, je confirme la demande.

---

85 Base Aérienne 107 « René DORME » de VELIZY-VILLACOUBLAY, aéroport militaire situé au sud-ouest de PARIS.

Sa précision va vers un deuxième dossier où les premiers éléments décryptés laisseraient percevoir après le chaos de la B.O.I. le financement d'actes terroristes pour plonger la FRANCE dans un désordre économique sans précédent. Alors raison de plus pour tenter une copie et la garder précieusement.

Ne restent au B.S.I. que les chefs de service dans la salle des communications ainsi que le Sergent-chef Jérôme pour nous guider via un satellite de surveillance.

La Mission « RESCUE » est en ordre de bataille. Le top départ est annoncé à toutes et tous pour 13h45 précises.

Ma phrase finale vient de la célèbre locution latine prononcée depuis des années comme une superstition rassurante avant un combat, « Si vis pacem, para bellum[86] ». Mon équipe proche se retourne en arborant un sourire laissant sous-entendre mon oubli de la prononcer !

Une dernière idée me vient à l'esprit au sujet de Cara. Zumana l'exige en échange, mais par la magie du travail de la Capitaine Éléonore, nous pouvons grimer une femme de notre agence et l'habiller avec le même style identifiable propre à Cara le temps de la supercherie.

La Capitaine valide le morphing comme facile à préparer en désignant le Major Elodie ayant à peu de détails près la silhouette de Cara.

Là, il va me falloir négocier sérieusement pour obtenir l'accord de la concernée.

– Major, je peux te demander un service ?
– Tiens donc Gabriel, tout gentil tu deviens ?
– De Maître YODA tu es inspirée ?
– Pas le jour pour de l'humour Gabriel !
– Tu serais prête à être grimée en Cara ?
– Tu es vraiment une enflure Gabriel. Tu oses tout.
– Elodie, en quoi cela change l'intérêt de ton intervention ?

---

86 « Si tu veux la paix, prépare la guerre ».

– Tu as raison, dans n'importe quel cas, je serai en première ligne avec les risques que cela comporte.

– Merci Major. Vous pouvez vous rendre dans le bureau de la Capitaine ?

– Faut aussi que je m'habille en Cara Commandant ?

On va éviter les LOUBOUTIN.

– Très drôle.

13h16

Quatre à quatre je monte les marches des trois étages pour m'entretenir avec la supposée monnaie d'échange.

Sans détour, je lui demande de m'affirmer solennellement que la volonté de Zumana de la reprendre n'est en rien lié avec des informations clés détenues par ses soins. Au nom de sa fille, elle revendique m'avoir livré tout ce qu'elle détenait ce qui ne représente pas de grands dangers pour l'organisation officielle puisque ses ordres émanaient uniquement de Simon WINMAN, assassiné depuis.

Donc la seule raison apparente pour son retour est d'être abattue pour s'assurer de son silence à jamais. Sans la mettre en panique, cela paraît évident par la non-exigence de joindre dans l'échange sa fille Cassandra.

Je l'invite à me suivre immédiatement pour servir de modèle à la Capitaine. Avant de refermer la porte de l'appartement, elle saisit ma bouche, entoure ses bras autour de mon cou avec beaucoup de tendresse en me murmurant de revenir vite.

13h39

En un temps record, la Capitaine réussit la prouesse avec l'aide du latex à quasiment transformer le visage du Major. Sans hésiter, Cara se déshabille et donne ses vêtements au Major qui les enfile sans rechigner.

Cara sent une certaine tension émise par le Major. Alors, elle lui demande quelques secondes d'aparté. D'un signe de la tête je valide la demande auprès d'Elodie le temps de rejoindre l'armurerie où m'attend le Lieutenant Yoni I. Double holster de cuisse avec S&W M.P. 9mm, des chargeurs, un gilet pare-balles avec plaque de céramique. À cet équipement j'ajoute un fusil d'assaut compact dernière génération de chez BERETA, l'ARX100, tendu par l'armurier me ventant son efficacité de percussion.

13h45

Le bruit des moteurs vrombissant dans le parking fait ressentir l'ambiance froide d'une intervention musclée. Nous montons dans les voitures en nous répartissant par groupes de trois. J'impose au Major de monter dans la mienne avec Iron surexcité, tenant fièrement dans ses bras son Hécate 2 dont il me précise la capacité du chargeur de contenir sept cartouches. Me voilà rassuré !

Par radio j'envoie le top départ en précisant aux pilotes de prendre en ordre décalé les deux trajets possibles pour nous rendre à la 107.

J'enchaîne les appels téléphoniques entre le Ministre de la Défense en lien avec le chef d'État-Major des armées, le Ministre de l'Intérieur ayant donné des instructions au Préfet de Police de PARIS pour sécuriser et faciliter nos déplacements en cas de danger.

Le convoi roule à vive allure sans se soucier des signalisations à respecter. Avant 15h00, heure d'appel de Zumana, nous devons avoir mis en place mes équipes et celles mises à disposition par le C.O.S.

14h19

Le brief entre nos forces communes débute par un discours de soutien sans faille du chef d'État-Major des Armées accompagné par les différents chefs de Forces Spéciales mis à disposition. En personne il me désigne comme le leader de la coordination du commando pour l'opération « RESCUE », honneur accepté.

Au total, trente-cinq femmes et hommes, surarmés et disséminés en mode invisible de l'entrée jusqu'au bout de la piste principale, seront prêts à accueillir Zumana et son service de sécurité.

Les codes radios sont bien synchronisés ce qui déclenche le départ de chacun à son point de stationnement sur la base. Ne reste avec moi dans le bâtiment central où a été conçu un P.C. guerre, que le Major grimée en Cara et les chefs d'unités de Forces Spéciales.

En attendant 15h00, les techniciens règlent avec le B.S.I. la retransmission des images du satellite reprogrammé pour l'intervention, plus les liaisons des vidéosurveillances autour de la base.

15h00

– Commandant, respectons nos accords. Où souhaitez-vous procéder à l'échange ?

– Base aérienne de VELIZY-VILLACOUBLAY, 22h00, sur la piste principale éclairée pour l'occasion. Le lieu n'est plus opérationnel et nous serons à l'abri des regards.

– Vous imaginez sérieusement ne pas savoir par mon service de sécurité que cette base aérienne est un lieu stratégique pour l'armée française ?

– Écoute, c'est là et nulle part ailleurs si tu veux récupérer tes données informatiques et Cara.

– Je serai ponctuel Commandant. Ne faites pas de vague, vous le regretteriez.

– Que chacun reparte avec sa monnaie d'échange et nous serons en paix.

Sept heures à attendre l'arrivée du Colonel dont la santé m'inquiète. Une unité de soins dirigée par le Dr Benjamin F. est prête elle aussi à intervenir en urgence.

Les heures passent pendant lesquelles des points informations entre les équipes sont distillés à intervalles réguliers, quand le D.A.S.E.M. me prévient à 20h00 précises de l'approche de cinq véhicules légers par la Route de Gisy longeant l'entrée principale de la base. Les véhicules roulent à faible vitesse, espacés de 50m chacun.

Par radio je provoque le déclenchement du « stade 1 », niveau de sécurité maximal plongeant la base dans l'obscurité la plus totale.

L'image satellite est calée au-dessus de nous, offrant une parfaite retransmission par les éclairages extérieurs et les éclairages obligatoires sur la B.A. Un deuxième écran retransmet, lui, les images de caméras de surveillance installées tout autour des grillages barbelés.

Leur convoi stoppe dans le virage contournant la partie bâtie le long de la piste de dégagement.

Des cinq voitures descendent cinq hommes habillés de tenues de combat noires.

– Ici le Commandant SAINT-REGENT, à toute l'unité, infiltration dans la base de cinq hommes par le Sud-Est.

– Bien reçu, nous les prenons en chasse.

– Pas de neutralisation, je répète, pas de neutralisation jusqu'à mon ordre.

Il nous faut scanner leur fréquence de communication par l'opérateur radio du G.A.O.S. assisté du Sous-lieutenant Orso P.

Casques d'écoute sur leurs oreilles, ils démarrent leurs actions pendant qu'une nouvelle information m'alerte sur le départ des cinq véhicules se regroupant sur le rond-point.

Les hommes sont repérés par le commando et confirmés par leur signal thermique. Leur tactique d'infiltration puis de positionnement est bien conforme aux instructions militaires prodiguées lors des enseignements.

Après quelques minutes de déplacement, ils deviennent statiques et répartis autour de la piste principale où doit se dérouler la rencontre.

21h55

Empruntant la rue du Général André, le long de la B.A. par le Nord, un fourgon de transport de fonds blindé de la BRINKS est annoncé en approche du rond-point donnant sur la route de Gisy à vitesse lente. Il est suivi d'une berline faisant stop à l'entrée de la route.

Je lance l'alerte générale à tout le commando en demandant un silence total.

Le fourgon stationne devant l'entrée principale quand mon téléphone retentit.

– Commandant, nous sommes ponctuels. À vous d'ouvrir les barrières.
– J'actionne. On se retrouve avec Cara et le disque dur sur la piste.

Le fourgon roule toujours à très faible allure en direction de la piste éclairée, prenant alors le Major par la main, nous nous dirigeons au point de rencontre. En marchant, je demande que les cinq hommes infiltrés soient dans la ligne de tir des membres, en capacité de les taper.

Iron, leader des tireurs d'élite, me confirme attendre ma permission d'engager.

L'unité du G.A.O.S. m'annonce ne pas capter de fréquence radio en dehors des nôtres ce qui permet d'imaginer leur communication uniquement par téléphone satellite pour ne pas être écoutés.

Le fourgon fait demi-tour et s'arrête en plein milieu de la piste dans le sens du départ.

Le Major me demande de la protéger avant n'importe quelle autre personne au nom de son envie d'en éliminer au moins un avec son arme.

De nouveau, je réponds à un appel :

– Commandant, levez les mains en brandissant le disque dur et laisser Cara.
– Doucement Zumana, je veux m'assurer que le Colonel est bien en vie. Maintenant montre-toi.
– Va à l'arrière du fourgon, la porte va s'ouvrir.

La distance me séparant de la porte arrière est de vingt mètres quand je reçois l'information par radio que deux des hommes infiltrés sortent de leur planque pour venir sur la piste me braquer. Effectivement je les vois avançant vers nous, fusils braqués dans notre direction. Il en reste donc trois possiblement me visant aussi. Iron ne cesse de me demander la permission d'engager mais il est trop tôt encore pour lui donner l'ordre.

Dix mètres, cinq mètres, un mètre. Tenant toujours le Major par la main, la porte arrière s'ouvre. Deux hommes tout de noir vêtus, cagoule et fusil d'assaut de lourd calibre en main, caméra GoPro sanglée sur la poitrine, ouvrent la porte et m'indiquent à l'aide d'une lampe torche en main le fond de la cabine où est bien le Colonel. Torse sanguinolent, bras tendus par des chaînes accrochées au plafond, linge blanc autour de la taille, tête penchée vers le bas, je leur demande de me prouver qu'il est bien en vie. Sans parler, l'un d'eux prend sa tête par les cheveux et la redresse, j'aperçois alors son regard dans le vide.

La sonnerie du téléphone me tire de ma focalisation sur le corps du Colonel :

– Commandant remettez le disque dur aux hommes et laissez-leur Cara.

– Détends-toi Zumana, d'abord fais détacher le Colonel et quand il sera en position de descendre du fourgon, je lance le disque dur à tes danseuses.

– Dernier accord entre nous Commandant.

Par radio, une information m'est adressée au sujet de quatre membres du C.O.S. proches du grillage à l'angle de la base pouvant faire feu sur la berline garée, moteur allumé, dans laquelle est sûrement Zumana. Ils demandent eux aussi l'ordre de faire feu.

Le Colonel est enfin détaché, je suis entouré de deux hommes prêts à déclencher leurs tirs, le Major reste imperturbable, quand le deuxième homme à bord du fourgon plaque son arme sur la tempe du Colonel. Utilisant le tchéchène il s'adresse à celui qui amène le prisonnier. Il lui répond dans sa langue et met à genoux leur proie.

– Commandant, respecte ton accord, donne le disque dur et lâche cette traînée.

– Fais descendre le Colonel avec respect, tu as été militaire, une autorité supérieure se respecte.
– Il descend et récupère-le.

Au moment où ils le soutiennent par les bras pour le rapprocher de la porte, je lance le disque dur au fond du fourgon. Aussitôt un des deux hommes se précipite pour le récupérer et le connecter à un scanner pour vérifier qu'aucune balise n'y est installée.

Discrètement, j'adresse la permission à Iron et les snipers d'engager les cibles dans et autour du fourgon puis les trois autres encore planquées.

À peine mon autorisation donnée, j'entends le sifflement des balles percuter les têtes des quatre hommes situés en face et sur les deux côtés. Les trois autres doivent être assez éloignés pour ne rien entendre.

Le chauffeur du fourgon démarre en trombe en refermant la porte arrière commandée depuis la cabine, isolant le Colonel à l'intérieur. J'enchaîne en donnant la permission d'engager sur la berline garée à l'extérieur quand ils m'informent qu'elle a déjà démarré et s'éloigne, suivie par les cinq autres berlines apparemment puissamment motorisées. Alors je leur donne l'ordre de tirer sans réserve.

Une vingtaine d'hommes sortis de leurs planques accompagnent au pas de course le fourgon quand mon téléphone sonne à nouveau :

– Grave erreur Commandant, tout aurait bien pu se dérouler. Maintenant, sache que le fourgon est équipé d'une charge explosive capable d'être déclenchée à distance. Alors si j'étais vous, je le laisserais sortir.
– Va te faire mettre et profond sale con.

Entamant un 100m digne d'être qualifiable pour les Jeux Olympique, je rejoins le hangar où sont garés nos véhicules d'intervention pour monter à bord d'une de nos MERCEDES C-63 AMG. J'ordonne par radio l'obligation d'escorter le fourgon à toute équipe sans intervenir, pendant qu'à ma garde rapprochée j'ordonne de monter à bord de deux autres C-63 pour aller prendre en chasse les berlines avec moi. Dans celle de tête doit se trouver Zumana. Lui, il devient ma cible prioritaire.

En fin de course, au moment où je sors du hangar moteur plein régime, Iron me demande par signe de monter à bord. Accordé.

Un appel est lancé au B.S.I. pour demander au Sergent-chef Jérôme de me guider par radio et de ne surtout pas perdre des yeux leur convoi.

Quelques mètres suffisent pour atteindre une vitesse folle en mode course poursuite vers l'A86 qu'ils ont déjà rejointe.

À plus de 230km/h je longe la barrière de sécurité pour me rapprocher de la première voiture. Eux aussi roulent très vite ce qui rallonge le temps avant d'intervenir. Dans mon rétroviseur, j'aperçois les pleins phares des deux C-63. Nous serons trois pour six voitures à stopper, peu importe, la haine, couplée à l'adrénaline, fera son travail.

Arrivant à la fin le l'A86, ils prennent la bretelle de sortie en direction de l'A6a qui, si je ne me trompe pas, rejoint le boulevard périphérique extérieur.

Pour emprunter cet itinéraire, leur volonté est de rejoindre PARIS centre, nous semer et atteindre une base de repli. Jamais ils ne l'atteindront, engagement formel de ma part.

245, 255, 278 km/h sont atteints pour se rapprocher de la voiture en queue de convoi. Visiblement, le chauffeur maîtrise moins bien la haute vitesse vu sa conduite brusque.

– Iron tire dans les pneus.
– Enfin un ordre Commandant.

Le vent s'engouffre dans l'habitacle empêchant de stabiliser son arme mais il parvient à arroser d'une salve atteignant le bas de caisse et les pneus. Coup de volant à droite à gauche, puis une embardée définitive vers la droite en percutant la voiture devant elle supprime deux véhicules directement.

Alors une forte accélération supplémentaire me rapproche des quatre autres AUDI. J'adresse l'ordre à mes voitures suiveuses de s'en charger pendant que je me faufile entre elles pour atteindre la RS4 de tête. Malheureusement pour eux, les performances de ma C-63 AMG est bien supérieure ce qui me fait, dans une ultime accélération, tamponner le pare-chocs arrière. Enfin, je lui colle au cul sans qu'il ne lâche un mètre.

La course se poursuit à la sortie de l'A6a sur le boulevard périphérique en prenant la direction de l'Ouest vers la Porte de Saint-Cloud. Mais à cette heure de la soirée la circulation est dense.

À sa hauteur, je le percute par la gauche l'envoyant changer de file et bénéficier de la circulation. À l'arrière, un de ses soldats ouvre le feu sur nous, alors je rétrograde violement permettant de freiner dans la même seconde. Son tir atteint l'avant gauche de la C-63 sans endommager le moteur. De rage, j'accélère à plein régime de nouveau en envoyant sur la banquette arrière Iron pouvant tirer soit par la gauche, soit par la droite.

La RS4 arrive à s'extirper par la file de droite en sortant Porte d'Auteuil pour s'engager sur le Pont Mirabeau. Une fois de plus je les percute par l'arrière entraînant le conducteur à faire des embardées. La poursuite se prolonge sur l'Avenue Émile Zola pour atteindre sans temps morts le Pont Bir-Hakeim. Rue de l'Alboni, puis rue Benjamin Franklin dans laquelle Iron arrive à les arroser mais toujours sans les stopper.

Place du Trocadéro, rue de la Pompe, Boulevard des Maréchaux sans intervenir, mais à la Porte Dauphine le chauffeur de la RS4 fait une mauvaise manœuvre lui faisant faire un tête à queue me permettant de les taper fortement par l'avant. Dans un sursaut de récupération, après l'avoir poussé sur plusieurs mètres, il reprend le contrôle de sa voiture pour s'engager Avenue Foch totalement dégagée. Alors, le collant par l'arrière, je le pousse et le repousse sans que la puissance de son moteur ne soit suffisante pour me laisser sur place. Connaissant PARIS, je sais parfaitement où débouche cette avenue : Place Charles de Gaulle. Là, peut-être, la fin de cette folle course poursuite se dessinera.

Un message radio m'informe de l'arrêt complet des voitures suiveuses et l'éradication des personnes à bord. Il ne reste plus que Zumana et moi.

On s'engage sur le rond-point à plus de 100km/h en plein travers, quand par la fenêtre arrière de la RS4 le canon d'un fusil d'assaut nous pointe et vide son chargeur faisant voler en éclat les vitres latérales. Une balle vient se loger dans le bras droit de mon sniper. Hurlant, il m'implore de continuer en affirmant ne plus pouvoir tenir son fusil en main. Définitivement je dois les percuter de plein fouet, alors je préviens Iron de bien attacher sa ceinture car le choc va faire mal, très mal.

Leur erreur est de sortir de la Place Charles de Gaulle par l'avenue de Wagram suffisamment large pour me permettre de les doubler. Devant eux, je freine brutalement pour faire enfoncer le capot dans le coffre de la C-63. Le freinage se prolonge sur une trentaine de mètres jusqu'à ce que je braque en accélérant de nouveau pour me retrouver face à eux. Là, fin de la course à l'angle de la Place des Ternes.

J'actionne la palette à droite du volant pour en mode manuel actionner la première tout en fonçant côté conducteur, marche arrière, marche avant, marche arrière, marche avant.

J'arrive à peine à ouvrir ma portière pour m'extirper les deux S&W en main. À l'intérieur de la RS4, les hommes sont hors d'état de nuire. J'arrache la portière côté passager où à moitié mourant, Zumana tient dans sa main droite le détonateur. Il est en sang, ses jambes broyées par la chute du tableau de bord, de profondes plaies ouvertes sur son crâne rasé.

D'une voix faible, il s'adresse à moi :

– Commandant, jamais le combat ne sera terminé. Tu as gagné une bataille mais pas la guerre. L'Ordre Mondial est en route depuis bien avant ta naissance.

– Ferme ta bouche espèce de dégénéré. Donne-moi gentiment ce que tu tiens dans la main et je te promets de t'abattre pour abréger tes souffrances.

– Trop tard Commandant. Surveille tes arrières chaque jour que Dieu fait…

Il lâche le détonateur laissant apparaître le clignotement d'une diode rouge. Aussitôt je demande à l'escorte du fourgon blindé de m'informer de la situation.

Le Sous-lieutenant Alexandre D. m'annonce d'une voix tremblotante :

– Mon Commandant, nous n'avons rien pu faire. Le fourgon a volé en éclat il y a déjà cinq minutes. Il était impossible de le bloquer pour extraire le Colonel. Nous sommes tous consternés.

Criant aussi fort que mes cordes vocales le permettent, je vide les deux chargeurs de mes S&W sur Zumana tressautant à chaque impact de balle.

Iron pose sa main sur mon épaule pendant que des dizaines de sirènes de Police retentissent et qu'une foule s'agglutine de plus en plus près de la carcasse de la RS4 sans oser sortir les smartphones pour filmer, la peur se lit dans leur regard.

– Commandant, il faut décrocher. Viens.

– Qu'ils aillent brûler en enfer avec leurs pratiques de malades mentaux.

– Tu viens de l'achever. Lui ne sera plus un problème.

Chapitre 20

La lettre testament

Le Colonel et son épouse adorée et protégée de tout depuis leur plus jeune âge, vivent dans un appartement cossu du 7ème arrondissement. Comble de l'ironie, Avenue de Suffren en face du siège de l'UNESCO[87].

Le soleil ne s'est pas encore levé sur PARIS, pendant que je suis déposé au pied de leur immeuble. Je sonne à son interphone pour entendre Mme de GANS surprise de ma présence. Alors je me présente en bonne et due forme. Au timbre de sa voix, je sais déjà qu'elle a compris le pourquoi de ma visite matinale.

Le vieil ascenseur s'arrête au dernier étage de l'immeuble. En ouvrant la grille, je l'aperçois dans la porte entrouverte.

– C'est donc toi Gabriel… Il m'avait prévenu que de toi seul il tolèrerait la visite. Entre.

– Merci Madame.

– Veux-tu une tasse thé ou de café ? Vu tes yeux, un café serré serait plus adapté.

– Je l'accepte volontiers Madame.

– Ne prends pas la peine de me l'annoncer. Ta présence suffit. Il voulait tant que tu prennes son fauteuil par fierté car il t'aimait au point de te pardonner tout. Tu sais, le soir quand il rentrait il avait besoin d'évacuer, alors il s'en prenait à toi mais avec une admiration sans borne. Si tu avais accepté son fauteuil, il ne t'aurait pas lâché une seule journée comme un fils à qui on transmet l'entreprise familiale.

J'essaie de retenir mes larmes mais cette femme d'une dignité absolue m'encourage à les laisser couler. Alors je pleure toutes les larmes de mon cœur…

– Gabriel, je suis heureuse de ta présence et pas de celle d'un quelconque ministre au triste discours. Toi, tu fais partie intégrante de ma vie de famille depuis qu'il t'a repéré durant ton service militaire !

– Merci Madame, je ne sais quoi dire.

---

[87] Cf. Témoignage Invisible.

– Je suis convaincue de ton investissement à le sortir de là où il se trouvait. Depuis plusieurs jours, je n'avais plus de nouvelles. La seule fois durant presque quarante années de bons et loyaux services que le Colonel était silencieux. J'avais déjà imaginé ta visite.

– J'aurais pu le sauver Madame, j'aurais pu. Il était plus important qu'un père pour moi.

– Il le savait Gabriel. Je vais aller chercher un courrier destiné à t'être remis par mes soins en main propre. Sa condition est que tu le lises après ses obsèques.

– Je respecterai sa volonté Madame.

À mon tour de vous dire ô combien de fois lorsque nous buvions une bouteille de vin entre hommes au SIR WINSTON, il m'avouait ne pas pouvoir vivre sans vous.

– Il me l'avouait parfois, et son égo de mâle puissant vacillait lorsque je le regardais avec mes yeux tristes ! Alors il s'abandonnait à la mélancolie.

– Ai-je besoin de vous préciser Madame de me contacter dès que vous en ressentirez le besoin ?

– Nullement Gabriel. Retourne au B.S.I., tu dois avoir tellement de choses à faire. Prends son fauteuil et dirige cette agence comme il te l'a appris, cela sera ton plus bel hommage.

– À vos ordres Madame, comptez sur mon devoir de mémoire.

– Gabriel, deux dernières précisions : la première, je souhaite une cérémonie religieuse la plus discrète possible. Repousse toutes les huiles dont je connais les plus grands secrets inavouables. La seconde, trouve une femme qui saura être discrète et sur qui tu pourras te reposer le soir quand tu rentreras, conseil de l'épouse d'un Grand Monsieur du Renseignement.

– Comptez à nouveau sur mon engagement à respecter vos conseils. Sachez que je l'ai peut-être trouvée… Je vous la présenterai si vous le permettez.

– J'espère bien Gabriel !

Deux jours plus tard, les obsèques du Colonel Archibald de GANS sont organisées dans la plus stricte intimité à l'église de la

MADELEINE, sans aucun ministre, en présence uniquement de ses véritables amis rencontrés tout au long d'une longue carrière couronnée de réussite dans le corps militaire, de cinq membres proches du B.S.I. et seulement d'Hector CHEVALIER représentant nos financiers.

Avec l'autorisation de la veuve du Colonel, je me rends à la cérémonie religieuse accompagnée de Cara.

Par devoir et honneur, je me tiens aux côtés de son épouse tenant mon bras tout au long de la cérémonie et tenant à mon autre bras, sa fille rentrée de NEW-YORK spécialement pour cette journée de deuil.

En repartant du cimetière de Grenelle, les deux femmes du Colonel me demandent à nouveau de reprendre cette agence comme il l'avait toujours souhaité. Inclinant la tête en avant, je leur confirme mon engagement à être le digne successeur du Colonel Archibald de GANS.

La veuve du Colonel m'adresse des félicitations au sujet de la présence féminine à mes côtés. Accompagnée d'un joli sourire, elle penche sa tête pour me glisser à voix basse « cette magnifique brune au joli prénom me paraît très bien, Gabriel. Prends soin d'elle ».

Assis à l'arrière de la voiture me ramenant au B.S.I., je peux enfin ouvrir la lettre remise par son épouse :

« *Très cher Gabriel,*

Je peux enfin te tutoyer !

Cette lettre est écrite la veille de mon départ pour ROME d'où je ne reviendrai pas, je le sais. Te connaissant parfaitement, tu t'interroges déjà sur les informations en ma possession que tu ne détiens pas. Alors je vais t'avouer un secret : je souffre d'une terrible maladie cachée à ma tendre épouse depuis tant d'années. Je ne supporterai pas la voir s'apitoyer sur mon sort la rendant d'une tristesse absolue. Me voir diminué de jour en jour n'est pas possible pour un homme de mon caractère.

En contactant le supérieur du Captain Ellen LAMARI, celui-ci m'avoua avec effroi que son meilleur Officier avait basculé de l'autre côté de la frontière d'où on ne revient jamais. Son obsession est d'identifier les traîtres à LONDRES pour venger son agent infiltré, mais sa position ne lui permettra pas d'actionner les leviers capables de sanctionner.

Par définition, les Services Secrets ne peuvent rechercher que ce qui existe, même bien cachés, tu le sais parfaitement…

Peut-être avec lâcheté mais avec dignité, j'ai conclu un accord pour servir de monnaie d'échange pour elle.

Là je te vois m'en vouloir terriblement. Erreur ! Prends avec bienveillance mon acte car il est de mon devoir de patriote de mettre ma vie en danger quand une cause est nécessaire pour la survie de nos intérêts nationaux. Un jour tu seras face à un tel dilemme et je sais que tu prendras la décision la plus adaptée.

L'organisation face à laquelle tu viens de mener une mission est bien plus puissante que tu ne l'imagines. Rapidement j'ai réalisé l'obscurantisme de nos ministres confrontés à de telles manipulations parallèles qu'il me fallait être dans l'action pour faire sortir au grand jour les malveillants. La preuve irréfutable de mon opération, c'est cette lettre entre tes mains.

Aaron WINMAN a été sacrifié pour s'être opposé à son grand-père et donc aux grands argentiers du monde dont nous sommes tous dépendants.

Simon WINMAN a été abattu, à mon humble avis par des Services Secrets étrangers avec qui il était en lien, pour éviter qu'il passe à table car ta présence a fait craindre la déstabilisation de l'Ordre.

Par chance, l'onde de choc financière prévue par cette organisation sera épargnée cette fois-ci du fait d'être trop nombreux à les avoir découverts, mais jusqu'à quand… ? Sois prudent si un jour tu es confronté à nouveau à eux.

Pour que tu sois nommé Directeur Exécutif du B.S.I., j'ai agi devant le haut commandement militaire pour ton obtention du grade de Lieutenant-colonel, indispensable pour assumer les fonctions de directeur de cette agence créée ensemble depuis déjà deux décennies. J'aurais aimé te voir courir dans tous les sens avec les financiers pour défendre tes budgets ! À ce sujet, je connais ta force de conviction pour les obtenir, même face aux plus réfractaires.

Ne fais confiance à personne, prends tes décisions en suivant ton instinct, prends soin de tes équipes, et garde jusqu'à ton dernier souffle ta morale patriotique.

Durant des années j'ai été fier de te commander, même quand je t'ai ordonné les pires atrocités face auxquelles tu n'as jamais fléchi par sens du devoir. De là, c'est moi et moi seul qui t'ai surnommé « La Légende » auprès de nos équipes ! Tu mérites largement ce sobriquet affectueux te permettant d'être respecté depuis longtemps, même par les plus anciens.

Je t'ai aimé comme un fils et tu me l'as bien rendu, merci Gabriel.

De là-haut je vais te surveiller, compte sur moi, avec Shankar, pour ne pas t'abandonner. J'espère retrouver son âme pour t'offrir des signes réguliers...

Le B.S.I. te tend les bras, accepte-le, vous ferez tous ensemble un travail digne de femmes et d'hommes de l'ombre.

Nec Temere Nec Timide.

Archibald ».

Comment ne pas pleurer même quand on est baptisé « la Légende » par celui à qui j'ai mis à disposition ma vie ? Cet homme d'envergure va me manquer terriblement.

Encore dix minutes de trajet jusqu'à l'entrée du parking de l'agence. Alors, interpelé par un détail bien écrit au milieu de sa lettre, je comprends qu'elle mérite d'être relue en prenant en compte la finesse du Colonel. À la troisième lecture, j'ai parfaitement compris son message.

Tout en montant les marches de l'escalier central de notre immeuble pour atteindre l'étage des bureaux, je réalise que je ne pourrai pas avant de longs mois utiliser le bureau du Colonel. Ma demande adressée au Directeur des Moyens Généraux est de faire installer le central téléphonique et toutes les lignes sécurisées dans mon bureau.

Le seul objet emprunté, présent sur le bureau du Colonel, est le mug ramené de MOSCOU par mes soins avec la photo du Président POUTINE coiffé d'une chapka, tenant un AK-47 en or. Il détestait ce mug d'un goût douteux mais buvait son café tous les jours avec.

Bien assis dans mon fauteuil, je prends le temps d'appeler Hector CHEVALIER ayant dû rejoindre son bureau présidentiel. Effectivement, il me répond en me félicitant pour mes nouvelles attributions et m'assure du soutien de l'ensemble des financiers pour mes actions futures. Mais ce n'est pas le sujet de mon appel car je veux le pousser à me livrer un nom depuis la désolidarisation officielle entre la BANQUE FRANCAISE NATIONALE et la BANK Of INVESTMENT Inc. Embarrassé par le sujet, il m'évoque ne plus vouloir entendre parler des personnes malveillantes, adeptes de pratiques occultes et assoiffées par le pouvoir et l'argent.

Il affirme que la réussite est d'avoir fédéré la B.C.E.[88] et divers organes financiers puissants, afin de passer sous silence l'évitement d'une des plus grandes faillites bancaires en injectant des fonds de garantie, entre autres... Les bruits circulant autour du désengagement de la B.F.N. pour la B.O.I. ont produit une correction boursière par la baisse rapide du cours des actions de 10 %. Afin d'éviter cette période de cinquante-quatre jours observés depuis 1926 dans ces situations, la réactivité des institutions capitalistiques a permis d'éviter une crise révélant les pratiques peu acceptables que nous venons de vivre du fait de l'injection de fonds. Une armée d'avocats a épluché chaque alinéa de l'acte de fusion-acquisition pour déceler une possibilité de céder par retour à l'actionnaire américain l'ensemble de la structure si celle-ci subissait une baisse record durant une période de trois années après la fusion.

Hector CHEVALIER affirme également être d'une vigilance absolue à l'égard de WALL-STREET d'où agiraient les lobbys sur l'ensemble des places boursières internationales.

Avec finesse, j'arrive à lui soutirer ce qui me semble évident, « LONDRES devrait surveiller ses faux alliés ». La rigueur et la discrétion du Président de la banque ne l'amèneront pas à m'en dire plus. Alors, tout ceci associé à la lettre-testament du Colonel, je suis convaincu de l'identité du premier acteur officiel.

---

88 B.C.E. : Banque Centrale Européenne.

L'appel suivant vient du ministre de la Défense me demandant de rejoindre sans tarder l'HEXAGONE BALARD pour une commission à huis clos m'intronisant, sans négociation possible, au grade indispensable de Lieutenant-colonel pour revêtir la fonction de Directeur Exécutif du B.S.I. Sans un tel grade aucune légitimité ne me serait reconnue par l'ensemble des opérationnels des Services de Renseignements.

Alors je m'exécute pour respecter la mémoire du Colonel Archibald de GANS.

Le comité réuni pour cette cession solennelle prononce après onze minutes de palabres administratives : « Lieutenant-colonel Gabriel SAINT-REGENT, la République française et ses partenaires financiers sont heureux de vous nommer Directeur Exécutif du Bureau Secret d'Intervention. Nous n'avons aucun doute sur votre management de l'agence ni sur votre leadership auprès de ses cinquante-cinq membres. Séance levée. »

Chapitre 21
Filiale n°1

Deux heures après la séance m'intronisant Directeur exécutif du B.S.I., seul et sans informer mon équipe proche mis à part Marine CENLARG définitivement habilitée au Secret Défense, je vais rejoindre LONDRES par l'EUROSTAR en 2h30. Un paquet est posé sur mon bureau comme convenu avec les services informatiques de l'agence. Aussitôt, je récupère l'objet à l'intérieur et le glisse dans la poche intérieure droite de ma veste de costume. Les indications cachées du Colonel m'ordonnaient de régler en personne l'épineux problème.

Un taxi londonien me dépose au pied des bureaux de la « Bank Of Investment Inc. » située sur King Edward Street dans un immeuble à l'angle d'Angel Street.

Habillé d'un costume bleu marine foncé, d'une chemise bleu ciel, d'une cravate de couleur marine et revêtu d'un manteau trois quarts en cachemire noir, je ressemble à l'identique aux boursiers londoniens. Cette tenue me permet de me fondre complètement dans l'ambiance du quartier.

Profitant de quelques personnes quittant l'immeuble, tête baissée, je me faufile et passe devant le comptoir où l'agent de sécurité ne porte pas attention à ma présence. La chance est de mon côté alors j'évite de prendre l'ascenseur ne détenant plus le code d'accès aux étages de la B.O.I.

Donc j'emprunte l'escalier de secours en emboîtant le pas du personnel de la société de nettoyage prenant son service.

Il est 6:58pm heure à laquelle les salariés de la banque doivent quitter les bureaux. La chance m'accompagne encore quand sans se retourner, deux personnes en pleine discussion ne prennent pas la peine de s'assurer de la fermeture de la porte principale. Sans bruit et toujours la tête baissée, je m'introduis et passe le sas d'accès à la pièce d'accueil. Le comptoir est déserté, je peux donc me diriger vers le bureau d'Elliot ELWOOD.

Aucun bruit ne s'en échappe ce qui me permet de tourner la poignée et d'entrer. Une veste de costume posée sur le dossier de son imposant fauteuil atteste de sa présence dans les locaux ainsi que l'écran allumé de son ordinateur.

Seule la lampe de son bureau est allumée dégageant une ambiance tamisée, ce qui me permet de m'asseoir dans le canapé placé en fond de pièce face à son bureau. Il ne me reste plus qu'à l'attendre pendant que je visse le silencieux sur mon S&W 422 LR. Cette sensation d'appliquer dans quelques minutes la Loi du Talion me rassure.

Une heure se passe sans le voir entrer dans son bureau mais le niveau de ma patience me permet d'attendre toute la nuit si cela est nécessaire.

8:11pm

La porte s'ouvre en grand laissant entrer Elliot ELWOOD tel un seigneur aux pleins pouvoirs, smartphone vissé à l'oreille. Il rejoint son fauteuil et s'assied dessus lourdement, riant aux éclats avec son interlocuteur. Puis regardant dans le fond la pièce, il m'aperçoit et raccroche aussitôt en prenant une mine des mauvais jours.

– Monsieur ELWOOD, posez bien gentiment vos mains à plat sur votre bureau sans geste brusque.

– Enfin le Commandant se dévoile au grand jour !

– Lieutenant-colonel ! mettez vos informations à jour.

– La disparition de votre grand Colonel vous a promu. Bravo.

– Ferme-la, tu n'es plus en position de force. Ton chef de la sécurité pleurait comme une jeune fille quand je lui ai donné l'absolution en plein PARIS. Tu vas peut-être avoir plus de dignité ?

– Donc vous vous salissez les mains ici à LONDRES ?

– Tu n'imagines même pas à quel point je profite de ces instants. Alors, à qui tu obéis ?

En même temps que ma phrase est prononcée, je me lève et jette sur son bureau une clé USB en lui ordonnant de la connecter sur son ordinateur. Mon arme braquée à vingt centimètres de son front l'incite à s'exécuter sans aucune résistance.

Des tableaux apparaissent lui prouvant la prouesse d'avoir décrypté ce que nous lui avons volé dans ces mêmes locaux, je lui montre avec le bout de mon silencieux le tableau intitulé « Phase II ».

– Tu vois, en connectant cette clé un peu particulière, tes plans sont diffusés simultanément sur l'ensemble des médias londoniens et européens, offrant à 750 millions de personnes ton nom, ta fonction et ton appartenance à des groupes occultes voulant anéantir la stabilité économique de leur pays et indirectement leur économie.

– Vous ne pouvez pas faire une telle dénonciation ???

– Observe ton téléphone, dans quelques secondes des dizaines d'appels vont s'enchaîner dont certains ont déjà décidé de te faire passer de vie à trépas.

– Vous venez de signer mon arrêt de mort.

– Imagine ma joie intérieure. Je te donne une chance de te laisser en vie, c'est toi qui as ordonné l'exécution d'Aaron WINMAN ?

– Depuis la faculté il n'a jamais eu l'ambition de nous rejoindre pour répandre notre action et devenir un véritable puissant.

– Son grand-père ?

– Il aurait parlé. Depuis l'assassinat dc son petit-fils il n'avait plus la force de conviction pour prolonger notre plan à grande échelle.

– Le Colonel Archibald de GANS ?

– Pour lui j'ai répondu aux ordres. Nous pensions qu'en l'éliminant, votre agence allait refermer le dossier. Il s'est jeté à bras ouverts pour sauver cette pauvre officier découverte des années plus tôt par notre service de sécurité. Nous la laissions gérer sa filiale italienne en la surveillant de près jusqu'à votre arrivée. Elle s'imaginait puissante. J'avoue avoir été surpris de découvrir que vous étiez vous aussi un Officier du Renseignement français.

– Qui a ordonné l'exécution du Colonel ???

Pour l'intimider, je le frappe violement au visage avec la crosse de mon S&W, lui balafrant le visage. Son smartphone ne cesse de sonner avec « unknow call[89] » apparaissant sur l'écran.

---

89 Appel inconnu.

– Nous ne connaissons pas les noms des dirigeants de notre organisation, Lieutenant-colonel ! J'ai reçu l'ordre lorsque votre antenne secrète a été découverte.

– Reste calme, dans quelques minutes des hommes vont débarquer et terminer mon travail. Tiens, justement, regarde les écrans des caméras de surveillance de tes bureaux, des hommes arrivent.

– Vous serez toujours poursuivi car j'envoie immédiatement votre nom dans notre réseau comme étant l'ennemi juré.

À cet instant, sans aucun scrupule, je tire cinq balles réparties entre sa tête et son buste pour définitivement éliminer cet homme de l'échiquier financier européen.

Sa tête et son torse tombent lourdement sur son bureau, signant l'arrêt définitif de sa vie.

Ma dernière action est de tirer une dernière balle dans le disque dur de son ordinateur, et enfin je saisis ses deux smartphones qui seront disséqués par mes informaticiens. Ils en tireront forcément des informations utiles.

Empruntant à nouveau l'escalier de secours pour descendre, tout en prenant les précautions d'usage, je rejoins sans aucune difficulté le trottoir et m'engouffre dans le premier taxi disponible à la station située à quelques mètres de cet immeuble.

Tôt demain matin, après un périple me permettant de n'être repéré par aucun système de surveillance, je rejoindrai Cara et Cassandra pour les amener définitivement vivre avec moi dans mon appartement parisien les premiers mois de notre idylle, avant de dénicher un lieu de vie commun dans lequel chacun se sentira heureux. L'avenir nous appartient…

FIN

Table des matières

Retrouvez le 13 octobre 2021 dans « **Sécurité Nationale** »
la nouvelle mission confiée au Lieutenant-colonel SAINT-REGENT,
Directeur Exécutif du Bureau Secret d'Intervention…

Découvrez les trois premières missions dans la célèbre trilogie
avec C A R A EDITIONS :

1er volet de la trilogie :

Témoignage Invisible

N° ISBN : 978-2-9576775-5-9

2ème volet de la trilogie :

23ème // Nord

N° ISBN : 978-2-9576775-6-6

3ème volet de la trilogie :

As de Pique

N° ISBN : 978-2-9576775-7-3

Dépôt légal : mai 2021
Achevé d'imprimer : mai 2021
COPYMÉDIA
www.copy-media.net
IMPRIM'VERT
Imprifrance
Avenue de Guitayne - 33610 CANÉJAN
Imprimé sur papier Clairefontaine fabriqué dans les Vosges.